Une passion en Afrique

LINDA FRANCIS LEE

Une passion en Afrique

Traduit de l'américain
par Daniel Garcia

J'AI LU

Titre original
DOVE'S WAY

An Ivy Book
Published by The Ballantine Publishing Group,
a division of Random House, Inc., New York

Remerciements

Je voudrais exprimer toute ma gratitude au Dr Scott Joy, qui a si bien su répondre à mes questions d'ordre médical ; aux professeurs Nyang'oro et Alphonse Mutima, qui m'ont utilement renseignée sur l'Afrique ; à Shauna Summers, Amy Berkower, Kathleen Nolan, Steff Ann Holm, Kathy Peiffer et Jodi Reamer pour leur aide et leur amitié ; à Carilyn Francis Johnson, mon admirable sœur ; et, bien sûr, à Michael, qui est tout pour moi.

PREMIÈRE PARTIE

Telle une colombe dans le ciel matinal,
Elle cherchait son chemin…

Anonyme

Extrait du journal de Matthew Hawthorne

Je l'ai rencontrée dans un train qui traversait l'Afrique. J'avais commencé le voyage seul sur ma banquette, et puis elle est apparue comme par enchantement tandis que la moiteur de la jungle pénétrait dans le compartiment par la fenêtre ouverte. C'est étrange combien le cours d'une vie peut soudain basculer, en l'espace d'une seconde.

J'avais remarqué en premier ses cheveux d'un roux admirable, aussi flamboyants qu'un coucher de soleil, et ses yeux, aussi verts que la forêt africaine. Elle n'était pas née en Afrique, c'était visible. Et pourtant, elle irradiait la sauvage liberté de ce pays. Elle ne ressemblait à aucune des femmes que j'avais croisées depuis six mois que j'arpentais ce continent. Et encore moins, bien sûr, aux ladies de Boston auxquelles j'avais été habitué.

Mais le plus étonnant, c'est qu'elle ne cilla même pas en découvrant la cicatrice qui me barrait le visage.

Je ne me souviens pas des autres détails de cette première rencontre. Cette femme ne m'intéressait pas. Pas plus que ne m'intéressait le décor qui nous environnait. J'étais venu en Afrique pour oublier.

Malheureusement, je n'y étais pas encore parvenu.

1

Afrique, 1891

Elle allait manquer son train.

Fiona Winslet se trouvait encore à quelques dizaines de mètres du quai, mais le bas de sa robe était déjà couvert de poussière car elle avait couru à perdre haleine sur la terre battue. Janji, le fidèle serviteur de son père, l'accompagnait dans sa course vers les wagons arrêtés au milieu de la jungle africaine.

Seul le sillon tracé par les rails de métal s'enfonçant dans la forêt venait briser la muraille verte entourant la petite gare. Le train passerait là où les chariots à bœufs ne le pouvaient pas, et ses wagons conduiraient Fiona jusqu'au port de Matadi, sur la côte ouest du Congo. De là, elle prendrait un vapeur qui la ramènerait en Amérique, où elle retrouverait sa mère et son frère, qu'elle n'avait pas vus depuis dix-neuf ans. Fiona en avait vingt-six.

— Dépêchez-vous ! lui intima Janji.

La peau très noire de Janji contrastait avec la blancheur de son boubou. Quoique d'un âge déjà respectable, il n'avait rien perdu de sa carrure impressionnante et n'était même pas essoufflé par leur course éperdue.

— Si vous ratez ce train, reprit-il, vous manquerez du même coup le guide que je vous ai trouvé pour vous escorter jusqu'à Matadi.

Cette idée de guide ne réjouissait guère Fiona, d'autant que Janji ne lui avait appris son existence que quelques minutes plus tôt. Cependant, la jeune femme était résolue à faire ce voyage, et elle savait pertinemment que l'Afrique n'était pas le pays le plus accueillant pour une femme seule. Or, depuis que son père avait succombé au paludisme, Fiona était seule au monde.

— Le guide vous attend dans le deuxième wagon, ajouta Janji. Il s'appelle Matthew Hawthorne.

— Comment peux-tu être certain qu'il sera là ? s'étonna la jeune femme.

— Matthew Hawthorne est un homme de parole, répliqua Janji, avant de continuer d'un ton pensif : C'est du reste quelqu'un de vraiment très bien.

— Mais...

— Dépêchez-vous ! insista Janji, alors qu'ils atteignaient enfin le quai. Je veillerai à ce que vos bagages vous suivent rapidement en Amérique.

Ces quelques mots eurent le don d'angoisser Fiona. Tout à coup, elle ne voulait plus quitter Janji, ni sa femme et ses enfants, qui s'étaient si bien occupés d'elle. Elle ne voulait plus non plus quitter l'Afrique. Elle resterait. Et trouverait bien un moyen de gagner sa vie, d'une manière ou d'une autre.

La jeune femme commençait à échafauder des plans quand Janji, qui avait deviné ses pensées, l'arrêta net :

— Vous devez partir, dit-il fermement. Rien de bon ne peut vous attendre dans ce pays.

Il avait raison. Fiona en était persuadée. Mais cela ne rendait pas pour autant les choses faciles. Une page importante de sa vie allait irrémédiablement se tourner.

— Tu vas beaucoup me manquer, fit-elle en serrant très fort le domestique dans ses bras, quoi qu'elle sût qu'il désapprouverait cette effusion.

Janji se raidit instinctivement, mais au bout de quelques secondes Fiona le sentit se détendre. Comme s'il s'autorisait enfin une marque d'affection, après toutes ces années passées à veiller au bien-être de la jeune femme.

La locomotive laissa échapper un sifflement, annonciateur de son départ imminent. Fiona récupéra son sac et monta dans le train, sans un regard en arrière, pour ne pas montrer ses larmes à Janji. Ce n'est que lorsqu'elle eut franchi la portière du dernier wagon qu'elle se retourna, la gorge serrée. Le domestique se tenait droit sur le quai, le visage indéchiffrable. Mais quand le train s'ébranla, il agita lentement la main, en un adieu silencieux.

Fiona resta un moment à la portière, agitant la main elle aussi, et ses larmes coulèrent de plus belle à mesure que le train s'enfonçait dans la jungle. Reverrait-elle jamais Janji ? Récupérerait-elle un jour les effets personnels qu'il avait promis de lui envoyer ?

La jeune femme sécha ses larmes d'un revers de la main. De toute façon, il n'y avait plus rien à faire maintenant. La page était bel et bien tournée et elle repartait de zéro. Cette conviction la soulageait presque.

Sa place n'était plus ici. En revanche, il lui restait une famille de l'autre côté de l'océan, en Amérique. À Boston, plus précisément, la ville où elle était née. La ville d'où ses parents étaient partis pour l'Afrique vingt ans auparavant.

Mais, Fiona l'avait appris plus tard par son père, sa mère avait détesté l'Afrique et cette vie qu'elle taxait de « primitive ». Aussi avait-elle pris prétexte de la maladie du petit Nestor pour rentrer à Boston le soigncr.

Laetitia Winslet était partie en promettant de revenir au bout d'un an, dès que son fils serait rétabli. Mais l'année avait passé, puis une autre, et ainsi de suite, sans qu'elle tînt sa promesse. Fiona n'avait revu ni sa mère ni son jeune frère depuis leur départ. Mais dans quelques mois, ce qui restait de leur famille serait à nouveau réuni.

Fiona s'était souvent demandé à quoi pouvait ressembler son frère. Était-il aussi grand et fort que leur père l'avait été ? Souriant et chaleureux comme lui ? Mais c'était surtout de sa mère que Fiona s'inquiétait. Elle en gardait de si vagues souvenirs qu'elle ne pouvait prétendre la connaître. Ce qu'avait pu lui en dire son père, les rares fois où ils en avaient parlé ensemble, ne lui en avait pas appris beaucoup plus. Autant dire que Laetitia Winslet était pour elle une étrangère un peu mystérieuse et qu'elle se réjouissait de connaître bientôt la femme qui se cachait derrière cette image. Comme elle se réjouissait de découvrir la belle maison en pierre que son père lui avait décrite. Après toutes ces années passées en Afrique, cette demeure lui ferait sans doute l'effet d'un palais.

C'est donc le cœur gonflé d'espoir que la jeune femme commença à remonter le train en direction du deuxième wagon. Le wagon était empli d'une foule disparate : Africains, Blancs, adultes, enfants, sans parler des animaux domestiques. En chemin, Fiona échangea quelques saluts avec des habitants de son village ou des bourgs voisins. Elle n'était pas particulièrement pressée de retrouver son guide. Elle aurait préféré rester au milieu des gens qu'elle connaissait. Cependant, elle continua sa progression.

Le train tressautait sur les rails, parfois si violemment que les passagers, soudain inquiets, cessaient de parler. Puis quelqu'un éclatait de rire et le brouhaha reprenait. Fiona se cramponnait aux dossiers des sièges pour ne pas tomber. Enfin, elle atteignit la seconde voiture.

Mais à peine eut-elle ouvert la porte, qu'elle se figea.

Contrairement au wagon précédent, celui-ci, le seul de première classe, était vide. À l'exception d'un unique passager.

Alors que tous les autres voyageurs étaient secoués sans ménagement sur leurs banquettes, il se tenait debout, droit et raide, tel un guerrier partant au combat, le regard rivé sur le paysage qui défilait devant les vitres.

Bien qu'il se tînt de profil, cet homme était indubitablement beau. Très beau même.

Grand, les épaules larges et la taille étroite, il était solidement campé sur des cuisses musclées moulées dans un pantalon de chasse. Ses cheveux blonds, éclaircis par le soleil, effleuraient le col de sa chemise. Il avait le menton volontaire et ses yeux, d'un bleu aussi pur que le ciel d'Afrique, éclairaient un visage finement ciselé. Fiona n'avait jamais vu d'homme aussi parfait.

Mais il tourna légèrement la tête, et elle aperçut la cicatrice. Aussi nette et tranchante qu'un rail de chemin de fer traversant un paysage idyllique.

Fiona eut un hoquet de surprise. Elle savait qui était cet homme. Janji l'avait appelé Matthew Hawthorne, mais pour les indigènes il était le Sauvage blanc à la cicatrice.

Depuis plusieurs mois se colportaient à travers tout le Congo des récits au sujet d'un homme blanc, affublé d'une cicatrice au visage, qui semblait ne craindre aucun danger. On racontait, par exemple, qu'il était entré sans armes dans un village de farouches guerriers massaïs. Ou qu'il pouvait traverser la jungle simplement vêtu d'une chemisette et en ressortir sain et sauf.

Mais l'histoire qui avait le plus troublé Fiona était d'une tout autre nature. Cet homme s'était, paraît-il, endormi une nuit près d'un campement indigène, dont il avait réveillé tous les membres en poussant soudain un cri déchirant. Puis, il y avait eu un grand silence. Le lendemain matin, lorsque les Africains s'étaient levés, l'inconnu avait disparu, non sans laisser quelques provisions à leur intention.

Un cadeau de remerciement… ou d'excuse ? Fiona s'était souvent posé la question.

Au fil des années, la jeune femme avait appris à ne croire que partiellement ce que lui racontaient les indigènes. Mais à présent qu'elle avait cet homme en face d'elle, elle inclinait à penser que les bruits qui couraient à son sujet étaient peut-être fondés.

— Excusez-moi, dit-elle, pour attirer son attention.

L'homme se tourna complètement vers Fiona. Il ne semblait ni surpris ni ravi de la voir.

Sa cicatrice était maintenant bien visible. C'était une vilaine balafre qui partait de l'arcade sourcilière, contournait miraculeusement l'œil, et lui barrait la joue.

Mais Fiona n'était nullement impressionnée. Ce genre de cicatrice était courant, en Afrique. En revanche, ce que l'on racontait au sujet de cet homme l'intriguait bien davantage. À supposer que tout fût vrai, bien entendu.

— Êtes-vous Matthew Hawthorne ? hasarda-t-elle, tandis qu'il la fixait d'un regard froid.

Il ne répondit pas tout de suite, continua de la regarder, avant de lâcher enfin :

— Oui.

Juste ce mot, prononcé d'une voix sourde d'où était absente toute trace de chaleur. Fiona soupçonnait Janji de s'être trompé. Ce type ne pouvait pas être son guide. Cependant, la jeune femme ne voulait pas rebrousser chemin. Par fierté. Ou par entêtement.

Elle fit un pas en avant, mais au même instant, le train fit une embardée, la déséquilibrant. Fiona chercha désespérément un point d'appui, mais ses mains ne rencontrèrent que le vide. L'espace d'un instant, elle crut que l'homme allait la laisser tomber, mais soudain, étouffant un juron, il se précipita pour la retenir.

Il sentait le cuir et la forêt. Le soleil et les grands espaces. Les muscles de ses bras étaient tendus et durs comme de l'acier. Fiona l'aurait volontiers contemplé plus à son aise, mais il la dévisageait d'un œil noir.

— Excusez-moi, dit-elle, risquant un sourire. D'ordinaire, je ne suis pas aussi maladroite.

Pas de réaction.

— Vous êtes fâché contre moi parce que je suis en retard ? suggéra Fiona, à court d'arguments. Il y a beaucoup de monde dans les autres wagons.

— Qu'ils y restent. Je n'ai pas besoin de leur compagnie. Ni de la vôtre, d'ailleurs.

Il était vraiment bel homme. Mais décidément pas aimable pour deux sous. Ça, un guide ?

Fiona s'apprêtait à le lui dire vertement, mais elle ravala ses paroles en voyant qu'il avait décidé de l'ignorer. Lui tournant le dos comme si elle n'existait pas, il fouilla dans un sac de toile posé sur une banquette et en sortit un cigare dont il coupa l'extrémité d'un geste précis, avant de le porter à ses lèvres sans l'allumer. Puis il se laissa tomber sur la banquette et regarda ostensiblement par la vitre le paysage qui défilait.

De toute évidence, il n'avait pas parlé en l'air et souhaitait vraiment qu'elle s'en aille. Si Fiona avait pu éprouver quelque fascination pour lui, ce n'était plus le cas. Elle était maintenant terriblement contrariée.

— Je ne me serais pas permise de venir vous importuner si le serviteur de mon père ne m'y avait invitée, lança-t-elle d'une voix glaciale.

Ces quelques mots eurent le don d'éveiller l'attention de Hawthorne. Il tourna les yeux vers la jeune femme, visiblement surpris.

— Que me racontez-vous là ?

— La vérité. Janji, un indigène qui a servi mon père durant des années, m'a dit qu'il m'avait recruté un guide que je trouverais dans le second wagon. Un certain Matthew Hawthorne. Hélas ! il semble que ce soit vous.

Ses yeux s'étrécirent, en même temps qu'il se débarrassait de son cigare pour le remettre dans son sac.

— Bon sang ! marmonna-t-il. Janji m'a bien eu.

— Je ne comprends pas.

— Ça ne m'étonne pas, rétorqua-t-il, le regard plus sombre que jamais. Sans entrer dans les détails, disons que j'avais une dette envers Janji et qu'il m'a proposé, en guise de remboursement, de lui escorter une « cargaison » jusqu'à Matadi. Mais il ne m'avait pas précisé que la cargaison en question serait une femme.

— Peut-être ne parlez-vous pas couramment le kikongo et avez-vous mal compris ses paroles ? répliqua-t-elle, le menton levé.

Il la parcourut lentement de la tête aux pieds, comme s'il lui retirait ses vêtements un à un, et Fiona sentit ses joues s'empourprer. Se pouvait-il vraiment que Janji eût songé à la confier à cet homme ?

— Comment vous appelez-vous ?

— Fiona Winslet.

— Très bien, Fiona Winslet, fit-il entre ses dents, comme s'il livrait un combat avec lui-même. Je vais vous escorter jusqu'à Matadi. Mais sachez que je ne ferai pas un mile de plus. C'est clair ?

Piquée au vif, elle lui lança un regard venimeux.

— Ce qui est surtout clair, c'est que vous pourrez aller vous faire rôtir en enfer avant que je fasse ne serait-ce qu'un mile en votre compagnie.

Il haussa les sourcils et esquissa un vague sourire.

— Vraiment ?

— Oui, vraiment, le défia-t-elle, non sans ressentir une pointe d'appréhension.

Il se leva brusquement et, avant que Fiona eût le temps de réagir, se dressa devant elle, impressionnant et intimidant. Il était si près qu'elle pouvait sentir la chaleur de son corps.

— Pour ce qui est de rôtir en enfer, je ne vous ai pas attendue, répliqua-t-il. Mais cela n'empêche que je suis du genre à payer mes dettes.

Son visage s'éclaira soudain d'un vrai sourire, si inattendu que Fiona sentit sa colère retomber d'un coup. Elle eut l'intuition fulgurante que cet homme n'avait pas toujours été ainsi, abrupt et sauvage. Que lui était-il arrivé ? Comment avait-il récolté cette cicatrice ?

— C'était quoi, cette dette ? demanda-t-elle sans réfléchir, désireuse de prolonger cet instant de vérité.

Mais sa question eut l'effet exactement inverse. Le regard de l'homme redevint menaçant et Fiona se rappela soudain les récits qu'on colportait à son sujet.

— J'ai souvent entendu parler de vous, murmura-t-elle. Vous avez vraiment pénétré dans une tribu massaï ?

Il haussa les épaules, comme s'il trouvait sa question futile.

— Qu'avez-vous entendu d'autre sur mon compte ?

— Beaucoup de choses. Par exemple, que vous auriez sauvé un indigène des griffes d'un léopard.

— Oubliez cette histoire. Cela n'a rien d'extraordinaire.

— Je doute que l'homme que vous avez sauvé puisse l'oublier un jour. Il vous doit la vie. Et en Afrique, cela vous lie à une personne à jamais.

— C'est ridicule. Qu'auriez-vous fait, à ma place ? Vous l'auriez regardé se faire dévorer ?

— La plupart des Blancs n'auraient pas bougé le petit doigt pour un indigène, fit valoir Fiona.

Il se passa la main dans les cheveux.

— Comment avez-vous appris cette histoire ?

— Les nouvelles circulent vite, même dans la jungle.

— Dire que j'étais venu ici pour échapper aux ragots, grommela-t-il.

Fiona l'observa avec attention.

— Je crois que les indigènes se sont trompés, dit-elle finalement. Ils auraient dû vous surnommer le Blanc courageux, plutôt que le Sauvage blanc.

Elle avait dit cela sur une impulsion, mais quand elle vit son expression, elle regretta aussitôt ses paroles.

— Alors, c'est ainsi qu'ils m'appellent, le Sauvage blanc ?

Fiona, mal à l'aise, voulut s'écarter, mais il lui prit le bras pour l'en empêcher.

— Oui, murmura-t-elle. Le Sauvage blanc à la cicatrice. C'est votre surnom. C'est leur façon à eux de dire qu'ils vous prennent un peu pour un fou.

Il rit. Un rire bref et sans joie.

— Moi, fou ? fit-il en secouant la tête, avant de relâcher le bras de la jeune femme. Oui, peut-être.

Sa réaction surprit Fiona.

— Je ne pense pas que vous soyez fou, remarqua-t-elle. Juste assez arrogant pour braver effrontément le danger. Sans vous soucier du prix à payer.

Et sur ces mots, elle battit en retraite vers la porte en métal qui menait au wagon suivant, désireuse d'échapper au regard pénétrant de cet homme sombre et irascible.

— Où allez-vous comme ça ? la rappela-t-il.

— En Amérique.

Elle avait ouvert la portière et le fracas des roues emplit soudain le compartiment.

— Je n'ai pas besoin de votre aide, Matthew Hawthorne, lança-t-elle en lui jetant un dernier regard. Ni de celle de qui que ce soit d'autre. Je me débrouillerai seule. J'en ai l'habitude.

Il la contempla intensément un long moment. Il ouvrait la bouche pour répondre, quand il y eut un bruit strident, suraigu, infernal. Le crissement déchirant du métal contre le métal. Et l'univers entier bascula.

Fiona n'eut pas le temps de se rendre compte de ce qui se passait. Elle voulut se cramponner à la portière, mais le train semblait tout à coup désarticulé.

— Nooon !

En même temps qu'elle hurlait, elle vit l'homme se précipiter vers elle, les traits durcis comme s'il partait au combat. Elle eut l'intuition qu'il allait la sauver, mais avant qu'il l'atteignît, le train se tordit violemment et sortit de ses rails.

Le temps parut soudain s'étirer à l'infini au milieu du vacarme. Fiona se sentait légère comme l'air. Le bleu du ciel vint heurter sa rétine, et elle retomba brutalement à terre tandis que le train s'immobilisait en gémissant comme une bête blessée.

Puis ce fut le silence.

DEUXIÈME PARTIE

La fuite – c'est tout ce qui nous reste, quand le cœur est à vif et que la vie a perdu tout son sens.

Emily DICKINSON

Extrait du journal de Matthew Hawthorne

Après l'accident – et la longue nuit qui s'ensuivit –, je ne revis plus la jeune femme pendant de longs mois. Je ne cherchai du reste pas à la revoir. En fait, je chérissais chaque journée supplémentaire où il m'avait été épargné de croiser son visage ou d'entendre son nom. À mesure que le temps passait, les souvenirs s'éloignaient à la manière de grains de sable glissant entre les doigts. Doucement, sans douleur. C'était pour cette raison que j'étais venu en Afrique, à l'origine : pour oublier, sans trop souffrir. Et cela avait failli réussir. J'en étais presque arrivé à ne plus me rappeler qu'il avait existé une époque où les gens ne détournaient pas la tête en voyant mon visage.

Mais ce jour-là, Fiona Winslet m'avait brutalement sorti de ma torpeur. Et des mois plus tard, je continuais encore de penser à elle. Surtout la nuit, où elle venait hanter mes rêves.

Je me remémorais sans cesse les minutes qui avaient suivi le déraillement. Comment je l'avais retrouvée, pantelante, dans l'herbe. Comment j'avais soigné du mieux possible ses blessures en attendant l'arrivée des secours à travers la jungle. Et comment ils l'avaient ensuite emmenée, sans que je puisse réagir, étant moi-même trop affaibli pour les accompagner.

Je savais que ces quelques précieuses heures pendant lesquelles je l'avais tenue dans mes bras ne s'effaceraient jamais de ma mémoire, mais je pensais ne devoir me repaître que de son seul souvenir.

Et puis, un soir, je l'ai revue. Elle est de nouveau entrée dans ma vie, de manière aussi brutale et inattendue qu'elle en était sortie. C'était lors d'un dîner mondain, à Boston. Elle était belle, merveilleusement vivante, d'une élégance parfaite, comme si elle avait toujours vécu au sein de cette bonne société américaine.

Elle se contenta de me saluer poliment, sans une exclamation de surprise, ni un mot de reconnaissance. Comme si nous ne nous étions pas déjà rencontrés, quelques mois plus tôt, dans un train en Afrique.

Mais je savais bien qu'elle m'avait reconnu. Je l'avais lu dans ses yeux.

2

Boston

Assise dans un fauteuil à larges accoudoirs, Laetitia Winslet faisait face à Jeffrey Upton, le vice-président des Aciéries Winslet. Le bureau de Jeffrey était joliment décoré, mais de taille bien modeste en regard du bureau voisin, rarement occupé du reste, qui était celui du président de la compagnie, Nestor Winslet, le fils de Laetitia. Mais Laetitia savait que Jeffrey se moquait éperdument de la taille de son bureau. Il n'était pas homme à accorder de l'importance à ce genre de détails. Son unique souci, dans la vie, était de contribuer à la bonne marche des Aciéries. Et c'était ainsi depuis vingt ans qu'il était entré au service des Winslet. Jeffrey Upton avait le profil idéal pour gérer une affaire familiale de ce type.

Il était par ailleurs plutôt bel homme, avec des cheveux blancs qui lui donnaient un air digne, sans trop le vieillir. Veuf, Jeffrey avait deux enfants, déjà bien installés dans la vie.

Officiellement, Nestor disposait de tous les pouvoirs depuis qu'il avait été nommé à la tête de la compagnie, trois ans plus tôt. Mais officieusement, personne n'ignorait – et Laetitia moins que quiconque – que Jeffrey Upton continuait de diriger l'entreprise depuis son petit bureau. Et c'était vers lui que Laetitia avait conservé l'habitude de se tourner lorsqu'elle avait besoin d'un conseil, d'une avance sur sa rente mensuelle ou simplement de discuter de ses soucis familiaux – ce qu'elle ne pouvait faire ni avec son fils ni même avec sa mère, Hannah, qui vivait pourtant avec eux.

Les soucis présents de Laetitia l'avaient brutalement replongée dans le passé. Son mari était mort quelques mois auparavant. Bien sûr, Laetitia ne l'avait plus revu depuis des années et, d'une certaine manière, il était déjà sorti de sa vie.

Elle se rappelait en frissonnant l'unique visite en Amérique de William. Il s'était montré si changé. Si… africain. Il l'avait soulevée sans ménagement dans ses bras et portée jusqu'à leur lit, avant de la posséder sauvagement, sans même prendre la peine d'éteindre les lumières.

Laetitia n'avait pas voulu repartir avec lui en Afrique, et l'avait supplié de revenir définitivement à Boston. Elle voulait rester dans cette bonne société bostonienne qui l'avait vue naître et grandir. L'Afrique ignorait encore tout de la civilisation et elle ne voulait pas finir sa vie au milieu de la jungle. William avait refusé, décrétant que si elle ne repartait pas avec lui, il ne voulait plus jamais la revoir.

La décision de Laetitia avait un prix, et ce prix s'appelait Fiona.

Fiona, sa fille, brusquement réapparue. Une étrangère.

— Je ne comprends pas votre problème, fit Jeffrey, assis derrière un bureau trop grand pour la pièce.

Nestor l'avait d'abord commandé pour lui, mais ne le trouvant finalement pas à son goût, il avait demandé qu'on l'installât chez Jeffrey avant de s'en choisir un autre.

— Depuis deux mois que Fiona est ici, elle a très bien récupéré de son accident de train, poursuivit Jeffrey. Qu'est-ce donc qui vous soucie ?

Laetitia, n'osant soutenir son regard, baissa les yeux sur sa jupe de cachemire.

— Eh bien… euh… je la trouve bizarre.
Jeffrey posa la main sous son menton.
— Comment cela ?
— Dès qu'elle a recouvré un peu de forces, elle a renvoyé le médecin et réclamé toutes sortes d'herbes et d'ingrédients étranges. La cuisine est envahie de décoctions inconnues qu'elle fait passer pour des médicaments.
— En quoi cela vous dérange-t-il ?
— Maintenant, elle s'en prend aux domestiques.
— Que voulez-vous dire ?
— Elle veut leur infliger ses fameuses décoctions à tout propos : une migraine, une coupure bénigne, une rage de dent, que sais-je encore. Et le pire, c'est que les domestiques ont une totale dévotion pour elle.
— Dans ce cas, je ne vois décidément pas ce qui vous pose problème ?
Cette fois, Laetitia croisa le regard de son interlocuteur.
— La place de ma fille est au salon et dans les pièces de réception, Jeffrey. Pas à l'office.
Jeffrey haussa prudemment les épaules.
— Donnez-lui du temps, Laetitia. Laissez-la s'acclimater à Boston et à son nouveau mode de vie. N'oubliez pas qu'elle a grandi en Afrique.
— Mais nous n'avons pas de temps à perdre ! Samedi prochain, Bradford et Emmaline Hawthorne donnent un grand dîner. J'ai répondu que nous y serions. Mais je me demande si je ne ferais pas mieux d'annuler.
— Ne soyez pas ridicule, Laetitia. Je vous parie que Fiona se tiendra très bien et sera ravissante.
Laetitia se mordit la lèvre.
— En tout cas, je lui ai trouvé une robe qui conviendra parfaitement à son teint, soupira-t-elle, avant d'ajouter : Même après ces deux mois de convalescence, Fiona est encore presque aussi noire que les indigènes. Je crains qu'il ne faille utiliser un bol entier de poudre de riz pour la rendre un minimum décente.

— N'exagérez pas, Laetitia. Votre fille n'a gardé qu'un hâle discret. Je suis sûre qu'elle plaira beaucoup à vos hôtes.

— Oh, ça, j'ai bien remarqué que vous lui portiez beaucoup d'intérêt ! railla Laetitia. Des chocolats hier. Des fleurs aujourd'hui. Qu'allez-vous lui offrir demain ?

Jeffrey eut un sourire attendri.

— Je suis arrivé à un moment de ma vie où je pense à me remarier.

Laetitia en resta médusée.

— Et vous voudriez épouser Fiona ?

— Pourquoi pas ? Je ne serais pas le premier homme d'un certain âge à épouser une femme beaucoup plus jeune.

Et redevenant soudain grave, il ajouta :

— Mais pas un mot de tout cela à Nestor. Du moins, pas pour l'instant. Je crois qu'il a encore besoin d'un peu de temps pour s'habituer à la présence de sa sœur.

— Je ne suis pas sûre que Nestor s'y habituera jamais.

Jeffrey haussa les épaules.

— Quoi qu'il en soit, pas un mot. Mais vous devriez vous-même organiser une petite réception pour l'anniversaire de Fiona. Vous n'avez pas oublié que c'est bientôt ?

— Bien sûr que non, mentit Laetitia, qui en vérité n'y avait même pas pensé. D'ailleurs, j'y songeais justement pas plus tard qu'hier.

Ils furent interrompus par la fiancée de Nestor, qui pénétra dans la pièce. Avant que la jeune femme ait pu dire un mot, Laetitia l'interpella :

— N'est-ce pas, Penelope ?

Penelope Manser était une ravissante créature aux cheveux bruns, aux yeux bleus et au teint délicatement ivoire.

— Pardon ?

— Qu'hier je parlais d'organiser une fête pour l'anniversaire de Fiona ? expliqua Laetitia, avec un regard entendu à sa future belle-fille. Un bal, précisa-t-elle, soudain inspirée.

Il ne serait pas dit qu'elle ne remplissait pas ses devoirs à l'égard de sa fille. Elle oubliait, certes, qu'elle ne s'était pas posé de questions lorsqu'elle avait quitté l'Afrique, la laissant derrière elle. Bien sûr, elle assurait à qui voulait l'entendre qu'elle n'avait pas eu le choix. Nestor était malade, sa décision était donc tout à fait justifiée.

— Bien sûr, Lettie. Un bal en l'honneur de Fiona. Cela va être merveilleux, répondit Penelope avec un adorable sourire. Êtes-vous prête à partir ? L'attelage est devant la porte et grand-mère Hannah nous attend à la maison.

— Parfait. Allons-y.

Laetitia abandonna son fauteuil et prit le bras que lui offrait Penelope.

— Il faut que nous réfléchissions à cette fête. Enfin, je veux dire, que nous poursuivions nos préparatifs, se reprit-elle avec un bref coup d'œil vers Jeffrey. Un grand bal. Ce sera merveilleux, oui. Nous nous reverrons au dîner des Hawthorne, Jeffrey, samedi prochain.

Au moment de franchir la porte, Laetitia se retourna.

— J'espère que vous avez raison, et que Fiona réussira son entrée dans le monde.

Fiona Winslet apprit au moins une chose lors de sa première sortie dans la bonne société bostonienne : que la distance qui séparait la jungle africaine de cette ville policée était bien plus considérable que leur simple éloignement géographique.

La jeune femme avait pris place avec les autres invités dans l'opulente salle à manger de leurs hôtes. Pour l'heure, elle était fascinée par l'abondance de couverts de toutes tailles qui entouraient son assiette. Elle n'avait encore jamais vu une telle quantité de fourchettes, cuillers et couteaux rassemblés dans si peu d'espace.

Dehors, la ville était pétrifiée dans la froidure hivernale. Il avait commencé à neiger en fin d'après-midi et Fiona était restée médusée devant ce spectacle si nouveau pour elle, mais tellement magnifique. Les flocons qui recouvraient la rue et les maisons semblaient absorber tous les bruits, rendant l'atmosphère étrange, presque feutrée.

Tout était si différent de ce qu'elle avait connu en Afrique.

C'était d'ailleurs ce qu'elle appréciait le plus, cette différence. Boston n'avait décidément rien à voir avec sa chère Afrique. C'étaient deux mondes à part. Et Fiona essayait de ne pas nourrir de nostalgie excessive à l'égard de ce qu'elle avait perdu. Elle jugeait préférable de s'intéresser à sa nouvelle vie et à ses bizarreries.

Comme cette histoire de couteaux et de fourchettes, par exemple. Seuls Dieu et ses hôtes étaient censés savoir à quoi pouvaient bien servir tous ces ustensiles, se rassura Fiona. Mais elle déchanta bien vite en constatant que les autres invités, qui parlaient et riaient tranquillement, ne partageaient pas sa perplexité.

Durant son tour de table, Fiona ne put s'empêcher d'arrêter une nouvelle fois son regard sur Matthew Hawthorne. Il était toujours aussi beau et viril. L'incarnation parfaite du fier guerrier dont elle avait gardé le souvenir après cette nuit passée dans ses bras, dans la jungle.

La jeune femme se sentit soudain rougir à la seule évocation de ces heures qui avaient suivi le déraillement du train.

— Je vous interdis de mourir devant moi ! lui avait-il dit, à la fois autoritaire et suppliant.

Fiona secoua la tête. Elle s'était souvent interrogée au sujet de Matthew. Elle aurait voulu savoir ce qu'il était devenu après l'arrivée des secours. Elle préférait se concentrer sur *l'après*. C'était plus facile. Par contre, elle était incapable de repenser aux heures qui avaient séparé l'accident de l'arrivée des secours sans éprouver aussitôt une émotion indicible.

Plus tard, lorsqu'elle s'était réveillée dans le petit hôpital de brousse, on lui avait appris que Matthew était venu s'enquérir de son état. Mais elle avait quitté l'hôpital dès le lendemain matin, sans un mot. Elle n'avait pas voulu le revoir. Pas *pu* le revoir. Parce qu'il lui aurait instantanément rappelé cette longue nuit commune, au cœur de la jungle.

— Essayez, Fiona. S'il vous plaît.

— Laissez-moi seule, je vous en supplie.

— Bon sang, Fiona, un peu de courage ! Laissez-moi vous aider.

— Allez-vous-en, gémit-elle en tournant la tête.

— Je ne partirai pas, répliqua-t-il, implacable. Et vous allez vous battre, ajouta-t-il d'une voix sourde, tandis que les bruits de la jungle se faisaient plus mystérieux. Je vous interdis de mourir devant moi, Fiona ! Je ne vous le permettrai pas.

— Je vous déteste. Vous le savez ? Je vous déteste !

Il s'était contenté de sourire.

— Oui, je le sais.

Fiona avait pleuré toutes les larmes de son corps en prenant le bateau pour Boston, une semaine après le drame. Sans avoir revu Matthew, ainsi qu'elle se l'était juré, mais le cœur déchiré d'avoir tenu bon.

Elle allait mieux, maintenant. Du moins le croyait-elle, jusqu'à ce qu'elle le revoie, de façon inattendue, assis à la même table qu'elle, dans ce dîner mondain en plein Boston.

Au fil des mois, Fiona avait voulu se convaincre qu'elle avait exagéré l'effet que cet homme lui avait fait. Mais, elle s'en rendait compte à présent, elle s'était trompée. En réalité, il était difficile de comprendre l'effet que Matthew Hawthorne pouvait produire sur quelqu'un tant qu'on ne l'avait pas vu soi-même. Le contraste qu'offrait ce visage si parfait barré d'une terrible cicatrice était proprement saisissant. À croire que les dieux, jaloux de ce qu'ils avaient créé, avaient voulu défigurer leur œuvre.

Fiona ferma un instant les yeux, dans l'espoir de chasser de son esprit cette nuit qui avait suivi le déraillement. Peine perdue. Elle ne pourrait pas plus oublier le visage de Matthew Hawthorne que la façon dont il l'avait serrée dans ses bras.

— Je suis ravie que vous soyez des nôtres, mademoiselle Winslet.

Fiona rouvrit brusquement les yeux, et découvrit Mme Hawthorne qui lui souriait. La mère de Matthew.

Ignorant que Matthew se trouvait à Boston, Fiona n'avait même pas songé à faire le rapprochement entre leurs noms, jusqu'à ce que Matthew apparaisse un peu plus tôt dans la salle à manger.

Emmaline Hawthorne était une jolie femme, naturellement élégante. Bradford, son mari, brun et ténébreux, rappelait à Fiona certains guerriers africains. C'était probablement le genre d'homme qu'il valait mieux ne pas contrarier.

Les Hawthorne habitaient une somptueuse demeure sur Beacon Street, l'une des rues les plus huppées de la ville, bordée sur toute sa longueur de maisons rivalisant de grandeur.

— Merci, madame Hawthorne, répondit Fiona. Vous avez été très aimable de m'inviter.

Elle détourna les yeux et les posa sur la femme assise juste en face d'elle. Sa propre mère. Elle lui paraissait plus lointaine, aujourd'hui, que lorsqu'un océan les séparait. Fiona était fascinée par son teint pâle et ses manières aristocratiques.

Laetitia Winslet badinait aimablement avec ses voisins de table, un sourire poli plaqué sur les lèvres. Elle était vêtue d'une robe de satin gris chatoyant, et un unique rang de perles ornait son cou.

— Élégant, mais peut-être un peu trop sobre, avait commenté la grand-mère de Fiona avant qu'elles ne sortent.

La jeune femme contempla le bracelet qu'elle-même portait ce soir-là, sur l'insistance de sa mère.

— C'est ton père qui me l'avait offert, avait expliqué Laetitia en refermant le bracelet sur le poignet de Fiona. Et je tiens à ce que tu le mettes pour ta première sortie dans le monde.

Le bracelet, en or incrusté de diamants, était ravissant. Mais il aurait fallu plus qu'un bijou d'emprunt pour que Fiona se sentît proche de sa mère. Plus elle regardait Laetitia, si belle et si distinguée, et plus elle s'interrogeait sur ce qu'elles pouvaient bien avoir en commun.

— Alors, mademoiselle Winslet, intervint une invitée du nom de Grace Baldwin. Ce doit être un soulagement pour vous d'être de retour dans la civilisation.

Le dîner réunissait douze convives. Outre Fiona, sa mère et leurs deux hôtes, il y avait là Jeffrey Upton, Nestor et sa fiancée, et quelques personnes que Fiona n'avait encore jamais rencontrées. Comme cette Grace Baldwin, ainsi qu'une femme appelée Edwina Raines et un couple, les Dumont. Sans oublier Matthew, bien sûr.

Fiona rassembla ses esprits pour tenter de comprendre la question de son interlocutrice. Du soulagement ? Son retour dans la civilisation ? Elle avait quitté Boston lorsqu'elle avait six ans, et c'est à peine si elle gardait un vague souvenir de ses premières années dans cette ville.

— Racontez-nous donc, mademoiselle Winslet, renchérit Edwina Raines. Où viviez-vous exactement ? On m'a raconté que vous habitiez avec une tribu ?

Mme Dumont laissa échapper un petit cri horrifié.

— Mon Dieu ! Une tribu de sauvages ?

Fiona était paralysée sur sa chaise, incapable de répondre.

— Ces sauvages sont d'immondes cannibales, ajouta Mme Dumont dans un souffle. Ils mangent de la chair fraîche.

— Nous sommes tous carnivores, madame Dumont. Vous, moi, et tous ceux qui sont autour de cette table, puisque nous nous nourrissons de chair animale.

Toutes les têtes se tournèrent vers Matthew Hawthorne. Son commentaire abrupt paraissait d'autant plus surprenant qu'il n'avait pas ouvert la bouche de la soirée.

— Parlez pour vous, monsieur Hawthorne, répliqua Mme Dumont, les narines pincées.

Un silence embarrassé s'abattit sur la tablée. Voyant qu'il s'éternisait, M. Dumont se tourna vers Fiona :

— Mademoiselle Winslet, s'écria-t-il en se forçant à prendre un ton enjoué, décrivez-nous donc les beautés de l'Afrique.

Avant que la jeune femme ait pu répondre, Edwina Raines intervint à nouveau :

— Je crois savoir que rien n'est beau, en Afrique. Ce continent n'a rien d'autre à offrir qu'une jungle impénétrable et des tribus de sauvages, comme vient de le faire remarquer votre femme. Des sauvages qui vivent nus, précisa-t-elle, avec un regard lourd de sens à l'intention de Fiona.

— Le continent noir n'est-il pas justement surnommé « la tombe de l'homme blanc » ? renchérit un autre convive.

Leur ton était accusateur, et Fiona cherchait les mots pour défendre son cher pays. Mais, d'une certaine manière, ils avaient raison. L'Afrique était un monde cruel et menaçant, et cependant d'une beauté indicible. Fiona sentait instinctivement que ces hommes et ces femmes engoncés dans leurs vêtements chics, entourés de domestiques chargés de toutes les basses besognes, étaient incapables de comprendre cette impitoyable beauté.

— Oui, ce sont tous des sauvages et des païens, reprit Grace Baldwin, une lueur d'excitation au fond de la prunelle. Avez-vous entendu parler de cette pauvre princesse héritière de Hollande, qui voulait traverser le désert du Sahara…

— … et que ses guides indigènes ont laissée mourir aux portes du désert, avant de s'enfuir avec son argent et ses provisions, termina Edwina à sa place.

Les autres femmes avaient brusquement pâli.

— Voilà bien la preuve que l'Afrique est un pays de barbares, conclut Edwina, avec un hochement de tête solennel.

— Sans parler de ces cannibales que nous évoquions tout à l'heure, soupira M. Dumont.

— Est-ce vrai, mademoiselle Winslet, demanda Grace, d'une voix où le dégoût se mêlait à la fascination, que ces sauvages se dévorent entre eux ?

— J'ignore si c'est vrai ou pas, répondit Fiona, qui commençait à ressentir un début de migraine. En revanche, je sais que leurs bonnes manières leur interdiraient d'évoquer pareils sujets à la table du dîner.

Cette fois, ce furent les hommes qui pâlirent, tandis que leurs femmes sursautaient, outrées et gênées à la fois.

— Vous avez raison, intervint Emmaline Hawthorne, pour rétablir le calme. Nous avons tous un peu oublié nos bonnes manières, ce soir.

Edwina prit un air innocent, tandis que Grace masquait difficilement sa déception de ne pouvoir raconter les autres récits sordides dont elle avait eu connaissance.

Ces gens déconcertaient Fiona. Elle avait le sentiment qu'elle ne ferait jamais partie de leur société et ne comprendrait jamais leurs règles. Et cette conviction accroissait son malaise. Levant les yeux, elle aperçut soudain le regard pénétrant de Matthew Hawthorne posé sur elle et, sans savoir pourquoi, cela lui procura un peu de réconfort.

— Nous tenions beaucoup à ce que notre fils assiste également à ce dîner, poursuivit Emmaline. Car il se trouve qu'il rentre justement d'un voyage en Afrique.

Le visage de Matthew s'assombrit visiblement. Il voulut se saisir de son verre de vin, mais sa main trembla et il faillit en répandre le contenu sur la nappe. Les convives le regardèrent avec surprise.

Une lueur de rage traversa son regard, mais il se ressaisit aussitôt et réussit à esquisser un sourire contrit.

— Pardonnez ma maladresse, s'excusa-t-il d'une voix égale, l'expression indéchiffrable. Tu disais, mère ?

— Que nous vous avions invités tous les deux, Mlle Winslet et toi, parce que nous supposions que vous auriez beaucoup de choses à vous dire.

— *Invité*, mère ? répéta-t-il d'un ton à la fois sec et ironique. Pour autant que je m'en souvienne, on ne m'a pas donné le choix.

Emmaline pâlit, puis se força à rire.

— Il se peut que vous ayez voyagé dans les mêmes endroits, persista-t-elle maladroitement.

— Pour tout t'avouer, mère, j'ai rencontré Mlle Winslet au Congo. Dans un train.

Fiona le regarda, médusée, tandis que son cœur s'emballait.

— Vous vous êtes déjà rencontrés ? s'écria Emmaline, abasourdie. Mais, Matthew, tu ne nous l'avais pas dit !

— Il n'y a rien à en dire, intervint vivement Fiona.

Rien, sinon des heures d'angoisse à lutter pour survivre. De longues heures, au cœur des ténèbres, pendant lesquelles Matthew l'avait tenue dans ses bras sans cesser de lui parler. Et elle avait fini par lui répondre, ne lui cachant rien de ses rêves les plus secrets. Ces moments d'intimité créés par une situation exceptionnelle, elle avait souhaité les oublier. Non, elle n'avait pas envie de les partager. Elle ne voulait plus rien avoir affaire avec l'Afrique. Ou avec Matthew Hawthorne.

Celui-ci, cependant, avait haussé les sourcils et la regardait d'un air sarcastique. Fiona ne savait comment se dépêtrer de la situation, quand Grace intervint :

— Ah ! Regardez ce qui arrive ! De la soupe de tortue. J'adore cela.

Des domestiques en livrée s'approchaient de la table, leurs pas étouffés par l'épais tapis d'Aubusson qui recouvrait le plancher de la salle à manger. Certains portaient des soupières de porcelaine fumantes et d'autres des plateaux en argent chargés de tranches de pain frais. Un des serviteurs vint se placer près de Fiona et se tint avec raideur à son côté.

La jeune femme le fixa, interloquée.

— Tout va bien ? lui demanda-t-elle.

Les conversations cessèrent, un silence gêné tomba dans la pièce.

— Mais bien sûr, qu'il va bien, fit Edwina avec un sourire condescendant. Il vous présente de la soupe.

Fiona sentit ses joues s'empourprer. Sa rougeur s'accrut quand elle remarqua l'air embarrassé de sa mère. Mortifiée, la jeune femme hocha la tête en direction du domestique.

Lorsque tout le monde fut servi, Fiona n'eut d'autre choix que de goûter à sa soupe, bien qu'elle n'eût aucune idée de la cuiller dont elle devait user. Ne voulant pas commettre d'autre impair, elle essaya d'observer discrètement comment s'y prenaient ses voisins de table. Mais entre les fleurs, les salières et autres poivrières, la table ressemblait à une forêt vierge et Fiona n'arrivait pas à distinguer de quels couverts se servaient les autres convives.

Comme il fallait bien se décider, elle s'empara de la cuiller la plus proche, attendit un instant, puis voyant que personne ne lui faisait de remarque, la plongea dans son assiette.

— Matthew a toujours adoré les voyages, déclara Emmaline d'une voix où perçait toute l'affection qu'elle portait à son fils. Et il en ramène chaque fois des cadeaux extraordinaires, ajouta-t-elle avec un soupir extatique. Je me rappelle notamment d'un petit miroir en argent qu'il m'avait rapporté de Venise, il y a des années de cela. Je l'ai toujours. Tu te souviens de ce miroir, Mat…

Emmaline s'interrompit. Elle venait de tourner les yeux vers son fils et semblait soudain pétrifiée par la vision qui s'offrait à elle. Fiona comprit en un éclair ce dont elle se doutait déjà : Matthew n'avait pas toujours eu cette cicatrice.

Que lui était-il arrivé ? Quel drame avait pu bouleverser ainsi sa vie ?

Plus personne ne parlait, et Fiona eut le cœur serré en interceptant le regard empreint d'une profonde tristesse que Matthew posa sur sa mère.

Tout le monde fut soulagé lorsque Laetitia brisa ce nouveau silence gêné en s'écriant :

— J'espère que vous avez tous reçu vos invitations pour le grand bal que nous donnerons pour l'anniversaire de Fiona ?

— Cela va être une belle fête, renchérit Penelope, très excitée. Maman Lettie et moi avons vu les choses en grand.

Maman Lettie. À croire que la fiancée de Nestor était la véritable fille de Laetitia !

Cette dernière, qui jouait d'une main distraite avec ses perles, adressa un sourire entendu à Jeffrey Upton.

— Nous croyons savoir que Fiona aura une grande nouvelle à vous annoncer pour l'occasion.

Fiona sentit son cœur manquer un battement. *Une grande nouvelle ?*

Au même instant, Jeffrey tendit le bras sous la table, pour lui étreindre furtivement la main, et la jeune femme comprit tout à coup ce qu'elle aurait dû comprendre un peu plus tôt, lorsqu'il avait posé une main possessive au creux de ses reins, au moment d'entrer dans la salle à manger. Depuis leur rencontre, Jeffrey n'avait cessé de lui témoigner gentillesse et considération. Et Fiona avait accueilli sa bienveillance avec plaisir, sans arrière-pensées. Elle comprenait seulement maintenant ce qu'il avait en tête.

Sa confusion redoubla en voyant Matthew la dévisager d'un regard aigu et elle préféra détourner la tête.

— Quelle grande nouvelle ? intervint Nestor. Je ne suis au courant de rien.

— Je ne peux rien te dire, mon chéri, répondit sa mère d'une voix cajoleuse. C'est une surprise.

— Il me semble quand même que j'ai le droit de savoir, mère !

— Nestor, je t'en prie, répliqua Laetitia avec un regard appuyé, que tempérait son sourire.

La soupe terminée, les serviteurs apportèrent la suite. Cette fois, Fiona n'eut pas à se demander quoi faire, car on posa un plat directement devant elle. Elle n'aurait pas su dire quel mets s'offrait ainsi à ses yeux, mais elle reconnut, en bordure du plat, un aliment qu'elle connaissait bien : des capucines. Ravie, elle en prit une, qu'elle croqua tranquillement.

Ce n'est qu'en relevant la tête qu'elle s'aperçut que tout le monde – y compris les valets – la dévisageait bouche bée ou, comme Edwina, avec dédain.

Perplexe, Fiona se demandait bien ce qu'elle avait pu faire de mal, cette fois, lorsqu'elle se rendit compte que personne d'autre qu'elle n'avait touché aux fleurs. Apparemment, les Américains ne mangeaient pas de capucines.

Sa mère se mordillait les lèvres d'humiliation, Nestor affichait un air excédé, quant à Emmaline, elle semblait hésiter sur la conduite à suivre. Ce fut Matthew qui la tira d'embarras.

— Ces capucines sont une surprise en votre honneur, mademoiselle Winslet, déclara-t-il. J'ai expliqué à ma mère qu'en Afrique ces fleurs étaient considérées comme un mets de choix. N'est-ce pas, mère ?

— Ah ! oui, bien sûr, mon chéri, répliqua vivement Emmaline.

Matthew gardait les yeux rivés sur Fiona, qui ne savait plus quoi faire ni penser. Elle songeait à jeter sa serviette et à s'enfuir à toutes jambes lorsque Matthew prit à son tour une capucine et la porta à sa bouche. Cet homme, décidément, la déroutait. Comment pouvait-il être à la fois aussi ombrageux et attentionné ?

La jeune femme se força à mâcher sa capucine jusqu'au bout. En bonne maîtresse de maison, Emmaline saisit une fleur qu'elle observa d'un air sceptique.

— J'espère qu'elles sont aussi bonnes que celles dont vous vous délectiez en Afrique, mademoiselle Winslet. En tout cas, j'ai très envie d'y goûter.

Et, joignant le geste à la parole, elle mordilla prudemment dans sa fleur.

Un par un, les invités entreprirent de l'imiter. Sauf Edwina Raines, qui fronçait les sourcils d'un air peu convaincu.

— Mangez ! lui ordonna Matthew d'un ton sans appel.

Edwina ne se le fit pas dire deux fois.

Le dîner se poursuivit sans encombre. Matthew, qui avait fini par comprendre le dilemme de Fiona, lui indiquait discrètement quels couverts utiliser à chaque nouveau plat. Après chaque service, les valets débarrassaient les couverts désormais inutiles et, quand le repas se termina, chaque convive n'avait plus devant lui que sa tasse et sa cuiller à café. Fiona était si repue qu'elle n'aurait pu avaler une bouchée de plus, mais du moins était-elle fière de ne pas avoir commis de nouvelle erreur.

Son soulagement fut de courte durée, car au moment de partir elle s'aperçut qu'elle avait perdu le bracelet que lui avait confié sa mère. Elle allait jeter un coup d'œil dans la salle à manger quand Grace Baldwin lui tendit poliment la main.

Sans réfléchir, Fiona tendit la sienne, sa main gauche placée sous son aisselle droite, comme elle avait coutume de le faire en Afrique.

Grace et Edwina la dévisagèrent avec stupéfaction, tandis que M. Baldwin éclatait de rire.

Fiona en oublia son bracelet quand elle prit conscience que c'était sa façon de saluer qui provoquait cette réaction. Sentant que sa mère réprimait à grand-peine un soupir consterné, la jeune femme afficha un sourire de circonstance, qui masquait mal sa furieuse envie de pleurer.

3

— Il serait grand temps que tu songes à te remarier.

Matthew sursauta.

On était dimanche, et il n'était pas encore complètement remis de l'épreuve du dîner de la veille. Il avait de plus en plus de mal à se cacher le fait que les autres blessures que sa cicatrice laissait soupçonner le faisaient souffrir chaque jour davantage.

Il arrivait de son propre domicile, sur Marlborough Street, et venait tout juste d'entrer dans le hall de la maison de ses parents quand sa mère l'avait interpellé du haut des marches où elle se tenait, royale, la main posée sur la rampe en acajou.

L'hôtel particulier des Hawthorne était l'une des plus belles demeures de Boston, et sa décoration un modèle de sobriété et d'élégance feutrée. Les toiles de maître accrochées aux boiseries répondaient aux bibelots choisis avec soin, comme cette collection de porcelaines Ming qui ornait l'une des vitrines du salon.

Matthew attendit, sans répondre, que sa mère le rejoignît. Sa tête bourdonnait et son bras le faisait horriblement souffrir. Si tout le monde pouvait voir la cicatrice qui lui barrait le visage, seuls les médecins étaient au courant des autres blessures, à l'épaule et au bras, qu'il gardait de cet accident qui l'avait rendu veuf un an et demi plus tôt.

Parfois, lorsqu'il se réveillait la nuit, Matthew avait du mal à croire que sa vie eût pu basculer ainsi.

— Pardonne-moi, mon chéri, je t'ai pris de court, reconnut sa mère, qui s'approcha et lui serra affectueusement le bras.

Matthew sentit aussitôt une douleur atroce fuser jusque dans son épaule, et il dut faire appel à toute sa volonté pour ne pas laisser voir sa souffrance.

Il repensa aux médecins. À leurs regards soucieux. Il se demandait chaque fois s'ils étaient inquiets à propos de sa santé, ou simplement embarrassés de devoir annoncer à l'un de leurs patients les plus fortunés que son état, contrairement à ce qu'ils avaient d'abord prédit, ne s'améliorait pas.

La première fois qu'ils s'étaient risqués à évoquer ouvertement la question, Matthew avait refusé de les croire. Mais il voyait bien, à présent, qu'il lui fallait de plus en plus de concentration pour arriver à se servir correctement de son bras blessé. Ses muscles s'étaient considérablement affaiblis et chaque geste lui réclamait des efforts toujours plus grands. Jusqu'à maintenant, il avait cependant réussi à cacher son état à sa famille.

— Cela me désole de te voir si triste, reprit Emmaline. Le mariage ne pourrait que te faire que du bien.

— Je ne me remarierai jamais, mère, répliqua Matthew d'un ton sans appel.

— Cesse de te réfugier dans le passé ! s'emporta soudain sa mère. Kimberly est morte. Il serait grand temps que tu l'acceptes.

Matthew sentit sa gorge se serrer. Du jour où il avait rencontré Kimberly, il avait su qu'elle deviendrait sa femme. Ils avaient connu ensemble sept ans d'un bonheur sans nuage. Mais elle n'était plus, et aucune autre femme ne la remplacerait.

— Je trouve que Fiona Winslet ferait une très bonne épouse, insista Emmaline.

Matthew crut avoir mal entendu.

— Moi ? Épouser Fiona Winslet ? Mais c'est insensé !

Pourquoi aurait-il été se remarier avec une femme qu'il connaissait à peine et que, de surcroît, il n'était pas certain d'apprécier ?

Emmaline elle-même paraissait sceptique.

— Peut-être, admit-elle. Mais l'idée m'a traversé l'esprit au cours du dîner, hier soir.

— Je me demande bien pourquoi. Fiona et moi avons à peine échangé trois mots.

— Je l'ai remarqué, comme tout le monde, je suppose, soupira Emmaline. Même si cela me paraît très loin, désormais, je me souviens d'une époque où tu étais charmant en société. Les femmes te dévoraient des yeux et les hommes recherchaient ta compagnie. Tout le monde t'adorait. Maintenant, on dirait que tu détestes la terre entière. Et la terre entière finira par te le rendre.

Matthew savait que sa mère avait raison. Mais faisait-elle exprès de ne pas voir que plus rien n'était comme avant ?

— Alors comme ça, tu trouves que je n'ai pas été charmant, hier soir ? demanda-t-il en affichant un sourire enjôleur destiné à amadouer sa mère, pour éviter une scène.

— Non, tu ne l'as pas été, répliqua Emmaline, sans se laisser démonter. Conduis-toi comme tu l'entends, après tout, tu es majeur. Mais tu aurais pu au moins te montrer un peu plus poli avec Mlle Winslet.

Matthew serra instinctivement les poings, en proie à un soudain accès de colère.

— Poli ? Il me semble que j'ai fait plus qu'être poli ; je lui ai sauvé la face !

— C'est vrai que tu l'as tirée d'un mauvais pas avec cette histoire de capucines. Mais ensuite, tu l'as ignorée tout le reste du repas. Excuse-moi, mais je ne trouve pas cela très courtois de ta part.

— Si je me suis si mal conduit avec elle, je comprends d'autant moins tes idées de mariage ?

L'expression de sa mère se radoucit.

— Parce que Fiona Winslet est la première personne qui a réussi à te dérider depuis des mois, Matthew. Quand elle a fait son entrée, hier soir, j'ai eu l'impression, l'espace d'un instant, que ton regard s'animait. Et il y a de quoi. Elle est ravissante. Et charmante. Elle m'a plu tout de suite.

Des images se bousculaient soudain dans la mémoire de Matthew. Fiona, la cuisse en sang. Lui, déchirant sa propre chemise pour tenter d'enrayer l'hémorragie. Le sang qui coulait à flots. Ce sentiment d'impuissance qu'il avait ressenti tandis que la jeune femme s'affaiblissait entre ses bras. Et ce froid glacial qui s'était insinué en lui quand il avait compris qu'elle cessait de lutter.

— Je suis persuadée qu'elle serait parfaite pour toi, mon fils.

— Non ! répliqua Matthew.

Sa voix résonna sous le plafond à caissons du hall, et sa mère, surprise par la virulence de sa réponse, recula d'un pas.

— Tu te trompes, mère, voulut-il argumenter pour se justifier. Je ne veux pas me remarier. Et je n'en ai pas besoin.

— Et qu'en est-il de ta fille ? objecta Emmaline. Ne crois-tu pas qu'elle aurait besoin d'un vrai foyer ?

Matthew détourna la tête, ébranlé. *Mary*. Son trésor. C'était pour elle, pour cette fillette de six ans, qu'il était finalement revenu en Amérique. Mais son retour ne s'était pas aussi bien passé qu'il l'avait espéré.

— Mary vous a, père et toi, riposta-t-il. Vous l'aimez.

— Mais c'est de l'amour de son père qu'elle a besoin.

— Je l'aime ! protesta Matthew. Dieu m'est témoin que j'aime ma fille. Mais je ne peux pas m'en occuper seul. Elle a besoin d'une présence féminine

— Raison de plus pour te remarier.

Cette fois, Matthew croisa le regard de sa mère.

— Je te le répète, pour la dernière fois, dit-il lentement : il n'est pas question que je me remarie. Ni avec

Fiona Winslet ni avec aucune autre candidate qu'il te prendrait la fantaisie de me suggérer. J'ai été marié une fois, et je n'ai pas l'intention de recommencer. Était-ce la raison pour laquelle tu m'as fait venir ?

Emmaline resta silencieuse un moment, puis soupira.

— En fait, j'avais un service à te demander, commença-t-elle d'une voix hésitante. Je voudrais que tu ailles rendre ce bracelet à sa propriétaire.

Tirant le bijou de son réticule, elle ajouta :

— Mlle Winslet l'a perdu au cours du dîner, hier soir. Un domestique l'a retrouvé sous la table.

Matthew s'obligea à garder son calme.

— Est-ce si urgent ?

— Oui, Matthew. Je ne voudrais pas que Fiona et sa mère s'inquiètent inutilement. Elles m'ont adressé un mot, ce matin, pour m'avertir de la perte de ce bracelet.

Matthew s'imaginait aisément le contenu de cette lettre. De toute évidence, Fiona avait inventé un prétexte pour le revoir.

— Veux-tu me rendre ce service ? risqua sa mère.

— Très bien. J'irai. Mais je ne ferai que l'aller et retour.

— C'est gentil de ta part.

Matthew jeta un coup d'œil à la porte du bureau.

— Père est là ?

Emmaline considéra son fils un moment, avant de répondre :

— Non, il est sorti.

— Dis-lui que je suis passé et que j'aimerais bien déjeuner avec lui vendredi prochain. Au *Locke*, comme nous en avions l'habitude autrefois.

Emmaline baissa les yeux un court instant, mais se força à les relever bien vite.

— Je crois savoir qu'il a prévu de partir à Worcester vendredi prochain, pour ses affaires.

— Alors, le vendredi suivant.

Elle hocha la tête.

— Très bien. Je le lui dirai.

— Merci.

— Voilà le bracelet.

Matthew s'empara du bijou avec un regard sombre et le glissa dans sa poche, avant d'embrasser sa mère sur la joue.

— Tu ne veux pas monter dire bonjour à Mary, avant de partir ?

Matthew se raidit. Il redoutait de voir sa fille, sachant trop ce qui l'attendait, mais en même temps, il s'en voudrait de n'avoir pas au moins tenté l'expérience. Qui sait ? Ce serait peut-être différent, cette fois.

— Elle est dans sa chambre, précisa Emmaline.

Matthew gravit lentement l'escalier qui menait à l'étage, puis emprunta le couloir, passant d'abord devant la chambre qu'avait occupée son frère aîné, enfant. Il faillit s'arrêter à la sienne, mais se força à continuer. Deux portes plus loin, il frappa au battant.

— Entrez, dit une petite voix chantante.

Douce et charmante Mary !

Le cœur battant la chamade, Matthew tourna la poignée. La fillette était assise devant la fenêtre, telle une petite princesse avec sa robe ornée de dentelle et ses rubans dans les cheveux. Elle était si belle que, l'espace d'un moment, Matthew en oublia le passé, oublia que plus rien n'était pareil. Il entra dans la pièce.

Mais quand la fillette se tourna et le vit, son visage d'ange se figea, d'abord de surprise, puis d'effroi. Matthew s'immobilisa aussitôt. Depuis l'accident, Mary ne pouvait pas le voir sans fondre en larmes. Il sentit son cœur se serrer, mais s'obligea à tenir bon.

— Bonjour, Mary, dit-il d'une voix aussi douce que possible en détournant légèrement la tête, pour dissimuler en partie sa cicatrice.

Mais cela ne changea rien. Le regard de la fillette se fit distant et elle se mit à bercer la poupée qu'elle tenait dans ses bras, comme pour la réconforter.

Matthew aurait voulu se précipiter vers sa fille et la serrer très fort contre lui en lui murmurant que tout irait bien. Mais il savait que plus rien n'irait jamais bien. Sa cicatrice resterait indélébile. Et il se sentait si faible, aujourd'hui, qu'il doutait d'avoir la force d'étreindre Mary.

Il n'avait d'autre choix que de s'endurcir. Aussi, c'est le cœur sec qu'il tourna les talons et referma la porte derrière lui avec une violence contrôlée, avant de redescendre les marches.

— Un jour, il te faudra bien admettre que je lui fais plus de mal que de bien, lâcha-t-il en passant devant sa mère.

La seconde d'après, il claqua la porte de la maison et grimpa dans son attelage. Sitôt les rênes en main, il lança les chevaux à toute allure, sans se soucier de la circulation. Après avoir évité de justesse un autre véhicule, il tourna à gauche, dans Arlington Street, et se dirigea vers la demeure des Winslet, sur Commonwealth Avenue. À chaque cahot, le bracelet enfoui au fond de sa poche de pantalon venait heurter sa cuisse.

Fiona.

Curieusement, le cœur de Matthew se mit à battre plus vite tandis qu'il songeait à cette femme étrange qui, par deux fois, avait surgi à l'improviste dans sa vie.

Il avait envie de la revoir, ne serait-ce que pour essayer de comprendre pourquoi elle occupait tellement ses pensées. Mais il modéra son désir. Il savait pertinemment qu'on se jouait de lui.

Fiona avait inventé un prétexte futile pour avoir une occasion de le revoir et sa propre mère était rentrée dans le manège de la jeune femme. Mais Matthew n'était pas dupe. D'abord, sa mère s'était arrangée pour les inviter au même dîner. Et voilà qu'elle insistait pour que ce fût lui qui rapportât le bracelet. Non sans avoir cherché à le convaincre, entre-temps, d'épouser Fiona.

Épouser Fiona…

Une bouffée de désir, aussi brutale qu'inattendue, courut soudain dans ses veines. Matthew étouffa un juron et transforma son désir en colère. Il ne se remarierait jamais. Et il ferait en sorte que cela fût bien clair pour sa mère et Fiona Winslet.

En pénétrant dans la demeure des Winslet, Matthew ne put s'empêcher de penser que ses propriétaires n'avaient su se garder d'une certaine ostentation. Le sol du hall était habillé de marbre d'Italie, tandis que les fenêtres se paraient de tentures extravagantes et que les portes ouvrant sur les pièces du rez-de-chaussée étaient toutes en bois sculpté. Quant à l'escalier menant à l'étage, il était lui aussi en marbre et un immense lustre de cristal pendait du plafond. Les revenus des Aciéries Winslet, l'une des entreprises les plus prospères du pays, suffisaient largement pour assurer à la mère de Fiona et à ses deux enfants ce train de vie somptueux. Seule note discordante, au milieu de tout ce luxe, il flottait dans l'air une étrange odeur exotique. Plantes ? Cuisine ? Il n'aurait su le dire.

Matthew fut conduit dans le petit salon, mais avant même que le majordome ait eu le temps d'annoncer sa visite, Fiona jaillit dans la pièce.

Une fois de plus, Matthew retint son souffle à sa vue. La jeune femme portait une robe parfaitement coupée, mais la soie coûteuse ne parvenait pas à dissimuler le côté sauvage de sa nature. Fiona incarnait la vie, le mouvement, la légèreté. Pour un peu, Matthew l'aurait embrassée à pleine bouche, pour le simple plaisir de goûter à ses lèvres. Il se rappela à l'ordre. Fiona Winslet ne l'intéressait pas.

— Je constate que vous m'attendiez avec impatience, remarqua-t-il d'un ton insolent.

Elle écarquilla les yeux sans comprendre.

— Quelle actrice accomplie ! railla Matthew. On jurerait que vous ignorez la raison de ma présence ici.

— Quelle est-elle ?

— Oh, assez joué, mademoiselle Winslet ! répliqua-t-il avec impatience. Je suis là parce que vous nous avez écrit.

— Moi ? J'ai fait cela ?

Un vague doute s'empara de Matthew, mais il le chassa promptement.

— Ne faites pas l'innocente. Je vous ai rapporté votre bracelet. Maintenant, expliquez-moi pourquoi vous souhaitiez me voir ?

Avant que la jeune femme ait pu répondre, la voix de sa mère résonna dans le hall.

— Avec qui parles-tu, Fiona ?

L'instant d'après, Laetitia Winslet pénétrait dans la pièce, Nestor et Hannah sur ses talons. Dès qu'elle reconnut Matthew, elle se précipita vers lui :

— Monsieur Hawthorne ! Votre mère est tellement aimable de répondre si vite à ma lettre. A-t-elle retrouvé le bracelet ?

Matthew jeta un coup d'œil oblique à Fiona. Elle semblait suivre la scène avec une curiosité teintée d'amusement. Il se racla la gorge.

— Oui, madame Winslet. Et elle m'a demandé de le rapporter moi-même, dit-il en sortant le bijou de sa poche.

— Où l'avez-vous retrouvé ? demanda Nestor d'une voix méprisante. Au fond de la soupière ?

— Nestor, je t'en prie, le sermonna sa mère.

Matthew vit le regard de Fiona étinceler, et fut surpris qu'elle ne lançât pas à son frère l'une de ces répliques acerbes dont elle avait le secret, comme il avait pu le constater dans le train.

— Encore merci, monsieur Hawthorne, reprit Laetitia. Nous nous apprêtions à passer à table…

Elle parut hésiter et Matthew comprit qu'elle se sentait obligée de l'inviter à déjeuner, mais n'y tenait pas vraiment.

— Voulez-vous vous joindre à nous ? proposa-t-elle finalement.

— Non, mais je vous remercie de votre invitation.

Nestor secoua la tête d'un air entendu.

— Il ne veut pas rester parce que la maison empeste à cause de toutes les décoctions que prépare Fiona pour un oui ou pour un non. Moi-même, je n'ai pas grande envie de manger ici. Je crois que je vais aller déjeuner en ville.

Et sur ces mots, il tourna les talons et quitta la pièce, suivi de sa mère et de sa grand-mère.

Matthew se tourna vers Fiona :

— Seriez-vous guérisseuse ?

— Pas le moins du monde, répliqua-t-elle. Janji m'a simplement appris quelques secrets concernant les herbes.

— Ah… répondit Matthew, soudain embarrassé. Je… je suppose que je vous dois des excuses pour ce petit malentendu.

— Un malentendu ? répliqua-t-elle, une lueur espiègle dans le regard. Je dirais plutôt que vous avez tiré des conclusions un peu hâtives.

Matthew esquissa un sourire et fit un pas vers la jeune femme.

— Admettons.

Elle était comme une flamme à laquelle il aurait voulu se réchauffer. Sa main le démangeait de caresser ses beaux seins ronds et d'en exciter les pointes à travers le tissu de sa robe. Tout à coup, Matthew avait renoncé à comprendre pourquoi il la désirait. Il la désirait, tout simplement.

— Tirer de fausses conclusions semble être votre spécialité, reprit-elle, avec un rien d'effronterie. Je crois me souvenir que vous aviez déjà fait la même chose, dans le train.

Mais à peine eut-elle terminé sa phrase qu'elle serra les lèvres et détourna la tête. Matthew en oublia son envie de l'embrasser.

— Je vois que vous ne souhaitez toujours pas parler de ce jour-là.

— Il n'y a rien à en dire de particulier.

— C'est ce que vous avez déjà répondu hier soir.

La jeune femme se raidit imperceptiblement, puis, après un soupir, se décida à regarder Matthew dans les yeux.

— Bon, très bien, puisque vous y tenez. D'accord, vous m'avez sauvé la vie. D'accord, j'ai une dette envers vous que je ne sais toujours pas comment rembourser, tout en sachant qu'il faudra bien essayer. Vous êtes satisfait, maintenant ?

Matthew se recula d'un pas, furieux. Tout à coup, il aurait voulu chasser cette femme de ses pensées, de sa vie.

— Je ne réclamais rien, lâcha-t-il froidement. Je m'inquiétais seulement de savoir comment vous alliez ?

— Je vais bien. Très bien, même, dit-elle, pliant la jambe plusieurs fois en guise de preuve. Vous voyez ? Et je vous rembourserai. D'une manière ou d'une autre, je vous rembourserai. Je n'ai pas oublié ce que vous m'aviez dit en Afrique. *Moi aussi*, je paie mes dettes, figurez-vous, monsieur Hawthorne.

Matthew regrettait déjà d'avoir rapporté le bracelet.

— Oubliez cette histoire, répliqua-t-il sèchement.

Fiona ferma un instant les yeux.

— Si seulement je le pouvais, murmura-t-elle, avec dans la voix un désarroi qui surprit Matthew.

— Si vous pouviez quoi ?

— Oh, rien... En fait, je me demandais si j'arriverais jamais à m'habituer à tout cela, dit-elle en s'approchant de la fenêtre pour regarder au-dehors. Ces bâtiments serrés les uns contre les autres, ces gens qui courent tout le temps sans qu'on sache pourquoi, ces rues pleines de monde mais où on ne voit même pas une poule ! C'est tellement étrange... mais si fascinant, aussi ! ajouta-t-elle dans un éclat de rire inattendu.

Déjà, la veille, Matthew avait été frappé par ses brusques changements d'humeur. Une minute, elle paraissait ravie comme une enfant faisant une nouvelle découverte, la minute d'après, elle semblait effarouchée par les lumières qui dansaient autour d'elle.

Et si Fiona était troublée par Boston et ses habitants, nul doute que les Bostoniens étaient tout autant troublés par elle. Lui-même aurait été très choqué, la veille, par sa façon de saluer, s'il n'avait su qu'en Afrique les femmes avaient coutume de glisser la main sous l'aisselle pour dire au revoir.

Mais l'incompréhension allait bien au-delà d'une simple histoire de coutumes. Les gens étaient d'abord intrigués par l'attitude de la jeune femme. Déjà, en Afrique, Matthew avait été frappé par son aplomb, pour ne pas dire son audace. Mais ici, à Boston, elle semblait encore plus sauvage que dans son souvenir. Fiona Winslet détonnait plus que jamais au milieu de tous ces puritains.

— Je suis fascinée par cette ville, reprit-elle, mais cela ne suffit pas. Au fond, je ne suis pas dans mon élément, ici. Et je crains de ne jamais l'être. Je ne comprends jamais ce que l'on attend de moi.

Joignant le geste à la parole, elle se balança d'un pied sur l'autre et s'inclina maladroitement, dans une pose qui s'apparentait à une révérence. Comme si elle voulait lui prouver qu'elle ne réussirait jamais à apprendre les bonnes manières. Qu'elle en était incapable, malgré sa bonne volonté.

Matthew détestait la voir comme cela.

— Mais non, c'est faux, répliqua-t-il sans même réfléchir. Il n'y a pas de raison que vous n'y arriviez pas.

Elle ne parut pas convaincue et, d'une certaine manière, Matthew ne pouvait lui donner tort. D'après le peu qu'il avait vu, la veille, il avait cent fois plus de chances qu'elle de devenir une parfaite lady. Cependant, il eut envie de la rassurer.

— Si vous voulez vraiment être une lady, vous réussirez, insista-t-il.

Elle se mordilla la lèvre inférieure.

— Vous êtes sûr ?

— Mais oui, j'en suis sûr.

Matthew s'en voulait un peu de son mensonge, mais elle y répondit par un sourire si pur, si innocent, si plein d'espoir qu'il ne put s'empêcher d'ajouter :

— Tout s'apprend, vous savez.

Le sourire de la jeune femme s'élargit encore.

— Monsieur Hawthorne ! s'exclama-t-elle. Je retire toutes les vilaines choses que j'ai pu penser de vous !

Matthew fronça les sourcils, indigné, ce qui la fit rire.

— Merci, merci ! Et merci aussi de m'avoir rapporté mon bracelet. Maintenant, je dois filer. J'ai un million de choses à faire.

Sur ces mots, elle quitta la pièce dans un bruissement de soie, laissant un Matthew incrédule et amusé derrière elle. Il sortit à son tour et rejoignit son attelage. Mais avant de reprendre les rênes, il tourna un instant son visage vers le soleil d'hiver qui perçait à travers les nuages. Dans des moments comme celui-ci, il se sentait presque normal, et le passé semblait n'être plus qu'un lointain souvenir.

Un sourire lui vint aux lèvres et, tout à coup, il comprit la magie de cette femme. Fiona Winslet avait le don de le faire sourire. Encore qu'il ne sût pas pourquoi. Ce n'était pas une belle femme selon les canons bostoniens. Elle était trop vivante, trop rousse, trop spontanée.

Cependant, elle réussissait ce prodige de lui faire oublier ses douleurs à l'épaule et au bras, ses idées noires, et même ces maux de tête lancinants qui le harcelaient.

Il s'apprêtait à lancer ses chevaux, quand il reçut un caillou sur la nuque. Aussitôt, une douleur lui vrilla le crâne et un voile blanc brouilla sa vision, comme cela lui arrivait de plus en plus fréquemment désormais. Malgré son malaise, il réussit cependant à tourner la tête et vit deux gamins qui se cachaient derrière un muret.

— Vise-le encore, disait l'un.

— Non, vas-y, toi !

— Poule mouillée !

— J'suis pas une poule mouillée ! se récria le second garnement.

— Alors, vise-le, le défia le premier.

— Ça va pas, non ? C'est un monstre !

Matthew en resta pétrifié d'humiliation. Il se força à respirer profondément, se persuadant qu'il n'avait cure des insultes de ces petits malandrins, mais un second caillou l'atteignit, et une douleur fulgurante lui incendia le bras au niveau de sa cicatrice, le faisant à moitié perdre connaissance.

Il voulut pourtant reprendre les rênes. Il fallait à tout prix qu'il rentrât chez lui avant que quelqu'un le vît dans cet état. Mais les forces lui manquaient et une soudaine bouffée de chaleur fit perler la sueur à son front.

« Respire, se morigéna-t-il. Respire calmement. »

Il se concentra intensément, ne pensant à rien d'autre qu'à son souffle, si bien qu'il n'entendit même pas les gamins se rapprocher dans son dos. Ce n'est que lorsqu'un troisième caillou l'atteignit qu'il claqua son fouet derrière lui, au jugé, avec un cri de douleur et de frustration.

Les gamins, effrayés, détalèrent en poussant des cris.

Deux femmes élégamment vêtues, qui conversaient un peu plus loin, virent, horrifiées, les enfants accourir vers elles, tandis que Matthew se tenait toujours raide sur son siège, le fouet à la main. Elles agrippèrent leurs fils et s'empressèrent de s'éloigner.

Pour Matthew, ce fut une humiliation supplémentaire. Il connaissait ces deux femmes depuis sa jeunesse. Nan Penhurst et Corinne Adams... Il avait même dansé avec elles, autrefois. Et leurs fils étaient des camarades de sa propre fille. Mais son apparence les effrayait autant que Mary.

Il se mit à frissonner, puis à trembler franchement. Le soleil avait disparu derrière les nuages et un petit vent mordant balayait maintenant la rue. Le corps brûlant de fièvre, Matthew lança ses chevaux à toute allure en direction de Marlborough Street, se dirigeant à l'instinct, ne s'apercevant même pas que les piétons s'écartaient prestement de sa route. Il ne remarqua pas davantage la fillette emmitouflée dans un manteau qui le regarda passer du trottoir, l'air terrifié.

Les quelques centaines de mètres qui le séparaient de son domicile lui parurent interminables, mais il finit quand même par atteindre sa rue et immobilisa bruyamment son attelage devant sa porte.

Aussitôt, Quincy, le majordome, se précipita à sa rencontre :

— Monsieur Hawthorne !

Et, voyant l'état de son maître, il ajouta, affolé :

— Mon Dieu ! Je vais chercher un médecin !

Rassemblant le peu de forces qui lui restaient, Matthew l'empoigna par le col.

— Ne dites rien à personne, articula-t-il d'une voix blanche, luttant contre la douleur qui le torturait. J'ai simplement besoin de repos, c'est compris ?

— Oui, oui, monsieur, balbutia le domestique.

Matthew le lâcha, mit pied à terre puis, chancelant, alla s'enfermer dans son bureau. Il réussit à verrouiller la porte derrière lui, mais quand il pivota, des étoiles se mirent à danser devant ses yeux. Perdant l'équilibre, il heurta la table à liqueurs, renversant au passage une bouteille de whisky, une autre de cognac et plusieurs verres, avant de s'effondrer, inconscient.

4

Mary Hawthorne resta un long moment pétrifiée sur le trottoir de Commonwealth Avenue après le passage de son père. Heureusement, il ne l'avait pas reconnue, dans son manteau boutonné jusqu'au col et surmonté d'un épais cache-nez. Cependant, la fillette avait quand même eu peur.

Le froid était vif, mais elle n'en avait cure. Elle avait marché toute seule jusqu'ici, comme elle en avait l'habitude chaque fois qu'elle réussissait à se faufiler discrètement hors de la maison de sa grand-mère. Son ancienne maison n'était plus qu'à deux pas, maintenant, mais tout à coup, Mary n'avait plus envie de s'y rendre. Elle était impatiente de retrouver sa grand-mère pour se réfugier dans ses bras.

Ravalant ses larmes, elle tourna les talons et rebroussa chemin.

— Je ne vais pas pleurer, se répétait-elle désespérément à chaque pas en tapotant ses joues de ses mains gantées.

Elle remonta la rue en hâte, soucieuse d'échapper aux regards. Depuis que son existence avait basculé, la fillette avait appris à se cacher des adultes.

Mary ne savait pas vraiment ce qui s'était passé, mais plus rien n'était comme avant. Sa grand-mère lui avait expliqué que sa mère était montée rejoindre Dieu et les anges et qu'elle ne reviendrait plus jamais. Mary comprenait que sa mère n'eût pas envie de quitter d'aussi importantes personnes, mais elle lui en voulait de ne pas l'avoir emmenée avec elle.

Quant à son père… La gorge de la fillette se noua tandis qu'elle pensait au nouvel homme qu'il était devenu. Il avait disparu, lui aussi, aussi soudainement que sa mère. Mais il était réapparu. Avec cette horrible marque sur son visage. Sans parler des traces sur son corps. Personne ne savait qu'elle avait aperçu son bras couturé de partout. Ni qu'elle avait compris qu'il ne serait plus jamais capable de la serrer très fort dans ses bras.

Et personne ne se doutait non plus qu'elle était au courant des ragots concernant le scandale. Mais là, Mary n'était pas très sûre d'avoir bien compris de quoi il retournait. En revanche, elle était sûre d'une chose : sa vie avait irrémédiablement changé.

Au coin d'une rue, la fillette aperçut quelques-uns de ses anciens camarades de jeux rassemblés sur les marches de la maison de Thadeus Panhurst. Elle tenta de traverser le carrefour sans se faire repérer. Depuis que sa mère était montée au ciel et que son père était parti en Afrique, les autres enfants ne semblaient plus goûter sa compagnie. Mais après tout, elle s'en moquait. Maintenant qu'elle vivait chez sa grand-mère, Mary fréquentait d'autres enfants. Et chaque fois qu'elle était revenue rôder vers son ancienne maison, elle avait toujours réussi à ne pas croiser ses amis d'autrefois.

Jusqu'à aujourd'hui…

— Regardez ! C'est Mary ! s'exclama une voix.

La fillette poursuivit sa route, feignant de ne pas avoir entendu. Mais les enfants s'étaient déjà précipités à sa poursuite et la rejoignirent alors qu'elle longeait les grilles du parc municipal.

— Qu'est-ce que tu fais par ici, Mary ? lui demanda le petit Harry Adams.

— On te croyait partie au diable ! ajouta Thadeus, un garçon de sept ans au visage mangé de taches de rousseur, un chapeau planté de travers sur sa tignasse blonde. T'as envie d'entendre le poème qu'on avait écrit pour saluer ça, Mary ?

La fillette continua d'avancer, le regard obstinément rivé devant elle.

— Sûr, qu'elle veut l'entendre, décréta un autre marmot.

Mais Mary n'était toujours pas disposée à s'arrêter pour les écouter. Alors, les enfants l'entourèrent et se mirent à chantonner :

— Mary, Mary, Mary Monstre, où ton père est-il parti ?

Ils répétèrent inlassablement leur refrain, de leurs petites voix aiguës qui ricochaient contre les murs des maisons.

Les lèvres de Mary tremblaient, et elle dut se retenir pour ne pas plaquer les mains sur ses oreilles. Elle s'enfuit, courant droit devant elle jusqu'à l'entrée du parc. Et poursuivit sa course folle dans les allées bordées d'arbres.

Épuisée, elle se laissa tomber sur un banc. Elle voulait sa mère, elle voulait son père, elle voulait revenir à son ancienne vie.

Elle ferma brièvement les yeux, essayant désespérément d'être forte, mais quand elle les rouvrit, elle aperçut une mère et sa fillette qui traversaient le parc, main dans la main. Les larmes qu'elle avait courageusement réussi à retenir éclatèrent alors et ruisselèrent sur ses joues rougies par le froid.

— Oh, maman ! murmura-t-elle. Pourquoi m'as-tu quittée ?

5

Matthew fut réveillé par les coups frappés à sa porte. Avec un grognement, il ouvrit les yeux et tenta de tourner la tête. Il se sentait laminé, comme si un train lui était passé dessus.

Au prix d'un effort considérable, il réussit à s'asseoir sur le divan. Mais ce seul mouvement lui provoqua une violente douleur au crâne. C'était tout juste s'il se rappelait s'être évanoui sur le tapis, quant à s'être déplacé jusqu'au divan, il n'en conservait aucun souvenir.

Il balaya la pièce du regard, se demandant si c'était lui qui avait renversé les bouteilles et les verres, quand on frappa de nouveau à la porte. Il entendit ensuite deux hommes avoir un échange assez vif.

— Bon sang, Quincy, éloignez-vous de là !

— Mais monsieur ! M. Hawthorne ne veut pas être dérangé.

— D'abord, vous me dites qu'il n'est pas là. Et maintenant, vous me racontez qu'on ne peut pas le voir. Que se passe-t-il dans cette maison, à la fin ?

Les doubles rideaux étaient tirés, ne laissant rien filtrer de l'extérieur. Faisait-il encore jour ? Matthew ignorait combien de temps il était resté allongé sur ce divan. Mais l'algarade du couloir lui donnait l'envie de se terrer encore un moment.

Cependant, il avait reconnu la voix de son frère aîné et il savait que Grayson ne tournerait pas les talons sans l'avoir vu. Matthew aurait de loin préféré recevoir la visite de son frère cadet. Lucas, au moins, aurait compris son désarroi. Mouton noir de la famille, il s'était lui-même trouvé dans des situations difficiles plus souvent qu'à son tour.

De guerre lasse, comme Grayson continuait de cogner au battant, Matthew finit par se lever et se traîna jusqu'à la porte pour lui ouvrir. Dès qu'il se montra, le silence se fit dans le couloir.

— Bonjour, Grayson, dit-il d'un ton enjoué, comme si de rien n'était.

Mais personne ne fut dupe. Et son frère moins que quiconque.

Matthew étouffa un juron en voyant l'expression de Grayson. Celui-ci s'était toujours comporté plus en père qu'en véritable frère à l'égard de Matthew et de Lucas. Matthew était persuadé qu'il avait agi ainsi envers ses deux cadets uniquement pour faire plaisir à leur père.

La distribution des rôles entre eux trois n'avait jamais varié au cours des années. Grayson courait après la reconnaissance paternelle sans jamais l'obtenir. Matthew l'avait eu d'emblée, sans avoir rien fait pour la mériter – du moins, jusqu'au drame. Et Lucas, à force de flagorneries trop voyantes, avait fini par la perdre définitivement.

Grayson s'avança d'un pas et jeta un regard circulaire dans la pièce.

— Intéressant, commenta-t-il, mais Matthew n'aurait pas su dire s'il faisait allusion à son allure, ou au désordre qui régnait dans son bureau.

Reportant son attention sur lui, Grayson ajouta :

— Tu as besoin d'un bon bain. Et de te raser. Je comprends, maintenant, pourquoi tu n'es pas venu au dîner dominical.

Matthew tressaillit. Il aurait donc raté le traditionnel repas familial ?

— Mais quelle heure est-il ? s'écria-t-il, éberlué, en lançant un coup d'œil incrédule vers les tentures qui masquaient la fenêtre.

En même temps qu'il posait cette question, lui revenaient en mémoire des bribes de sa dernière entrevue avec son médecin. À contrecœur, celui-ci avait fini par reconnaître que la faiblesse persistante de son bras et de son épaule ne guérirait peut-être jamais.

— Il se pourrait qu'il s'agisse d'une dégénérescence progressive des tissus nerveux et des muscles, due à une altération du cerveau, avait-il conclu.

— Si c'est le cas, que comptez-vous faire ? avait voulu savoir Matthew.

Le médecin avait hésité un moment, avant de lâcher, mal à l'aise :

— Chaque chose en son temps. N'essayons pas de résoudre les problèmes avant qu'ils ne se posent.

— Je veux la vérité, avait insisté Matthew, d'un ton sans appel.

— Dans ce cas, nous ne pourrions rien faire, avait fini par avouer le médecin, après un long silence. Mais n'y pensons pas pour l'instant. Attachons-nous plutôt à vos progrès.

Matthew savait qu'il n'avait fait aucun progrès. Bien au contraire.

— Tu te sens bien, Matthew ?

La voix de son frère le ramena brusquement au présent.

— Je me sens en pleine forme, riposta-t-il, avec un peu trop de véhémence.

Sa famille ne devait pas savoir. Personne ne le devait. À aucun prix. Il y avait déjà eu trop de souffrance et de scandale, et Matthew ne souhaitait plus qu'une chose : que cela ne se reproduisît plus.

— Apparemment, on ne peut pas aspirer à un peu de tranquillité sans être aussitôt considéré comme un criminel ? ajouta-t-il.

Pour la première fois, Grayson s'énerva.

— Ne me parle pas sur ce ton, s'il te plaît. Mère était très inquiète de ne pas t'avoir vu à dîner hier soir. Elle a raconté que tu étais sorti de la maison comme une furie dans l'après-midi et qu'elle était sans nouvelles de toi depuis.

Matthew eut un soupir las.

— Dis à mère qu'il n'y a aucune raison de s'inquiéter à mon sujet. Vraiment. J'avais prévu autre chose pour la soirée et j'ai simplement oublié de l'en avertir.

Grayson secoua la tête.

— Ne me raconte pas d'histoires ! Tu n'avais rien prévu d'autre. Tu es resté ici pour te cacher. Dans cette pièce, pour être plus précis, martela-t-il, désignant le bureau en désordre. Bon sang, Matthew ! Si seulement tu faisais l'effort de sortir un peu, de voir des gens... Laisse-leur le temps de s'habituer à toi !

— Je me refuse aux mondanités, répliqua tranquillement Matthew, qui gardait un souvenir cuisant du récent dîner chez ses parents. La dernière fois que j'ai essayé, je n'ai réussi qu'à mettre tout le monde mal à l'aise.

— Mais qui te parle de mondanités ? Je te demande de recommencer à vivre !

— À vivre ? cracha Matthew, dans une de ces éruptions de colère dont il était de plus en plus coutumier. Mais regarde-moi, à la fin ! Je fais peur aux enfants. Je suis un monstre !

— Une cicatrice n'a jamais changé quelqu'un, Matthew.

— Va donc raconter cela à père.

Grayson se raidit, avant de soupirer.

— Donne-lui un peu de temps...

— Le temps n'effacera pas ma cicatrice. Et père ne se soucie que du nom des Hawthorne.

Ce n'était un secret pour personne que Bradford Hawthorne était obsédé par les apparences. Il était issu d'une vieille famille bostonienne dont le nom était fort respecté, mais le temps qu'il arrive à l'âge adulte, le patrimoine des Hawthorne avait fondu comme neige au soleil. Bradford avait alors fait un mariage de raison. Il avait épousé Emmaline Abbot pour sa dot plus que par amour. Et le fait qu'Emmaline fût belle n'avait constitué qu'un attrait supplémentaire, mais en rien nécessaire. Il l'aurait de toute façon épousée, même si elle avait été laide.

Après ses noces, Bradford avait patiemment entrepris de reconstruire la fortune familiale, se servant intelligemment de l'argent de sa femme. Trois beaux garçons, Grayson, Matthew et Lucas étaient venus consolider cette union.

Malgré les protestations d'Emmaline, Bradford avait obligé très tôt son fils aîné à se débrouiller par lui-même pour faire son chemin dans la vie. Il s'était laissé fléchir quand cela avait été le tour de Matthew, puis de Lucas, et leur avait proposé son aide. Mais les deux frères s'étaient empressés de la refuser, par solidarité fraternelle. Les trois garçons avaient réussi, chacun dans des voies différentes, et cependant ni l'aîné ni le cadet n'avaient satisfait les ambitions de leur père.

Grayson était devenu avocat – le plus respecté de Boston, mais aux yeux de Bradford il ne serait jamais qu'un avocat. Lucas avait fondé un club de gentlemen, fort réputé pour la qualité des alcools qu'on y servait, mais aussi pour la beauté des femmes qui le fréquentaient. Son père, du coup, ne lui accordait pas plus d'estime qu'à un tenancier de tripot. Seul Matthew avait suscité la fierté de Bradford en bâtissant une fortune dans les chemins de fer et le commerce maritime. Résultat de ses succès, son père avait pris l'habitude de l'inviter à déjeuner chaque vendredi au très sélect *Locke*. Jusqu'à l'accident.

Désormais, Bradford trouvait toujours un bon motif pour annuler leur traditionnel déjeuner du vendredi. Et Matthew se souvenait avec amertume de l'air embarrassé de sa mère, la veille, quand elle lui avait annoncé que Bradford « ne serait pas là » vendredi prochain.

— Oublie ce que pense père, insista Grayson. Et sache que nous autres, nous t'aimons tous.

Matthew avait une boule dans la gorge.

— Je pense que tu ferais mieux de partir, maintenant.

Grayson, à présent, paraissait sincèrement inquiet.

— Et moi, je pense que tu ferais bien de consulter un médecin.

Matthew fixait d'un œil vague le mur devant lui.

— C'est déjà fait, Grayson. J'en ai même vu plusieurs. Et les meilleurs de la ville.

— J'aimerais que tu ailles en voir encore un autre. C'est mère qui a trouvé son adresse et nous pensons qu'il pourrait quelque chose pour toi.

Une lueur d'espoir éclaira soudain le regard de Matthew.

— Qui est-ce ?

Bizarrement, Grayson ne paraissait plus tout à fait aussi à l'aise.

— Il s'agit du Dr Samuel. Il travaille à l'hôpital de Southwood.

Matthew se raidit. L'hôpital de Southwood était un asile d'aliénés.

— Ce n'est pas du tout ce que tu penses, reprit vivement Grayson.

— Ah, non ? répliqua Matthew d'une voix glaciale.

— Le Dr Samuel est un spécialiste des traumatismes crâniens, précisa Grayson.

Matthew avait l'impression qu'une poigne d'acier lui enserrait le cou. Il ne pouvait plus parler.

— J'ai discuté avec lui, poursuivit Grayson, apparemment inconscient du trouble qu'il causait à son frère. Il n'est pas impossible, à l'en croire, que ta blessure à la tête ait pu provoquer des dommages au cerveau. Ce qui expliquerait tes comportements parfois inattendus.

— Je ne suis pas fou ! aboya Matthew, sortant de sa torpeur. Et contrairement à ce que pensent certains enfants, je ne suis pas un monstre. J'en ai peut-être l'air, mais je ne le suis pas.

— Il ne s'agit pas de ton visage ! explosa Grayson. Regarde cette pièce ! Regarde-toi ! Tu es débraillé, ton bureau est sens dessus dessous et tu laisses ta mère s'inquiéter à ton sujet. Tu appelles cela un comportement normal ?

Matthew s'obligea à garder son calme.

— Je n'ai pas été atteint au cerveau. J'ai vu plusieurs docteurs et tous m'ont dit la même chose : il faut simplement attendre que mes cicatrices guérissent.

C'était un mensonge, bien sûr, mais il ne voulait pas admettre devant son frère l'impuissance des médecins, pas plus, d'ailleurs, qu'il ne voulait l'admettre lui-même.

Grayson soupira.

— J'essayais simplement de t'aider.

La colère de Matthew retomba. Il était conscient que sa famille s'inquiétait à son sujet. Mais il n'était pas question que, sous prétexte de l'aider, ils l'envoient dans un asile tel que Southwood.

— Je n'ai pas besoin de ton aide, Grayson. Je vais très bien. Et tu te trompes sur mon compte. Ce n'est pas parce que je refuse d'aller dans des soirées où les gens me regarderont comme une bête curieuse que je suis dément.

— Je n'ai jamais dit une chose pareille !

— Bien sûr que si. Pas aussi crûment, mais ça revenait au même. Et je suis convaincu qu'au fond, c'est ce que tu penses.

Grayson regarda son frère droit dans les yeux.

— Pour te dire la vérité, je ne sais plus quoi penser.

La sincérité de cet aveu glaça Matthew. Et s'il perdait sérieusement la raison ? Si son cerveau se détériorait sans qu'il en eût conscience ? N'était-ce pas cela que les médecins avaient tenté de lui faire comprendre en parlant de « dégénérescence nerveuse » ?

Matthew songeait à tout ce qu'il lui fallait de concentration, désormais, pour manger proprement, sans répandre sa nourriture comme un nourrisson. Il songeait aussi à ces tremblements intempestifs qui agitaient parfois ses mains. Ou à ces éclairs aveuglants qui passaient devant ses yeux. Quelquefois, oui, il se sentait fou. Fou de colère, de rage et de douleur.

Grayson se passa la main dans les cheveux d'un air accablé, avant de s'approcher de la cheminée.

— Quelle débâcle, reprit-il. Quand je pense combien nous étions unis, tous les trois, il n'y a encore pas si longtemps.

— Tous pour un et un pour tous, murmura Matthew, tandis que les souvenirs heureux de leur enfance remontaient à la surface.

— Oui, comme les Trois Mousquetaires, approuva Grayson. Toujours à nous épauler les uns, les autres.

— Et toujours à nous attirer des ennuis ou à faire des bêtises.

Grayson s'esclaffa.

— Parle pour toi. C'est Lucas et toi qui faisiez tout le temps des bêtises, encore que je soupçonne votre ami Reynolds de vous avoir pas mal entraînés.

Matthew savait que Grayson disait vrai. Son frère aîné s'était toujours ingénié à se tenir à l'écart des mauvais coups. Pour autant, Bradford ne lui en avait jamais su gré, et Grayson avait toujours partagé avec eux les punitions paternelles.

C'était le bon temps. Le temps de l'insouciance. Matthew était alors persuadé qu'il en irait toujours ainsi. Mais il avait suffi d'un seul faux pas et tout l'édifice s'était écroulé. Décidément, la vie n'était rien d'autre qu'un fragile château de cartes.

Matthew ne se sentait déjà plus d'énergie. Il aurait voulu que son frère s'en aille au plus vite. Il se laissa tomber sur le divan, cala sa nuque contre le dossier et ferma les yeux. D'autres souvenirs venaient à présent le hanter. Il se revoyait, un an et demi plus tôt, lisant dans cette même pièce l'article élogieux que lui avait consacré le *Boston Herald*. C'était juste à la veille de la grande soirée de gala prévue en son honneur.

Tout cela lui paraissait si loin, désormais. Tellement loin...

— Matthew ?... Matthew !

Matthew sursauta. Bon sang ! Il avait dû s'assoupir. Il ouvrit les yeux, et serait probablement tombé à la renverse s'il n'avait déjà été sur le divan en se trouvant nez à nez non pas avec Grayson, mais avec Fiona Winslet. Penchée sur lui, la jeune femme le dévisageait avec inquiétude.

— Ça ne va pas ? lui demanda-t-elle. Vous êtes malade ?

Immobile, Matthew essayait de comprendre la situation.

— Non, je ne suis pas malade, marmonna-t-il. En revanche, quelque chose ne va pas, en effet. Que faites-vous ici ?

Elle sourit.

— Parfait. Je suis soulagée de vous retrouver tel qu'à votre habitude : mal embouché et mufle.

— Pas plus tard qu'hier, vous avez déclaré que vous retiriez toutes les vilaines choses que vous aviez pu penser à mon sujet.

Elle sourit de plus belle.

— Je retire aussi cela.

Elle s'écarta du divan. Elle portait une étrange robe vert et or qui flottait autour de ses chevilles. Matthew ne put s'empêcher de la suivre des yeux, parfaitement conscient de l'effet qu'elle produisait sur lui. Il se rappelait le galbe parfait de ses jambes, qu'elle cachait aujourd'hui sous cette robe curieuse. La douceur de sa peau sous ses doigts, son parfum... Et alors, comme toujours lorsqu'il se laissait aller à penser à ce fameux jour, en Afrique, il se souvint de ce qui avait suivi.

Aussitôt après le déraillement, Matthew avait retrouvé Fiona au milieu de l'herbe, inconsciente, couverte de sang. Tous les voyageurs en état de marcher s'étaient empressés de suivre un homme qui leur avait assuré qu'il pouvait les guider à travers la jungle. Matthew aurait pu les imiter, mais il n'en avait rien fait. Il s'était senti incapable d'abandonner Fiona à son sort. Il n'aurait su dire pourquoi il avait éprouvé un tel désir de la sauver – il ne le savait d'ailleurs toujours pas.

Il essayait de se persuader qu'il avait agi par simple réflexe humanitaire. Il avait une dette – envers Janji, sinon envers quelqu'un d'autre.

— Où est passé mon frère ? demanda-t-il d'un ton acerbe en regardant autour de lui.

— Si vous faites allusion au grand type sévère que j'ai croisé tout à l'heure dans le hall, je crois savoir qu'il est parti. J'ajouterai qu'il n'avait pas l'air particulièrement de bonne humeur.

Elle lui décocha un sourire perplexe, avant de reprendre :

— Vous avez un don de faire enrager les gens, on dirait.

Matthew laissa retomber sa tête sur le dossier.

— Que faites-vous là, mademoiselle Winslet ?

Elle ne répondit pas tout de suite. Matthew s'apprêtait à réitérer sa question lorsqu'elle lâcha :

— Je suis venu vous demander un service.

Il fronça les sourcils d'un air soupçonneux.

— Mon intuition me souffle que je ne vais pas apprécier votre demande.

— Non, non ! Détrompez-vous. Ne tirez pas, une fois de plus, des conclusions trop hâtives. Ce n'est presque rien, en réalité.

Elle hésita un instant et tortilla la ceinture de sa robe entre ses doigts, avant de se jeter à l'eau :

— J'aimerais que vous m'appreniez les règles du savoir-vivre en vigueur à Boston.

6

Matthew se redressa d'un bond, comme s'il avait reçu une décharge électrique.

— Quoi ?

Fiona s'empressa de s'expliquer :

— Cela me semble une excellente idée. Elle m'est venue hier soir, tandis que j'étais allongée par terre... Je veux dire, sur mon lit... sur mon lit, posé par terre. Enfin, peu importe. Vous connaissez les usages en vigueur dans cette ville. Vous savez quelle cuiller doit être utilisée et à quel moment. Vous pourriez m'enseigner tout cela, qu'en pensez-vous ?

— Non, répondit posément Matthew.

Il était hors de question qu'il devînt son mentor. Et encore moins qu'il la vît chaque jour.

De manière inattendue, la jeune femme effleura d'un doigt léger sa cicatrice, en suivant le tracé. Cette caresse anodine le fit tressaillir. De frustration, mais aussi de désir.

— Ça fait mal ? murmura-t-elle.

— Non. Je n'y pense même pas.

Elle planta son regard dans le sien. Comme si elle cherchait à savoir s'il était sincère ou s'il mentait.

Ébranlé par la sollicitude qu'il lisait sur son visage, Matthew eut soudain une irrépressible envie de la prendre dans ses bras, d'enfouir son visage entre ses seins, de lui parler de ses blessures, de sa douleur, de sa rage. De sa famille aussi, qui s'imaginait qu'il avait perdu la raison.

— Alors, vous êtes d'accord pour m'aider ? reprit-elle.

Matthew avait oublié de quoi elle parlait.

— Pardon ?

— Acceptez-vous de me montrer comment me comporter en société ? Je veux vraiment apprendre, vous savez.

À son ton, Matthew sentit qu'elle essayait de s'en convaincre elle-même, mais qu'elle n'y arrivait pas vraiment.

— Vous avez besoin d'un professeur de bonnes manières, mademoiselle Winslet. Pas de moi.

— Mais personne ne doit être au courant de ma démarche ! s'exclama-t-elle. Ni ma mère ni mon frère. J'aimerais être parfaite pour ma prochaine réception. Je ne veux plus qu'on se moque de moi.

Fronçant les sourcils, elle lança :

— Du reste, je vous rappelle que vous m'avez vous-même affirmé que je saurais apprendre. Que vous m'en croyiez capable. Mais peut-être ne le pensiez-vous pas vraiment ?

Elle avait trop confiance en lui. Matthew aurait voulu lui expliquer que les Bostoniens n'étaient pas aussi faciles à conquérir. Qu'il ne suffisait pas de savoir se servir de la bonne cuiller pour qu'ils vous acceptent.

Mais les mots ne venaient pas.

— En disant cela, je ne me voyais pas dans le rôle du professeur, se contenta-t-il de répondre.

La jeune femme parut soulagée. Ses beaux yeux verts brillèrent de l'espoir retrouvé. Elle se dirigea d'un pas léger vers la fenêtre, sa robe virevoltant autour d'elle, et se figea soudain. Elle balaya la pièce en désordre du regard, l'air étonné, puis haussa les épaules, comme si elle avait finalement conclu qu'il n'y avait là rien d'anormal.

— Ce serait joli, ici, si c'était mieux rangé, décréta-t-elle.

— Je ne suis pas sûr que « joli » soit le mot qui convienne pour décrire un bureau masculin.

Elle se tourna vers lui, amusée.

— Bon, d'accord, je reprends : Ce serait élégant, ici, si c'était mieux rangé. Cela vous va ?

Matthew se retint de sourire.

— Admettons, mademoiselle Winslet. Mais pour commencer, si vous voulez vraiment vous conformer aux usages en vigueur dans la bonne société bostonienne, sachez qu'une dame ne se rend jamais chez un homme, encore moins si elle est seule. Tout le monde aurait pu vous voir. À commencer par mon frère, que vous venez de croiser.

— Je suis sûre qu'il n'a même pas fait attention à moi. Il avait l'air trop absorbé dans ses pensées.

— La chance ne vous sourira pas toujours.

La jeune femme médita un instant sa réponse, avant de dévier la conversation :

— À propos, je... n'ai pas encore pensé à vous remercier pour avoir mangé cette fleur, l'autre soir à dîner.

— Ce n'était rien, grommela Matthew.

— Non, ce n'était pas rien ! Au contraire. C'était terriblement gentil de votre part.

Avant qu'il ait pu répondre, elle s'était à nouveau détournée pour aller se planter devant un guéridon sur lequel se trouvait une statuette en bronze représentant George Washington. Elle la saisit pour la contempler de plus près. Matthew ne quittait pas la jeune femme des yeux, fasciné malgré lui par le spectacle qu'elle offrait. Après avoir reposé la statuette, Fiona continua son inventaire de la pièce.

— Mademoiselle Winslet, je ne suis pas d'humeur à cela.

— J'aurais juré que ce genre de remarque était réservé aux ladies.

Matthew fronça les sourcils.

— Je ne suis pas *non plus* d'humeur à plaisanter. J'ai envie d'un peu de paix et de tranquillité. Est-ce trop demander ?

Comme elle ne répondait rien, il ajouta, excédé :

— J'ai du travail. Il est temps que vous me laissiez.

— Pas tant que vous n'aurez pas accédé à ma requête.

— Je refuse d'être votre professeur, rétorqua Matthew, à bout de patience. Mais si j'avais accepté, j'aurais commencé par vous faire un sermon sur les femmes arrogantes.

— Dans ce cas, vous feriez bien d'aller dispenser vos cours chez Edwina Raines, répliqua Fiona. Cette pécore aurait bien besoin d'une leçon ou deux.

Sur ce, elle entreprit d'examiner la pendule posée sur la cheminée.

Matthew serra les dents.

— Quelqu'un aurait dû vous avertir qu'une lady qui se respecte doit manifester son courroux lorsqu'elle est insultée.

— Parce que vous m'avez insultée ?

— Au moins trois fois depuis que vous êtes entrée dans cette pièce.

— Fort bien. Sachez donc que je suis courroucée. Cette pendule est magnifique.

Après la pendule, Fiona étudia de près un vase, puis elle s'intéressa à un petit coffret en ivoire, avant d'aller inspecter les rayonnages de la bibliothèque.

— Hmm, murmura-t-elle, l'air admiratif, en laissant glisser son doigt sur les reliures en cuir.

Et soudain, contre toute attente, Matthew la vit enfin quitter le bureau, laissant la porte ouverte derrière elle. Presque aussitôt, il l'entendit pousser un cri d'étonnement. Il la trouva immobile au milieu du hall, les yeux levés vers le plafond.

— Qu'est-ce que c'est ? demanda-t-elle.

— Une mosaïque.

Elle lui jeta un coup d'œil.

— Merci, je m'en doutais. Mais c'est étrange, comme motif. Ce guerrier qui tient dans sa main une colombe, murmura-t-elle, rêveuse.

— La maison s'appelle « Le chemin de la colombe ».

Fiona leva de nouveau les yeux au plafond, et resta silencieuse un long moment.

— Les colombes ont la réputation de toujours retrouver leur chemin, souffla-t-elle.

Puis se moquant d'elle-même :

— Les peintures et la réalité sont deux choses différentes.

Matthew la regarda sans comprendre.

— Que voulez-vous dire par là ?

Mais déjà la jeune femme avait reporté son attention ailleurs, laissant Matthew à sa perplexité. Elle s'était approchée du grand miroir vénitien pendu à l'un des murs. Un long moment elle étudia son propre reflet dans la glace, semblant ne même pas s'apercevoir que Matthew l'observait. Puis elle tendit la main et suivit du doigt le contour de son visage, comme si elle le découvrait pour la première fois.

Matthew repensa à l'Afrique. À ses lacs à la surface souvent aussi lisse que des miroirs, mais où les femmes ne possédaient même pas un simple face-à-main. Un autre monde. La plupart des Africains ignoraient jusqu'à l'existence de tout ce qui faisait le confort quotidien des Bostoniens, comme les rues pavées, les voitures attelées ou les réverbères à gaz. Mais c'étaient des hommes et des femmes à la curiosité toujours en éveil, qui regardaient et touchaient tout ce qu'ils découvraient de nouveau. Exactement comme Fiona en cet instant.

— Et cela, qu'est-ce que c'est ?

La voix de la jeune femme le tira soudain de sa rêverie. Il s'aperçut alors qu'elle n'était plus dans le hall. Il se guida à la voix et la retrouva dans une pièce entièrement vitrée.

— Comme c'est joli ! s'extasiait-elle. Comment appelez-vous cet endroit ?

— Un jardin d'hiver.

Fiona crut qu'il se moquait d'elle.

— Mais il n'y a pas de jardin, ici !

— Non, mais vous pouvez le voir derrière les vitres.

— Pour l'instant, je vois surtout de la neige.

Il tombait en effet quelques flocons.

— C'est exact. Mais au printemps, les parterres se couvriront de fleurs.

— J'ai du mal à vous croire. Je n'arrive pas à imaginer que des fleurs soient assez résistantes pour pousser dans cette ville. Depuis que je suis arrivée, il fait un froid horrible.

— Rassurez-vous, le printemps approche.

Visiblement sceptique, elle s'approcha de cartons empilés dans un coin.

— C'est quoi, cela ?

— Rien.

— Vous arrive-t-il parfois de répondre sans détour à une question ? lança-t-elle d'un air espiègle.

— Vous arrive-t-il de tenir votre langue ?

Elle s'esclaffa, et ouvrit sans façon l'un des cartons.

— Regardez-moi cela ! Du matériel de peinture. Pourquoi est-il rangé dans ce carton ?

— Tout n'a pas encore été déballé depuis mon retour, expliqua-t-il d'une voix tendue.

— Pourtant, je n'ai pas vu d'autres cartons ailleurs.

— Les domestiques les ont vidés.

— Mais pourquoi n'ont-ils pas ouvert ceux-là ?

— Cela ne vous regarde pas, mademoiselle Winslet.

— Ah, bon ? Pourquoi ?

Pourquoi ? Pourquoi ? Matthew se retenait pour ne pas exploser.

— Parce que je leur ai ordonné de ne pas y toucher. Cela vous suffit comme explication ?

Fiona s'empara d'un pinceau et en caressa les poils du doigt.

— J'avais oublié. Vous m'avez raconté que vous aviez peint, autrefois.

Durant ces longues heures passées ensemble, au cœur de la jungle, Matthew lui avait parlé de sa passion pour l'art. Et comment il aimait capturer sur la toile l'essence de ses modèles. Il lui aurait dit n'importe quoi pour l'empêcher de sombrer dans l'inconscience.

— Pour autant que je me souvienne, j'avais même laissé entendre que j'aimerais faire votre portrait.

Fiona sentit ses joues s'empourprer.

— Mais je vous ai répondu qu'il n'en était pas question.

Le regard de la jeune femme fut soudain attiré par une feuille de papier froissée, jetée en boule sur le tapis. Elle se pencha pour la ramasser, mais Matthew fut plus rapide qu'elle. Il ne voulait surtout pas qu'elle vît ses tentatives pathétiques pour reproduire le visage de Mary sur le papier. Sa fille chérie. La nuit, il se réveillait en sursaut et décrétait qu'il allait la convaincre de venir vivre avec lui, dans cette nouvelle maison. Mais, le matin venu, il se rappelait l'expression de la fillette à sa vue et il renonçait à son projet.

Perdu dans ses pensées, Matthew ne put en revanche empêcher Fiona de s'emparer de l'article de journal posé sur la table.

— « Un Bostonien renommé s'apprête à exposer ses toiles », par Justine Crowleight, commença-t-elle à lire à haute voix.

Elle regarda Matthew, étonnée, avant de poursuivre sa lecture :

— Matthew Hawthorne, l'un des membres les plus éminents de la bonne société de notre ville, s'est toujours distingué par ses multiples talents. Nous avons eu la surprise de découvrir qu'il était aussi un artiste accompli. N'allez pas vous imaginer qu'il se sert de sa richesse, comme certains n'hésitent pas à le faire, pour imposer ses œuvres. Matthew Hawthorne est sans conteste doué. Sa première exposition, qui ouvrira demain ses portes au public, devrait achever de convaincre les plus réticents.

L'article continuait encore sur deux colonnes, mais Matthew n'écoutait déjà plus. Il n'en avait pas besoin : il aurait pu réciter le texte par cœur. Aucun de ses succès en affaires ne l'avait autant comblé que la perspective de cette exposition.

Était-il possible que cet article eût été écrit seulement un an et demi auparavant ? Matthew avait l'impression qu'une vie entière s'était écoulée depuis qu'il en avait pris connaissance pour la première fois. Et, d'une certaine manière, c'était le cas. Son talent avait disparu, comme le reste.

— L'exposition a-t-elle eu lieu ? demanda doucement Fiona, comme si elle avait déjà deviné.

— Vous posez trop de questions.

Elle l'étudia un long moment, d'un regard pénétrant.

— Votre exposition a-t-elle eu lieu ? persista-t-elle.

— Non, répliqua-t-il sèchement.

La jeune femme s'approcha de lui et Matthew comprit qu'elle allait encore le toucher. Mais il réagit plus promptement cette fois et arrêta sa main. Il voulait éviter le contact de ses doigts si doux sur sa joue, mais il n'imaginait pas que le simple frôlement de leurs paumes suffirait à le troubler presque autant.

— Pourquoi m'avez-vous menti ? demanda-t-elle.

— Comment cela ? s'étonna Matthew.

— Durant cette fameuse nuit, en Afrique, vous m'avez raconté que tout le monde, à Boston, était gentil et merveilleux. Et je vous ai cru.

— Je vous ai dit ce que vous désiriez entendre.

— Mais vous m'avez menti.

— Vous étiez mourante ! voulut se justifier Matthew. Je ne voyais aucune raison de vous révéler la vérité, cela n'aurait fait que vous abattre un peu plus.

Fiona ferma un instant les yeux et éclata d'un rire empreint de soulagement.

— Ce n'est pas faux. Si vous m'aviez parlé d'Edwina Raines, j'aurais sans doute préféré mourir dans la jungle.

— Mais vous avez survécu.

Il la contemplait gravement, incapable de détourner le regard. Elle était si proche de lui. Il lui suffirait de se pencher un peu pour frôler ses lèvres...

Elle rougit, comme si elle avait deviné ses pensées. Matthew posa alors le doigt sur la petite tache qui incendiait sa pommette, puis le laissa courir plus bas, le long de sa joue, jusque dans son cou, là où la veine palpitait au rythme des battements de son cœur. La jeune femme ne bougea pas et il dut lutter pour résister à l'envie de la serrer contre lui.

Il comprenait maintenant pourquoi il n'avait pas réussi à l'oublier. Elle l'avait fasciné dès l'instant où elle avait pénétré dans le wagon. La grâce déliée de ses mouvements, sa chevelure qui cascadait librement sur ses épaules, son parfum enivrant... tout, chez elle, était source de sensations. Après plus d'une année passée tel un mort vivant, Matthew s'était senti revivre en la voyant.

Mais à quoi bon revivre ?

— Je dois partir, murmura-t-elle, reculant d'un pas. Mais je reviendrai demain.

— Non, Fiona.

C'était la première fois qu'il l'appelait par son prénom et il en fut aussi surpris qu'elle.

— Je ne serai pas votre professeur.

Elle parut beaucoup s'amuser de sa détermination.

— Mais si. Comme dans la jungle, vous ne me laisserez pas exposée au danger.

Tant de présomption laissa Matthew sans voix. Avant qu'il eût trouvé quoi répondre, la jeune femme avait déjà gagné la porte d'entrée. Elle avait balayé ses objections avec un aplomb incroyable, et il ne doutait pas qu'elle revînt le lendemain. Une pareille assurance l'aurait presque amusé, s'il n'avait été aussi déstabilisé à l'idée de la revoir.

Il voulut la rattraper, bien décidé à lui opposer une fin de non-recevoir. Mais quand il vit Quincy lui tendre son manteau, il en resta muet de saisissement. Flamboiement de la chevelure, noir profond du manteau : le contraste était bouleversant de beauté.

Fiona était comme un morceau d'Afrique en plein Boston. Et Matthew se rendait compte tout à coup que c'était ce qu'il lui fallait : pas cette femme en particulier, mais ce qu'elle représentait, cette part d'évasion qu'il était allé chercher au fin fond de la jungle.

Depuis l'accident, il n'avait plus repeint. Au fil des mois, il avait fini par se persuader que son aventure artistique était terminée à tout jamais. Mais le simple fait de contempler Fiona réveillait subitement son envie de tenir un pinceau.

Il réalisa qu'il ne pourrait pas se passer de la présence de la jeune femme. Et qu'il deviendrait son mentor, ainsi qu'elle le souhaitait.

Elle coula soudain un regard vers lui, comme si elle avait compris. Il s'attendait qu'elle le gratifiât d'un sourire triomphal, mais elle le surprit une fois de plus.

— Vous allez recommencer à peindre, Matthew Hawthorne. Et cette fois, vous exposerez.

Il était si stupéfait qu'il ne sut quoi répondre. Le sang bourdonnait à ses tempes.

— Allez prendre un bon bain, maintenant, ajouta-t-elle avec cette franchise désarmante à laquelle il commençait à s'habituer. Je reviendrai demain.

Elle sortit sans se retourner, et, l'espace d'un instant, Matthew sentit quelque chose qui ressemblait à de l'espoir palpiter au plus profond de son être.

Elle s'était montrée si confiante, si convaincue qu'il repeindrait à nouveau.

Il retourna dans le jardin d'hiver et, d'une main tremblante, sortit un crayon et une feuille de papier d'un des cartons. Puis il commença à dessiner, mû par un besoin qui lui faisait provisoirement oublier la douleur dans son bras. Mais il se trouva incapable de maîtriser son crayon. Ses doigts étaient trop malhabiles. Il se concentra et fit une seconde tentative. La sueur perlait à son front mais sa main refusait toujours de lui obéir. Dans sa frustration, il appuya tellement la mine sur le papier qu'elle se brisa net.

Furieux, Matthew froissa la feuille et la lança rageusement à travers la pièce. Puis il quitta le jardin d'hiver, monta jusqu'au grenier et alla fouiller dans le coin où étaient entassées ses toiles, rangées à l'abri de la poussière sous des couvertures.

Son travail, dont il avait été autrefois si fier. Et qui, désormais, appartenait au passé.

— Non, mademoiselle Winslet, je ne repeindrai plus jamais, murmura-t-il, avant que les images de la nuit où tout avait basculé ne l'assaillissent.

Matthew rentrait chez lui. La maison, illuminée de toutes parts, brillait comme un joyau dans la nuit. Un air de valse résonnait dans le hall et, par la grande double porte ouvrant sur la salle de bal, il pouvait voir les invités danser. Tout Boston s'était donné rendez-vous pour cette réception célébrant l'entrée officielle de Matthew dans le monde de l'art.

Il était en retard, mais il avait fait un détour par la galerie pour s'assurer que chaque tableau était accroché au bon endroit. L'exposition devait ouvrir le lendemain.

Alors qu'il s'avançait vers la salle de bal, un petit homme chauve en sortit et l'interpella joyeusement.

— Matthew, te voilà enfin ! Je tiens à être le premier à te féliciter pour ton exposition. J'ai hâte de voir cela.

— Merci, Walter, répondit chaleureusement Matthew en lui serrant la main. As-tu vu Kimberly ?

— Je l'ai aperçue, mais cela fait déjà un moment. Elle était avec ta fille. Toutes deux portaient la même robe et je peux t'assurer qu'elles ont fait sensation. Je pense que Mary est couchée, à présent. Mais elle n'avait aucune envie de monter dans sa chambre et je ne serais pas surpris de la voir redescendre en catimini au milieu de la soirée.

Matthew sourit.

— Cela ne m'étonnerait pas non plus. J'irai l'embrasser tout à l'heure. Mais je voudrais d'abord retrouver ma femme.

Walter se retourna pour balayer du regard la foule des invités.

— Je ne la vois plus.

— Ce n'est pas grave. Je vais la chercher. À plus tard, Walter.

À peine Matthew avait-il franchi le seuil de la salle qu'il se retrouva happé par une jeune femme élégante, portant de magnifiques bijoux. Célia. La meilleure amie de Kimberly.

— Matthew, chéri ! s'exclama-t-elle, en lui présentant sa main. Vous n'avez pas honte d'être en retard ?

Matthew s'inclina galamment.

— Vous êtes superbe, Célia.

— Je vous retourne le compliment, répliqua-t-elle en se rapprochant de lui.

Matthew s'esclaffa, avant de lâcher sa main et de se reculer.

— Où est Kim ? demanda-t-il en parcourant la pièce du regard.

— Je ne l'ai pas vue depuis un moment, répondit Célia.

Et, avec une moue boudeuse, elle ajouta :

— Pourquoi ne m'invitez-vous pas à danser ?

Matthew sourit.

— Il faut d'abord que je trouve ma femme.

Célia déplia son éventail et l'agita devant son visage.

— C'est moi que vous auriez dû épouser, Matthew Hawthorne.

— Vous me l'avez déjà dit, Célia. Et je vous ai répondu que n'importe quel homme serait ravi de vous avoir pour épouse.

— N'importe quel homme, sauf vous.

— Vous êtes un bourreau des cœurs, Célia, riposta-t-il sur le ton de la plaisanterie. Je ne voulais pas prendre de risques.

— Le bourreau des cœurs, c'est plutôt vous, Matthew. Et vous le savez très bien.

Après qu'elle se fut éloignée, il aborda une lady d'âge mûr, très liée à la famille de Kimberly.

— Avez-vous vu ma femme ? s'enquit-il.

— Kimberly ?

La vieille dame haussa les sourcils et se tourna vers sa compagne.

— Il cherche Kimberly. Est-ce qu'on lui explique ?

Et, reportant son attention sur Matthew, elle lui lança un regard désapprobateur, comme s'il avait fait quelque chose de mal.

— Vous arrive-t-il parfois de prendre conscience que votre femme est sous votre responsabilité ? fit-elle d'une voix coupante.

— Margot, je t'en prie, intervint son amie. Ce n'est pas le moment…

— Il faut pourtant bien que quelqu'un le lui dise.

— De quoi parlez-vous, à la fin ? s'impatienta Matthew.

La vieille dame le toisa telle une maîtresse d'école faisant la leçon à l'un de ses élèves.

— Loin de moi l'idée de me mêler de ce qui ne me regarde pas, mais je ne saurais trop vous conseiller d'aller faire un tour dans le jardin d'hiver. Je crois bien avoir vu votre femme s'y rendre.

Vaguement inquiet, Matthew s'empressa de gagner la serre aménagée dans le jardin en salon d'hiver. La pièce, plongée dans une semi-obscurité, semblait déserte, et

Matthew, déçu, s'apprêtait à rebrousser chemin quand il vit quelque chose bouger à travers le rideau de plantes exotiques qui montait à l'assaut des parois de verre.

Discrètement, il s'approcha de l'entrée et tira la porte. Le spectacle qu'il découvrit alors le cloua sur place.

Kimberly était adossée à l'une des parois de la serre, sa robe de crêpe de Chine relevée jusqu'à la taille, ses jambes nues enroulées autour des hanches de l'homme qui se tenait devant elle. Il l'avait déjà pénétrée, mais semblait se retenir, comme pour augmenter l'excitation de sa maîtresse, qui gémissait de frustration.

— Toujours aussi gourmande, murmura-t-il d'une voix satisfaite.

— Je t'en prie, arrête de me torturer, le supplia-t-elle, haletante.

L'homme éclata de rire.

— C'est ça que tu veux, hein ? demanda-t-il en plongeant profondément en elle.

— Oui, Reynolds ! Oh, oui !

7

Le lendemain de sa visite à Matthew Hawthorne, Fiona se réveilla, comme à l'accoutumée, sur le plancher de sa chambre, enroulée dans les draps et les couvertures qu'elle avait ôtés de son lit pour les étendre sur le tapis.

En Afrique, elle avait toujours dormi à même le sol, et elle n'arrivait pas à s'habituer à ce lit si haut et à ce matelas si moelleux dans lequel elle avait l'impression de sombrer.

Elle n'en revenait pas de voir dans quel luxe sa famille et leurs amis vivaient en Amérique. Un luxe fort éloigné de ce qu'elle avait pu connaître au Congo. Là-bas, les maisons étaient faites de paille et de terre battue. Même celle construite par son père, avec ses nombreuses pièces qui suscitaient l'admiration de toute la contrée, aurait fait pâle figure ici.

La veille, Fiona avait promis à un domestique de lui préparer une infusion d'eucalyptus, pour soulager ses rhumatismes. Dès qu'elle aurait avalé son petit déjeuner, elle s'y mettrait. Elle en profiterait pour préparer une décoction de pissenlit qu'elle apporterait à Matthew en allant prendre son premier cours. Le pissenlit était roboratif, et particulièrement indiqué les lendemains de beuverie. Or, à en juger par le désordre de son bureau, Matthew Hawthorne semblait avoir quelque peu abusé de l'alcool.

Désireuse d'apparaître irréprochable pour sa première leçon, la jeune femme consacra un peu plus de temps que d'habitude à sa toilette. Elle choisit une tenue parmi l'assortiment incroyable de robes qu'elle avait déniché en ville, dans une petite boutique charmante. Les robes toutes faites y étaient accrochées sans façon sur des tringles. Il suffisait de choisir le modèle qui vous convenait pour repartir avec, sans avoir à supporter la corvée des essayages, ni surtout le délai que réclamait la confection d'une toilette sur mesure. C'était un progrès merveilleux.

Avant de descendre, Fiona sortit de sa valise quelques photos d'Afrique. Elle comptait les montrer à Nestor ; une façon comme une autre d'adoucir leurs relations.

La maisonnée fonctionnait avec une précision qui ne cessait d'impressionner la jeune femme. Ainsi, chaque matin, le *Boston Herald* était livré à 8 h 15 précises. Des soubrettes se chargeaient aussitôt d'en défroisser les feuilles au fer à repasser avant de le mettre à disposition de leurs maîtres dans la petite salle à manger où était servi le petit déjeuner.

À 8 h 45 précises, des servantes sortaient de l'office en file indienne pour déposer sur une desserte le menu du petit déjeuner, toujours le même : des œufs, du bacon, du porridge, du fromage, du pain frais, du beurre et de la confiture.

Parvenue au bas de l'escalier, Fiona aperçut sa mère à l'autre bout du hall, parfaitement élégante, comme à son habitude, dans sa robe de satin d'un subtil bleu pâle.

Laetitia remarqua sa fille à son tour et lui adressa un sourire, apparemment ravie de la voir.

Sa mère. La personne à qui elle devrait se confier en priorité pour faire son chemin dans le monde, plutôt que de s'adresser à un quelconque étranger.

Dans un élan subit d'amour filial et d'espoir naïf, Fiona décida qu'elle avait eu tort de demander l'aide de Matthew Hawthorne. Il était grand temps qu'elle avoue à sa mère combien elle avait besoin d'elle. La femme qui l'avait mise au monde ne pourrait lui refuser son soutien.

— Maman, commença-t-elle, vous êtes ravissante.

Mais à peine eut-elle dit cela qu'une voix tranchante, dans son dos, la corrigea :

— Ma chérie, s'il te plaît, n'appelle pas ta mère « maman ». C'est si commun.

Fiona se retourna et vit que sa grand-mère se tenait juste derrière elle, une moue de dédain plaquée sur les lèvres. Il n'en fallut pas plus pour ébranler son assurance. Tout à coup, elle ne se sentait plus le courage d'avouer à sa mère qu'elle avait besoin d'aide pour s'y retrouver dans le dédale des usages de la bonne société américaine. Depuis son arrivée, sa grand-mère avait à plusieurs reprises laissé entendre qu'elle n'avait jamais pensé beaucoup de bien de William Winslet avant qu'il parte pour l'Afrique et qu'elle en pensait encore moins maintenant qu'elle avait devant les yeux la fille qu'il avait élevée.

Fiona se sentit piquée dans sa fierté. Elle leur prouverait à tous qu'ils se trompaient. Mais pour cela, il lui faudrait d'abord maîtriser ces bonnes manières que les Bostoniens portaient aux nues. Ce qui signifiait qu'elle avait effectivement besoin de Matthew. Mais, au fond, tout cela n'était-il pas qu'un prétexte pour le revoir ? songea-t-elle soudain. Parce que, avec lui, elle ne se sentait plus perdue.

Sa bouche était enflée et desséchée. Avec une infinie patience et une grande douceur, Matthew essayait de faire couler entre ses lèvres quelques gouttes d'eau de sa gourde.

Coincée entre ses jambes légèrement pliées, adossée à sa poitrine, Fiona se sentait en sécurité.

— Je ne peux pas avaler, articula-t-elle avec difficulté.

— Il le faut, Fiona. Je ne vous laisserai pas mourir. Vous allez vous en sortir.

Elle avait tourné la tête de côté tandis que des larmes roulaient sur ses joues.

— Mais je ne veux pas être sauvée.

Il était resté silencieux un long moment avant de murmurer :

— Parfois, on vous sauve, que vous le vouliez ou pas.

— Qu'est-ce que tu portes là ?

Fiona fut tirée de ses pensées par la voix de sa grand-mère. Hannah contemplait sa robe d'un air incrédule. Mais Laetitia vola au secours de sa fille.

— Je trouve Fiona magnifique, dit-elle.

Hannah soupira, l'air accablé.

— Tu la trouves magnifique ? Libre à toi. Après tout, qui suis-je, dans cette famille, pour m'indigner de voir ma petite-fille s'habiller dans des boutiques d'occasion réservées aux pauvres ? Et quelle importance si Grace Baldwin ou Edwina Raines s'aperçoivent que Fiona porte une de leurs vieilles robes dont elles se sont débarrassées l'année dernière ?

— Mère, répliqua Laetitia, mal à l'aise, vous exagérez.

— Je sais ce que je dis, ma fille, rétorqua Hannah avec un sourire pincé. Allons-y, le petit déjeuner doit être servi.

Nestor était déjà à table lorsqu'elles entrèrent dans la salle à manger. Fiona constata avec surprise que Jeffrey Upton se trouvait là également. Les deux hommes étaient penchés sur un dossier. Nestor semblait furieux, M. Upton impatient. Mais dès qu'il vit les trois femmes pénétrer dans la pièce, il se leva et leur sourit.

— Bonjour, mesdames.

Le soir où il l'avait escortée avec sa mère au dîner des Hawthorne, il avait demandé à Fiona de l'appeler

Jeffrey. Et sa mère, au retour, lui avait fait clairement comprendre que pareil homme serait un mari idéal.

Laetitia n'avait sans doute pas tort. Jeffrey Upton était veuf, mûr sans être trop âgé, riche et respecté. Sans compter qu'il avait déjà de grands enfants. Il n'attendait donc plus grand-chose de la vie.

En outre, Fiona l'appréciait sincèrement. Elle savait qu'elle pourrait avoir confiance en lui. Et cela comptait beaucoup, dans un mariage.

Si elle l'épousait, la jeune femme ferait d'une pierre deux coups : elle contenterait sa mère et gagnerait une existence paisible. Sans grandes émotions, certes, mais sans non plus de crainte pour l'avenir.

Fiona aurait voulu se persuader que c'était ce dont elle avait besoin. Cependant, elle ne pouvait s'empêcher d'éprouver un sentiment de vide absolu en se représentant la vie qui l'attendrait alors.

Jeffrey salua poliment Hannah et Laetitia, avant de se tourner vers Fiona avec un sourire radieux.

— Bonjour, Fiona.

— Bonjour, répondit-elle, se répétant mentalement la liste des qualités que Jeffrey Upton était censé posséder.

— Nous ne nous sommes pas revus depuis le dîner chez les Hawthorne, ajouta-t-il.

— Puisque nous parlons de cela, as-tu envoyé ta lettre de château ? intervint Hannah à l'adresse de sa petite-fille.

Fiona haussa les sourcils.

— Ma lettre de château ?

Hannah soupira d'exaspération.

— Oui. Un petit mot pour remercier les Hawthorne de t'avoir invitée à leur dîner, comme c'est l'usage.

Fiona se sentit rougir de confusion. Elle ignorait qu'elle aurait dû rédiger cette lettre.

— Je vais l'envoyer dès demain.

Hannah soupira de plus belle, mais Laetitia alla s'asseoir à table d'humeur joyeuse.

— Emmaline Hawthorne est une femme merveilleuse, dit-elle. Je suis sûre qu'elle ne prendra pas ombrage de ce petit retard. Mais assez parlé de cela. Les préparatifs de notre bal sont en bonne voie. La fête s'annonce très réussie.

Nestor, assis au bout de la table, déplia sa serviette d'un geste sec.

— Ah, oui ! Le bal pour l'anniversaire de Fiona ? Cela risque d'être intéressant.

Il s'esclaffa, avant d'ajouter :

— Que nous prépares-tu pour nous amuser, cette fois, petite sœur ? Tu nous as déjà fait le coup des capucines, et du salut à la manière des singes. Qu'as-tu d'autre en réserve ?

Fiona pâlit, mais Nestor n'en avait pas fini.

— Tu pourrais peut-être arriver en pagne et nous chanter quelque mélopée tribale ?

Jeffrey se raidit sur son siège.

— Vous dépassez les bornes, Nestor.

Le jeune homme le fusilla du regard.

— C'est *vous*, qui dépassez les bornes, Upton.

Il y eut un silence pesant, que Fiona se risqua à rompre.

— J'ai apporté une photo de père, dit-elle.

Nestor se tourna brusquement vers elle, une lueur étrange dans le regard. De la curiosité ? De l'excitation ? Mais avant que Fiona ait pu le savoir, la lueur s'était déjà éteinte.

— Montre-moi cela, fit-il avec un reniflement dédaigneux.

Fiona lui tendit la photo de leur père. La teinte sépia masquait la flamboyance des cheveux de William Winslet, mais son sourire était aussi vibrant que lorsqu'il vivait. La jeune femme ne pouvait s'empêcher d'éprouver un pincement au cœur chaque fois qu'elle regardait ce cliché. Dieu ce que son père lui manquait !

Nestor contempla la photographie pendant une bonne minute, sans rien dire, avant qu'Hannah la lui prît des mains.

— Il a toujours été bel homme, je dois le reconnaître, admit-elle.

— Oui, approuva Laetitia d'une voix nostalgique – elle venait à son tour de prendre le cliché.

Nestor finit par le récupérer.

— Devant quoi se tient-il ?

— Notre plantation, répondit Fiona.

— Une ferme ! répéta Nestor, indigné. Père était explorateur, pas planteur.

— C'était un explorateur, en effet. Mais aussi un planteur. Spécialisé dans le caoutchouc.

— Une plantation de caoutchouc ? Qu'est-ce donc que cela ?

— Père possédait des plantations d'hévéa, dont la sève donne le caoutchouc, expliqua Fiona. Il avait planté des milliers d'arbres.

Nestor était abasourdi.

— Pourquoi ne m'en a-t-on jamais parlé ? Upton, vous étiez au courant de l'existence de cette plantation ?

— Non. Mais cela ne signifie pas qu'elle n'a pas existé.

— De toute façon, aucune affaire ne réussit jamais en Afrique, reprit Nestor. Sauf s'il s'agit d'une mine d'or ou de diamant.

— La plantation de père marchait très bien, répliqua Fiona, piquée au vif. Nous étions même l'un des plus gros exportateurs de caoutchouc du pays.

— C'est quand même incroyable ! s'emporta Nestor. Et personne ne m'en a jamais rien dit ! Qu'est-il advenu de la plantation, après la mort de père ?

— Elle est entretenue par les Katsu, qui vivent dans la région depuis des siècles.

— Une entreprise tenue par des sauvages ? Mais c'est de la folie ! Il ne faut rien confier à ces païens !

— Nestor, calme-toi, s'il te plaît, intervint Laetitia en posant affectueusement sa main sur celle de son fils, telle une mère qui apaiserait un petit garçon.

À ce spectacle, Fiona sentit son cœur se serrer.

— Qui est cet homme ? demanda Hannah, désignant du doigt un des autres personnages présents sur la photographie.

— Gatwik Neilander, répondit Fiona d'une voix neutre. Un Belge qui voulait moderniser l'extraction du caoutchouc.

— Un bel homme aussi, ma foi, commenta Hannah.

— Oui. Père le traitait comme son fils.

Un lourd silence s'abattit dans la pièce.

— Et celui-là, qui est-ce ? s'empressa de demander Laetitia pour faire diversion.

— Hatabe, un homme très respecté dans la tribu.

— Quelle vilaine tête il a ! ricana Nestor. Regardez sa cicatrice, on dirait Matthew Hawthorne.

Cette remarque eut le don de provoquer un nouveau silence – un de plus. Mais pour Fiona, les choses étaient claires, à présent : elle était certaine de détester son frère.

— Cette cicatrice n'est pas due à un accident, expliqua-t-elle. C'est une marque de bravoure. En Afrique, les hommes scarifiés sont honorés. À l'inverse, on se moque de ceux qui sont trop jolis.

Son frère éclata de rire.

— Dieu merci, je ne vis pas en Afrique.

— En effet. Sinon, on aurait tôt fait de te ranger dans le camp des lâches.

— Comment oses-tu ! s'exclama Nestor, qui bondit de sa chaise en tapant du poing sur la table.

— Nestor ! tonna Jeffrey.

Nestor se tourna vers lui, les yeux exorbités par la rage.

— J'en ai assez de votre insolence, Upton ! Vous dirigez peut-être les Aciéries Winslet, mais n'oubliez pas que j'en suis le propriétaire.

Jeffrey avait tout à coup le regard dur.

— Je ne vois pas comment je le pourrais.

Fiona décida qu'elle n'en supporterait pas davantage. Elle avait besoin d'air.

— Excusez-moi, articula-t-elle poliment, avant de sortir de la pièce.

Assis derrière son bureau, Matthew reconnut Fiona à son pas assuré et à sa façon enjouée de saluer les domestiques. Nulle autre visiteuse n'aurait pu dégager autant d'énergie.

La minute d'après, Quincy introduisait la jeune femme dans la pièce. Cette nuit-là, Matthew avait rêvé d'elle et il s'était réveillé brûlant de désir.

De la voir soudain devant lui ne fit que ranimer son désir. Il mourait d'envie d'enfouir ses doigts dans sa chevelure flamboyante, de goûter à ses lèvres, de sentir sa peau contre la sienne.

La regardant plus attentivement, il s'aperçut que les yeux de la jeune femme étaient un peu trop brillants. Elle avait pleuré !

— Que se passe-t-il ?

— Rien, répliqua-t-elle d'un ton tranchant, que contredisaient ses reniflements. Je voulais vous apporter du thé… et j'ai oublié.

Elle s'approcha du divan et empoigna un coussin avec une telle rage que Matthew crut qu'elle allait le vider de ses plumes.

Il abandonna son bureau pour venir se planter devant elle.

— Il s'est passé quelque chose, insista-t-il en la fixant droit dans les yeux. Quelque chose qui n'a rien à voir avec cette histoire de thé oublié.

Elle détourna la tête.

— Vous pouvez tout me dire, Fiona, murmura-t-il, pris soudain d'une absurde envie de la protéger. Ce n'est pas comme si j'étais un étranger.

La jeune femme ne put se retenir de rougir.

— Merci de me le rappeler, répliqua-t-elle, mais sa lèvre inférieure se mit à trembler.

Pestant intérieurement contre l'obstination des femmes, Matthew l'attira dans ses bras. Et, comme toujours avec elle, il en oublia tout le reste.

— Fiona, soupira-t-il en lui caressant doucement les cheveux, que vais-je faire de vous ?

La jeune femme ne fit pas un geste pour le repousser et, bientôt, il la sentit se laisser aller contre lui.

— Parlez-moi, reprit Matthew, soudain conscient des larmes qui mouillaient sa chemise. Expliquez-moi pourquoi une minute vous riez aux éclats, et la minute d'après vous pleurez. J'ai l'impression de vous connaître, et cependant, quand j'y réfléchis, il me semble que je ne vous connais pas vraiment.

— Pourtant, depuis cette nuit dans la jungle, vous me connaissez mieux que personne, répondit la jeune femme en s'écartant légèrement.

Matthew lui souleva le menton, pour l'obliger à croiser son regard.

— Il n'y a pas que les vêtements qui dissimulent un être. J'ai vu votre corps, c'est vrai…

Elle rougit violemment et tenta de se libérer, mais il refusa de la lâcher.

— J'ai peut-être aperçu aussi un petit morceau de votre âme, ajouta-t-il, des souvenirs de cette fameuse nuit tourbillonnant dans son esprit. Mais je ne sais toujours pas ce qui vous rend joyeuse ou triste. Expliquez-moi ce qui s'est passé, Fiona.

— Je vous l'ai dit : rien, s'entêta-t-elle en se débattant à nouveau.

Cette fois, Matthew ne la retint pas. Au lieu de s'éloigner, la jeune femme se laissa tomber sur le divan.

— Je suis venue pour ma leçon, déclara-t-elle, avant de se saisir d'un coussin qu'elle serra contre sa poitrine.

Matthew hésita un instant, puis décida de ne pas la pousser dans ses retranchements. Au fond, il n'était pas absolument certain de vouloir savoir pourquoi elle avait pleuré.

— Très bien. Alors, commencez par vous asseoir bien droite.

— Pourquoi ? Être à moitié allongée ne m'empêche pas d'écouter votre leçon.

— Cela fait *partie* de la leçon, figurez-vous. Une lady n'est jamais avachie. Redressez-vous, les épaules en arrière, les genoux serrés, croisez les chevilles et posez bien sagement vos mains sur vos genoux.

— Mon Dieu, qu'est-ce que c'est que cette leçon ?

— Une leçon de maintien. Si vous n'apprenez pas à vous tenir correctement, vous serez la risée de tous à la prochaine réception où vous serez invitée.

La jeune femme jeta le coussin de côté d'un geste rageur.

— La prochaine fois, je ne suis pas invitée. C'est ma mère qui invite toute la ville en mon honneur.

— Ah, oui, votre bal d'anniversaire ! Je pensais que cette perspective vous réjouirait davantage ?

Fiona haussa les épaules.

— Me réjouir ? Savoir que Nestor attend que je me ridiculise devant tout Boston devrait me réjouir ?

Matthew comprit qu'elle était résolue à affronter les Bostoniens en face. Si une femme avait pu les conquérir par sa seule volonté, Fiona aurait été élue Reine de la ville en quelques semaines. Mais il savait que la volonté, en l'occurrence, ne suffisait pas. Se couler dans le moule des usages en vigueur dans la bonne société demandait patience et souplesse. Il fallait accepter de se laisser modeler par des règles rigides.

Comme si elle avait deviné ses pensées, et refusait d'admettre qu'elle n'y arriverait jamais, la jeune femme se redressa d'un coup, serra les genoux, croisa les chevilles et joignit les mains dans son giron comme une débutante.

— Je peux le faire, assura-t-elle fièrement. J'ai simplement besoin que vous m'expliquiez ce que j'ai besoin de savoir.

Matthew perdit soudain patience. Il détestait la voir aussi désireuse de plaire à sa famille.

— Pourquoi faites-vous cela ? C'est ridicule !

Elle haussa les sourcils.

— Je ne vois pas ce que vous voulez dire ?

Il l'empoigna par le bras pour l'obliger à se lever du divan, puis il l'attira à lui.

— Menteuse ! Pourquoi vous obstinez-vous à faire une chose dont je sais qu'elle vous déplaît profondément ?

La jeune femme, les yeux de nouveau pleins de larmes, tenta de se débattre.

— Non ! répliqua Matthew, sans la lâcher. Je veux une réponse.

— Parce que... parce que je ne veux pas que ma mère me quitte une seconde fois ! avoua-t-elle finalement.

Matthew en oublia d'un seul coup sa colère.

— Fiona... murmura-t-il.

Elle essaya de s'éloigner, mais il resserra son étreinte, et lui passa la main dans la chevelure avec une tendresse dont il ne se croyait plus capable.

Après un long silence, elle reprit d'une toute petite voix :

— Elle m'a abandonnée en Afrique et n'est jamais revenue. Pourquoi serait-ce mal de vouloir qu'elle m'aime maintenant ?

Matthew n'osa pas lui répondre que Laetitia Winslet avait laissé passer sa chance de gagner l'amour de sa fille.

— Pourquoi avez-vous tant besoin qu'elle vous aime ? demanda-t-il, comme si sa réponse pouvait l'aider à mieux se comprendre lui-même.

Fiona tourna le visage vers le mur, mais Matthew comprit qu'elle regardait bien au-delà du papier peint qu'elle avait devant les yeux.

— J'ai rêvé d'elle pendant des années et des années, dit-elle finalement. Chaque fois le même rêve : elle revenait pour moi, elle me prenait dans ses bras et m'embrassait très fort.

— Vous avez dû être très déçue quand vous l'avez enfin retrouvée ?

Elle écarquilla les yeux de surprise.

— Déçue ? répéta-t-elle. Non, j'étais très fière, au contraire, qu'une aussi belle femme soit ma mère.

Matthew, pour sa part, aurait plutôt imaginé une autre réaction – de la colère, ou de la tristesse, par exemple –, mais il se garda de le lui dire.

— Pour une petite fille, sa mère est toujours quelqu'un de très important, reprit-elle. C'est sur elle qu'elle prend modèle. Personne ne m'a jamais appris à choisir mes robes ou à suivre la mode. Personne non plus ne m'a jamais parlé de lettres de château.

Matthew essayait désespérément de comprendre de quoi elle parlait.

— Qu'est-ce que c'est que cette histoire de lettres de château ? Quel rapport avec votre mère ?

— Tous les rapports ! Personne ne m'a jamais expliqué que j'aurais dû écrire un mot à votre mère pour la remercier de m'avoir invitée à dîner.

— Ma mère ne se soucie pas de tels détails. Ça ne l'empêchera pas de vous tenir en estime.

— Votre mère ne s'en soucie peut-être pas, mais ma grand-mère, si. Mon frère aussi. Et Edwina Raines également.

— Vous n'allez quand même pas perdre le sommeil à cause de toutes les Edwina Raines de la terre ?

— Je me moque d'Edwina Raines et de ses semblables. Mais je tiens à ma famille, lâcha Fiona avec un soupir de frustration. Et ma famille tient à ce qu'on envoie des lettres de remerciement aux gens qui nous ont invités.

— Eh bien, maintenant, vous savez qu'il faut envoyer ce genre de lettres, répliqua Matthew.

La jeune femme leva les yeux vers lui.

— Oui, *maintenant*, je le sais ! Mais uniquement parce que ma grand-mère a fait une remarque désagréable à ce sujet. Que me reste-t-il encore à apprendre ? Quelle sera ma prochaine erreur ? J'aurai bientôt vingt-six ans, mais ma famille me traite comme si j'étais une gamine imprévisible. Tout cela parce que je n'ai pas reçu la même éducation qu'eux.

Elle paraissait si désemparée que Matthew se sentit remué jusqu'au tréfonds.

— Les petites filles regardent les femmes qui les entourent pour connaître les usages du monde, poursuivit-elle. Mais moi, je n'ai été éduquée que par des Africaines vivant dans des cases. Tout ce que je sais, c'est elles qui me l'ont appris, avec beaucoup d'amour, du reste.

— Vous ne rencontriez jamais d'Européennes ?

— Si. Quand père m'emmenait avec lui en ville. Mais ces belles dames me regardaient comme une curiosité.

Et, contemplant le tapis d'un air dépité, elle ajouta :

— En fait, je me sens comme une étrangère partout où je passe. Je n'ai jamais pu complètement m'intégrer chez les Africains, c'est d'ailleurs pour cette raison que j'ai décidé de venir vivre ici, avec ma famille. Mais je vois bien que je n'arrive pas non plus à m'intégrer dans leur monde. Si je veux avoir une chance de gagner l'amour de ma mère, il faut que j'apprenne à être comme elle.

Matthew n'en croyait pas ses oreilles.

— Quand je pense à toutes ces femmes qui jurent leurs grands dieux que jamais elles ne ressembleraient à leur mère…

— Eh bien pas moi ! Je voudrais avoir sa grâce et son raffinement.

Matthew replaça délicatement une boucle rousse derrière l'oreille de Fiona. Ce geste furtif suffit à lui enflammer l'épiderme.

— Mais vous n'étiez quand même pas orpheline ! Votre père était là. Peu de femmes ont la chance d'avoir une relation si privilégiée avec leur père.

— C'est vrai, et j'adorais père. Mais une femme s'identifie d'abord à sa mère.

Matthew s'était fait la réflexion, lorsqu'il l'avait revue la première fois à Boston, que Fiona n'était plus la même. C'était comme si, en quittant l'Afrique, elle avait perdu une partie de ce qui faisait sa force. Il était convaincu qu'elle ne trouverait pas complètement sa place en Amérique.

Mais peut-être pensait-il cela parce qu'il ne souhaitait pas qu'elle s'adapte à sa nouvelle vie ?

Au fond de lui, il désirait qu'elle reste telle qu'il l'avait connue en Afrique. Sauvage et fière. Et il la désirait tout court. Il ne servirait à rien de vouloir le nier. Mais cette attirance était purement physique. Matthew s'était montré tout à fait sincère en décrétant devant sa mère qu'il ne voulait pas se remarier. Même avec Fiona Winslet. Ou plutôt, surtout avec Fiona Winslet. Il avait donné une fois son cœur à une femme et il savait trop ce que cela lui avait coûté pour qu'il commette une seconde fois la même erreur.

La pendule, sur la cheminée, sonna l'heure. Son carillon cristallin ébranla le silence qui était tombé entre eux.

Fiona fit un pas en avant.

— Vous allez tout m'apprendre, dit-elle. Je veux que ma mère soit fière de moi. Et ce ne sera possible que grâce à vos leçons.

Matthew la dévisagea un long moment sans rien dire, puis il sut qu'il était incapable de lui tourner le dos – pas plus qu'il n'avait pu le faire dans la jungle.

— Très bien, marmonna-t-il. Nous verrons ce que nous pouvons faire.

8

Il se glissa dans la maison aussi silencieusement qu'un voleur. La pleine lune, dont les rayons pénétraient largement par les croisées du hall, éclairait son chemin. Tout était silencieux, à part le tic-tac d'une horloge invisible.

Il se dirigea droit vers l'escalier, le bruit de ses pas étouffé par l'épais tapis qui recouvrait les marches. Parvenu sur le palier, il s'arrêta pour tendre l'oreille. Mais aucun son ne lui parvint. Toute la maisonnée dormait.

Il s'engagea alors dans le couloir, le cœur battant. Sa raison lui adjurait de rebrousser chemin, mais il avait terriblement envie de la voir.

Arrivé à la hauteur de sa chambre, il tourna avec précaution la poignée et poussa la porte. Les rideaux n'avaient pas été tirés et il constata qu'elle dormait paisiblement.

Il traversa la pièce à pas de loup et s'installa dans le fauteuil placé près du lit, afin de la contempler. Il aurait voulu la serrer dans ses bras, mais se retint. C'était déjà bien de pouvoir l'approcher de si près.

— Je t'aime, Mary, murmura-t-il, avec l'espoir que ses paroles l'atteindraient à travers les brumes épaisses du sommeil.

Il s'installa plus confortablement dans le fauteuil, pour mieux se rassasier du spectacle de sa fille, qu'il était désormais obligé de voir à la dérobée.

La fillette exhala un léger soupir, mais ne se réveilla pas. Matthew sentit alors une délicieuse paix intérieure se répandre en lui.

9

Les leçons commencèrent très studieusement.

Chaque après-midi, Matthew enseignait les bonnes manières à Fiona, et chaque nuit, il se faufilait dans la maison de ses parents pour regarder Mary dormir. Il apportait toujours quelque chose avec lui – un jouet, un livre d'images – qu'il laissait en partant.

Après une semaine de cette double vie, il était épuisé. Fiona, cependant, n'avait guère progressé, ce n'était pourtant pas faute d'avoir ménagé l'un et l'autre leurs efforts. Si la jeune femme était consciente de piétiner, elle n'en laissait rien paraître et arrivait chez Matthew chaque jour, ponctuellement, à midi. Il ignorait quel prétexte elle avait réussi à trouver pour justifier ses absences quotidiennes auprès de sa famille, et du reste, il ne cherchait pas à le connaître. Moins il en saurait sur Fiona Winslet, mieux il se porterait.

Dès qu'elle parlait, sa voix emplissait la pièce de ses sonorités mélodieuses, et quand elle riait, ses yeux étincelaient telles des émeraudes. Quoi qu'elle fît, elle attirait l'attention. Sa façon de se comporter, qui aurait fait fuir les matrones de Boston, ne faisait qu'accroître le désir que Matthew avait d'elle.

Aussitôt la leçon terminée, il congédiait la jeune femme en quelques mots qui semblaient chaque fois l'attrister. Il s'en voulait de se montrer si rude, mais sans cette brusquerie délibérée, il savait qu'il aurait fini par ne plus répondre de lui.

Pour ajouter un peu plus à sa frustration, il n'avait toujours reçu aucune nouvelle de son père.

Le jeudi, veille du jour prévu pour le déjeuner avec Bradford, Fiona arriva avec son exactitude coutumière pour sa leçon. Matthew s'attacha cette fois, non sans mal, à lui expliquer les subtilités des cartes de visite. Après un bon quart d'heure passé à convaincre la jeune femme qu'il était indispensable qu'elle se fît faire des cartes de visite à son nom, il employa un autre quart d'heure pour lui assurer que l'usage réclamait qu'elle confie sa carte aux domestiques chaque fois qu'elle rendait visite à quelqu'un. Fiona suivait difficilement, mais elle cala tout à fait quand Matthew, s'aidant d'un manuel de savoir-vivre qu'il avait tiré des rayonnages de sa bibliothèque, tenta de lui expliquer qu'en outre, elle devait corner le bristol.

— Comment ça, le corner ? s'exclama-t-elle.

Matthew, les tempes douloureuses, poussa un soupir irrité.

— Quand vous rendez visite à plusieurs personnes en même temps ou à toute une famille, vous déchirez légèrement le bristol en son milieu, dit-il en s'efforçant de dissimuler son exaspération. Si vous ne venez voir qu'une seule personne, vous cornez le coin en haut à droite du bristol. Si c'est une visite de congratulations, après l'annonce de fiançailles, par exemple, il faut corner le coin en haut à gauche. Et pour une visite de condoléances…

— Stop ! Ça suffit ! le coupa Fiona, les mains plaquées sur les oreilles. Je n'ai pas envie d'aller plus loin.

— Moi non plus, rétorqua Matthew en refermant son livre avec un claquement sec, avant de gagner la porte.

— Où allez-vous ?

— Dehors, me changer les idées.

La jeune femme tapa du plat de la main sur la table.

— Mais nous n'avons pas terminé !

— Si, nous avons terminé. Et si vous ne me laissez pas tranquille pour aujourd'hui, nous risquons d'en avoir définitivement terminé.

— Ce n'est pas gentil ! Vous ne pouvez pas m'abandonner en cours de route ! protesta-t-elle en se levant d'un bond. Hier, vous m'avez promis de corriger ma démarche.

— Comment cela ?

— Oui. Vous m'avez dit que je marchais comme un cheval.

Matthew exhala un soupir las.

— J'avais oublié.

— Eh bien, pas moi ! Et je refuse de faire un pas de plus avant que vous m'ayez montré ce qui ne va pas.

Matthew se souvenait, à présent. Il lui avait effectivement dit qu'elle marchait comme un cheval, mais c'était parce qu'elle l'avait poussé à bout avec toutes ses questions inutiles. La leçon de la veille avait été consacrée aux problèmes d'étiquette, mais chaque fois que Matthew tentait de lui enseigner un nouvel usage, Fiona voulait en connaître la raison. Et Matthew n'avait d'autre réponse à lui offrir qu'un inutile « parce que ». Comment diable aurait-il pu connaître l'explication à toutes ces règles absurdes qui dictaient la conduite des femmes ?

— Et d'abord, quel genre de cheval ? insista Fiona. Un cheval de trait ? Une vieille rossinante ?

— En fait, j'avais plutôt en tête l'image d'un cheval de course, avoua Matthew.

Et c'était vrai. Fiona se déplaçait avec la rapidité du vent. Selon son humeur, ce pouvait être une petite tornade, ou une simple brise. Matthew trouvait cela fascinant. Mais au regard des canons de la bonne société, la jeune femme marchait beaucoup trop vite pour une lady.

— Pourquoi un cheval de course ? s'étonna-t-elle.

— Parce que vous marchez trop vite.

Elle prit un air dépité.

— Je m'en doutais. Même quand j'essaie de ralentir, je vois bien, au regard de ma grand-mère, que ce n'est pas encore cela.

— Marcher plus lentement ne suffit pas. Il faut que vous pensiez à votre allure d'ensemble. Quand vous pénétrez dans une pièce, par exemple, vous devez penser votre présence comme un cadeau que vous feriez à l'assistance.

La jeune femme le regarda, bouche bée.

— Un cadeau à l'assistance ? Grands dieux ! J'en suis loin. Quand Nestor me voit entrer, j'ai toujours l'impression de lui offrir une vision de cauchemar.

— Ne partez pas battue d'avance, sinon vous n'y arriverez jamais.

— Alors, montrez-moi comment faire !

Elle se tenait droite devant lui, fière et courageuse comme à son habitude, mais son regard trahissait son appréhension. Matthew ne cessait d'être étonné à la voir osciller ainsi en permanence entre la femme et l'enfant.

— Pour commencer, gardez vos bras le long du corps, au lieu de les balancer en marchant.

Elle contempla ses bras comme si elle les voyait pour la première fois.

— Je les balance ?

— Oui.

— Hmmm.

Elle fronça les sourcils, en signe de concentration, puis fit quelques pas à travers la pièce, les bras plaqués contre le buste, avec une raideur comique.

Matthew avait toutes les peines du monde à ne pas éclater de rire.

— Alors ? Comment était-ce ? demanda-t-elle.

— Eh bien...

— C'était un désastre. Je le vois rien qu'à votre mine.

— Je n'irai pas jusque-là. Mais vous vous teniez un peu trop raide.

— Ne balancez pas les bras ! Ne soyez pas trop raide ! Grrr...

— Essayez de bouger naturellement, mais en gardant les bras près du corps au lieu de les agiter comme des ailes de moulin.

— Je constate que vous n'êtes pas avare de compliments, aujourd'hui.

— Vous voulez que je vous aide, oui ou non ?

Elle lui lança un regard noir, prit une profonde inspiration, et lâcha du bout des lèvres :

— Oui.

Elle redressa les épaules et fit une nouvelle tentative en marchant d'un bout à l'autre de la pièce. Cette fois, on aurait juré qu'elle avait perdu son squelette.

— Alors ? C'est mieux ?

— Oui, mentit Matthew.

— Vous n'en pensez pas un mot !

— C'est exact. Mais j'essayais d'être poli.

Elle soupira de frustration.

— Je n'y arriverai jamais si vous ne me montrez pas vous-même.

— Moi ? s'étrangla Matthew.

— Oui, vous. Vous allez traverser la pièce comme devrait le faire une lady.

— Il n'en est pas question.

— Et pourquoi pas ?

— Parce que je suis un homme, bon sang !

— Ce qui veut dire ? s'enquit-elle, ouvertement sarcastique.

— Que je n'ai certainement pas l'intention de parader à travers cette pièce comme une femme.

— Mais personne ne vous verra.

— Si, vous.

— Mais c'est pour me montrer, insista-t-elle.

— Inutile de discuter, c'est non.

— S'il vous plaît...

— Non !

— Vous avez peur ? insinua-t-elle d'un air de défi.

Il la fusilla du regard.

— Je n'ai pas peur, mademoiselle Winslet.

— Dans ce cas, montrez-moi.

Matthew lâcha un juron bien senti, qui fit rougir la jeune femme, mais il consentit finalement à s'exécuter. Il traversa la pièce en suivant ses propres instructions. Et s'aperçut, tout bien considéré, que ce n'était pas si facile que cela.

Arrivé devant le mur, il pivota.

— Vous riez de moi ! accusa-t-il, en voyant la jeune femme porter la main à sa bouche.

— Moi ? s'écria-t-elle innocemment. Pas du tout. J'ai un chat dans la gorge, ajouta-t-elle en toussant bruyamment, pour appuyer ses dires.

— Attention ! Si vous continuez à vous moquer de moi, je vais sévir.

Fiona s'efforça de prendre un air contrit.

— C'est promis, je ne recommencerai plus.

Matthew la rejoignit en quelques enjambées et lui prit la main.

— En effet, déclara-t-il en l'entraînant vers la porte. Parce que c'est fini pour aujourd'hui.

Elle s'immobilisa brusquement, obligeant Matthew à faire volte-face. Il baissa les yeux sur elle, et oublia instantanément ce qu'il allait dire.

Elle portait une très belle robe bleue, parfaitement coupée, sans doute choisie par sa mère. Ses cheveux étaient rassemblés en un élégant chignon sur sa nuque. Elle aurait eu l'allure sage d'une jeune fille de bonne famille si ce n'avait été son regard. Quoi qu'elle fasse, son regard la trahirait toujours, songea-t-il. Elle semblait aussi perdue que lui, et aussi déterminée à ne pas le laisser voir.

— Pourquoi avez-vous finalement accepté de me donner des leçons ? demanda-t-elle à brûle-pourpoint, d'une voix si basse qu'il l'entendit à peine.

Le regard de Matthew glissa irrésistiblement jusqu'à la bouche de la jeune femme.

— Votre insistance a eu raison de mon refus.

Il ne put s'empêcher de tendre la main pour effleurer du pouce sa lèvre inférieure, avant d'ajouter :

— Et aussi parce que je me sens toujours une dette à l'égard de Janji, puisque je ne vous ai pas escortée saine et sauve jusqu'à Matadi.

— Ce n'était pas votre faute.

— Une dette est une dette.

— Vous ne m'avez jamais dit ce que vous lui deviez.

Il rit.

— Vous ne lâchez jamais, n'est-ce pas ?

— Allez, dites-le-moi.

Il haussa les épaules.

— Janji a tué un lion qui me manifestait un peu trop d'intérêt.

La jeune femme sursauta.

— Il allait vous attaquer ?

Matthew affectait une indifférence qu'il était loin de ressentir.

— Apparemment.

— Janji m'a raconté cet épisode.

Cette fois, ce fut au tour de Matthew de tressaillir.

— Il n'avait pas mentionné votre nom, expliqua-t-elle, mais il avait décrit un homme blanc regardant le lion droit dans les yeux. C'était vous.

— Et que vous a-t-il raconté d'autre ?

Elle hésita, le dévisagea un instant, avant de lâcher :

— Qu'il n'était pas sûr que vous auriez épaulé votre fusil pour sauver votre vie. Est-ce vrai ?

Il détourna le regard.

— Matthew, est-ce vrai ?

C'était vrai.

La gorge nouée, Matthew se remémorait la scène. La chaleur moite qui régnait ce jour-là. Et son désespoir, qui ne le quittait pas d'une semelle. Le lion avait surgi de nulle part, et les deux adversaires, l'homme et la bête, étaient restés un long moment à s'observer, immobiles. Chacun comprenant, à sa manière, que l'un des deux ne survivrait pas à leur rencontre.

Matthew avait d'abord ressenti un immense soulagement à cette perspective – le soulagement à l'idée que son chagrin allait disparaître avec lui. Mais, presque simultanément, il avait pensé à Mary, et réalisé qu'il ne pouvait pas l'abandonner si jeune.

La certitude d'aimer sa fille plus que tout au monde s'était imposée à lui avec une telle force qu'il avait éprouvé le besoin immédiat de rentrer à Boston, pour la retrouver.

C'est alors qu'il avait décidé d'épauler son fusil. Mais c'était déjà trop tard. Le fauve, plus rapide, avait bondi, Matthew avait senti son souffle lui caresser la joue. Il avait eu juste le temps de songer, avec regrets, à cette petite fille qu'il ne reverrait jamais, quand un coup de feu avait brusquement claqué dans l'air brûlant. Le lion s'était effondré à ses pieds. Matthew, choqué, ne comprenant pas ce qui s'était passé, n'avait même pas bougé.

Puis il avait vu un grand guerrier noir sortir des hautes herbes, son fusil encore fumant à la main.

Janji ne lui avait pas seulement sauvé la vie : il lui avait donné une seconde chance de retrouver Mary, et cela n'avait pas de prix. Si seulement les choses avaient été différentes à son retour...

— Matthew, parlez-moi.

Fiona se tenait toujours devant lui, fière et résolue. Elle était si forte, plus forte que lui. Elle se battait et ne renonçait jamais. Lui-même, s'il n'avait pas eu Mary, aurait renoncé depuis longtemps. Mais maintenant que le seul être qui le retenait à la vie se détournait de lui, il ne savait plus à quoi se raccrocher.

— Je n'ai rien à raconter, lâcha-t-il.

Il fit un pas en avant, ressentant soudain le besoin urgent de tenir la jeune femme tout contre lui, de s'imprégner de sa force. Sa raison essaya bien de lui ordonner de s'éloigner, mais son corps ne lui obéissait plus. Il n'aurait pas davantage pu s'empêcher de toucher Fiona qu'il n'aurait pu s'interdire de respirer.

Il lui encadra le visage de ses mains, laissant ses pouces caresser tendrement ses lèvres. Il la sentit trembler tandis qu'elle le regardait dans les yeux, l'air soudain perdue.

— Je ne pense pas que cela soit très sage, murmura-t-elle d'une voix mal assurée, alors que Matthew s'inclinait déjà vers elle.

— Rien de ce que j'ai fait n'est sage depuis que je vous ai rencontrée, souffla-t-il, avant d'effleurer doucement sa bouche de la sienne.

Dans l'esprit de Matthew, ce devait être à peine un baiser. Juste de quoi satisfaire sa curiosité. Mais à peine eut-il goûté à ses lèvres, qu'il en voulut davantage. Le désir flamba en lui, impérieux. Il s'appuya contre la table qui se trouvait derrière lui et, avec une lenteur exquise, attira la jeune femme contre lui. Elle laissa échapper un petit gémissement étouffé qui attisa la flamme qui courait dans ses veines. Il la désirait comme rarement il avait désiré dans sa vie. Et c'était ainsi depuis cette fameuse nuit dans la jungle.

— Dieu, que j'ai attendu ce moment... murmura-t-il.

Il déposa une pluie de baisers sur son visage offert, puis, s'emparant à nouveau de ses lèvres, essaya délicatement de les entrouvrir.

— Ouvre-les pour moi, Fiona...

Et c'est ce qu'elle fit. Leurs langues se mêlèrent en un ballet fiévreux, et Matthew, les mains plaquées au creux de ses reins, la pressa contre lui, contre son sexe durci qui tendait l'étoffe de son pantalon. Innocemment, instinctivement, elle se frotta doucement contre lui, allumant un brasier en lui.

Ils s'embrassaient maintenant ardemment, comme s'ils devaient ne jamais se rassasier l'un de l'autre.

Soudain, elle commença à lui déboutonner sa chemise, avec une impatience qui prouvait que son désir était aussi puissant que celui de Matthew. Abandonnant toute retenue, ils s'embrassèrent sauvagement, avec une ardeur presque primitive. Elle suffoqua de plaisir en sentant les mains de Matthew lui caresser les seins à travers le tissu de sa robe.

Entraîné dans le tourbillon de son désir, Matthew n'entendit pas qu'on frappait discrètement à la porte. Fiona, en revanche, s'en aperçut, mais c'était trop tard : la porte s'ouvrait déjà.

Matthew, par un réflexe protecteur, se plaça devant la jeune femme qui s'empressa de rajuster sa robe, tandis que le majordome s'avançait, un plateau à la main.

— J'espère que vous avez un motif sérieux pour m'interrompre ainsi, Quincy, grogna Matthew, le regard noir.

— Une lettre, monsieur, répondit le domestique en lui tendant gauchement le plateau. De votre père.

10

— Un hot-dog à un coin de rue… marmonna Matthew en contemplant d'un air incrédule le petit étal ambulant d'où le vendeur venait de lui tendre son repas.

On était vendredi midi et Matthew se sentait partagé entre le rire et l'ahurissement. Il était sorti de la maison de joyeuse humeur, mais son excitation était vite retombée quand il avait découvert où son père lui avait donné rendez-vous pour déjeuner.

Bradford Hawthorne et son fils se tenaient à l'angle de Tremont et Winter. À moins de trois cents mètres de l'immeuble cossu qui hébergeait le *Locke* où les Hawthorne père et fils avaient, chaque vendredi midi, depuis des années, leur table réservée.

Mais ce jour-là ils déjeunaient sur le trottoir, bousculés par la foule des piétons pressés. Pour couronner le tout, il faisait froid. Trop froid pour rester dehors sans bouger. Matthew sentait la douleur dans son bras se réveiller, et le simple fait de tenir un sandwich lui paraissait une épreuve.

— Nous pourrions peut-être trouver un endroit où nous asseoir, suggéra-t-il.

— Je n'ai pas le temps, répondit son père. Et ici, je suis près de mon bureau.

Le *Locke* aussi était près de son bureau. Mais Matthew préféra s'abstenir de le lui rappeler.

Bradford Hawthorne considérait son hot-dog comme si c'était la première fois de sa vie qu'il en voyait un. Ce qui n'était pas impossible. Même lorsqu'ils étaient petits, les fils Hawthorne n'avaient jamais été autorisés à se nourrir auprès d'un vendeur ambulant. Matthew serra les dents en songeant que, tout à coup, c'était devenu largement assez bien pour lui.

La honte, ajoutée au froid, le faisait trembler et il finit par lâcher son hot-dog. Mortifié, il voulut se baisser pour le ramasser. Son mouvement fut un peu trop rapide et une douleur cuisante lui cisailla le bras. Il perdit l'équilibre et s'étala de tout son long sur le trottoir glacé.

— Relève-toi, lui ordonna son père en regardant avec agacement autour de lui.

Le souffle coupé, Matthew se redressa tant bien que mal.

— Que t'arrive-t-il ? lui demanda son père d'une voix coupante. Tu te conduis comme un énergumène.

Un passant s'était arrêté, pour observer la scène avec curiosité. Bradford l'apostropha violemment :

— Et alors ! Qu'est-ce que vous regardez comme ça ?

L'homme s'empressa de déguerpir. Bradford se tourna vers son fils.

— Que veux-tu, Matthew ? demanda-t-il, sans chercher à cacher son impatience. Ta mère m'a dit que c'était important.

— Ce que je veux ? répéta Matthew, interloqué.

Bradford dévisagea son fils d'un air suspicieux.

— As-tu des problèmes d'argent ? Ou des ennuis avec une femme ?

Matthew se sentit piqué dans sa fierté.

— J'avais pensé que maintenant que j'étais rentré d'Afrique, nous pourrions reprendre nos déjeuners du vendredi, dit-il avec un détachement feint.

Bradford croisa son regard un instant, trop bref pour que Matthew pût interpréter ce qu'il y vit – du regret ? de la colère ?

— Pendant ton absence, j'ai pris d'autres engagements pour le vendredi, grommela Bradford.

— Eh bien, nous n'avons qu'à choisir un autre jour pour déjeuner, ne put s'empêcher de proposer Matthew.

Il savait qu'il aurait mieux fait de renoncer à voir son père, puisque de toute évidence celui-ci préférait éviter sa compagnie. Cependant, il voulait encore s'accrocher à l'espoir que Bradford finirait par s'habituer à sa nouvelle physionomie et que leurs relations reprendraient comme avant.

— Mon agenda est complet, répliqua son père, vaguement embarrassé.

Matthew se raidit.

— Pourquoi ne pouvons-nous pas reprendre les choses là où nous les avions interrompues ?

— Parce que le passé est le passé. Nous avons, toi et moi, commencé une nouvelle vie depuis… depuis ton départ pour l'Afrique, répliqua Bradford, le regard rivé au sol.

— Non ! s'emporta Matthew. Sois franc. Tu as honte de moi. Honte de mon visage.

Son père releva la tête et, cette fois, son regard n'exprimait rien d'autre qu'une colère implacable.

— Oui, j'ai honte de toi ! explosa-t-il. Mais pas à cause de ton visage. Je ne veux pas me montrer avec toi au *Locke*, parce que tout le monde, en te voyant, se rappellera ta femme.

Matthew eut l'impression de recevoir un coup de poing à l'estomac. Il écouta, abasourdi, son père continuer :

— Kimberly se servait de toi. Tout ce qui l'intéressait, c'était ton argent et ta position sociale. Mais tu étais trop aveugle pour t'en rendre compte. Résultat, tu nous as tous couverts de honte ! cracha-t-il, le visage congestionné de colère, une veine saillant dangereusement sur son front.

Soudain conscient que ses éclats attiraient l'attention des passants, Bradford se rapprocha de son fils.

— Oui, ta honte m'éclabousse ! poursuivit-il, un ton plus bas. Moi, Bradford Hawthorne. Quand je pense que j'ai passé ma vie à me battre pour reconstituer la fortune familiale, et qu'à cause de toi, je dois maintenant supporter les conséquences d'un scandale comme Boston n'en avait pas connu depuis des années ! Je tolérais tes fantaisies artistiques et ta prétention à devenir peintre, mais je ne tolérerai pas une disgrâce. Je ne supporte pas ta cicatrice, parce qu'elle me rappelle, chaque fois que je la vois, que tu as jeté l'opprobre sur ta famille. Maintenant que j'ai mis les choses au point, il me semble inutile de poursuivre ce déjeuner. Si tu veux m'excuser.

Sur ces mots, Bradford tourna les talons et disparut dans la foule, laissant Matthew interdit.

Sa stupéfaction passée, il se sentit gagné par une telle colère qu'il dut s'obliger à contrôler sa respiration pour recouvrer un peu de son calme. Décidant de rentrer chez lui, il fit volte-face, et tomba presque nez à nez avec Fiona. Elle se tenait à quelques mètres de là, à l'angle de la rue, et affichait une expression perplexe.

L'espace d'un instant, il vit, dans l'éblouissant regard émeraude, le reflet de celui qu'il avait été naguère. Puis l'illusion s'évanouit, le laissant face à la terrible vérité : il n'était plus le même, ne le serait plus jamais. Son père venait de le lui faire clairement comprendre.

Ses blessures le faisaient à nouveau terriblement souffrir et il se sentait tout à coup d'une faiblesse extrême.

Il passa à côté de la jeune femme sans un mot, uniquement préoccupé par le souci de marcher droit et comptant les pas qui le séparaient de chez lui. Mais le trottoir était encombré et des gens le bousculaient, avivant chaque fois ses douleurs à l'épaule et au bras.

— Matthew…

Il n'eut pas besoin de se retourner pour comprendre qu'elle l'avait suivi. Il aurait voulu s'arrêter, la prendre dans ses bras et tout oublier, mais la douleur qui le fouaillait était telle qu'il n'aurait même pas pu la serrer contre lui.

— Matthew, s'il vous plaît.

Il continua d'avancer, obstinément.

— Bon sang, Matthew, arrêtez-vous !

Cette fois, il s'arrêta net et se retourna avec lenteur, une lueur meurtrière dans le regard. Fiona joua des coudes dans la foule pour le rejoindre.

— Que voulez-vous ? aboya-t-il.

— Savoir ce qui ne va pas.

Il étouffa un juron et se remit en marche. Après un instant d'étonnement, la jeune femme lui emboîta de nouveau le pas. Après l'avoir rattrapé, elle ajusta son allure à la sienne.

— Pourquoi refusez-vous de me parler ? Vous vous êtes disputé avec votre père ?

Matthew resta muet.

— Matthew, je vous en prie, dites-moi ce qui ne va pas !

Il s'immobilisa de nouveau, et lâcha sèchement :

— Vous ne restez donc jamais chez vous ?

Sa question sembla la surprendre.

— Le moins possible, avoua-t-elle honnêtement, avant de s'empresser de rectifier : Enfin, je voulais dire que j'avais des courses à faire.

Il lui jeta un regard torve.

— Vous aviez sans doute l'intention d'acheter une de ces robes abracadabrantes dont vous faites la collection ?

La jeune femme en resta sans voix, Matthew en profita pour continuer sa route. Elle le regarda s'éloigner pendant quelques secondes, puis se lança de nouveau à sa poursuite.

Ils traversèrent Charles Street et Matthew coupa par le parc municipal, dont les grilles étaient ouvertes. L'eau du petit lac d'agrément était gelée et des patineurs chaudement emmitouflés s'en donnaient à cœur joie. Mais Fiona prêta à peine attention à ce spectacle insolite, qui d'ordinaire la fascinait.

— Matthew, parlez-moi ! insista-t-elle. Dites-moi ce qui ne va pas.

Matthew ne desserra pas les dents. Quelques minutes plus tard, il était parvenu à son domicile et se retourna brutalement vers la jeune femme, qui le suivait toujours.

— Tout va très bien, Fiona. Maintenant, rentrez chez vous, allez vous acheter de nouvelles robes ou faites ce qui vous chante, mais laisse-moi en paix.

Sur ces mots, il grimpa les marches du perron sans se retourner. Mais quand il voulut refermer la porte derrière lui, Fiona était toujours pendue à ses basques.

— Je veux seulement vous aider ! plaida-t-elle.

Elle vit soudain son expression changer, passer de l'agacement à l'indignation. Suivant la direction de son regard, elle découvrit une scène peu banale. Tous les domestiques, de la cuisinière aux valets en passant par les femmes de chambre, s'étaient rassemblés dans le hall, derrière Quincy. Et tous arboraient une mine réjouie et fière.

— J'espère que vous ne serez pas fâché, commença le majordome en redressant le menton, mais j'ai pris la liberté de raccrocher aux murs les toiles que vous aviez rangées dans le grenier. Elles rendent bien, n'est-ce pas ?

Fiona, qui avait passé la tête par l'entrebâillement de la porte, découvrait, bouche bée, les toiles de toutes tailles qui ornaient les murs du hall.

— C'est vous qui avez peint cela ? s'exclama-t-elle en pénétrant à l'intérieur sans y avoir été invitée.

Abasourdi par ce spectacle, Matthew ne répondit pas.

— Oui, mademoiselle, répondit Quincy à sa place. C'est du très beau travail, si je puis me permettre. Tout le monde est d'accord là-dessus, du reste.

Tandis que Matthew se tenait immobile, telle une statue, Fiona se promena d'une toile à une autre, les yeux écarquillés. Elle était sous le choc. Jamais elle n'aurait imaginé qu'il possédait un tel talent.

Émerveillée, elle reconnut Emmaline sur l'un des tableaux. Et deux garçons qui devaient être les frères de Matthew. Son père, également, si bien rendu qu'on aurait juré qu'il allait sortir de la toile à tout moment, pour commenter lui-même le travail de son fils. Mais c'est un portrait de femme qui retint plus particulièrement son attention. Belle, racée, les cheveux blonds et les yeux d'un bleu glacier, elle incarnait tout ce que Fiona aurait voulu être.

— Qui est-ce ? demanda-t-elle, la gorge serrée.

Matthew resta silencieux.

— C'était Mme Hawthorne, répondit Quincy, soudain grave. Paix à son âme.

Fiona comprit tout, en un éclair. Matthew avait été marié à cette femme parfaite, puis il l'avait perdue. Et il était parti en Afrique pour oublier.

Elle voulut s'excuser de sa curiosité, mais Matthew paraissait ne même pas la voir. Il étudiait ses œuvres, son regard passant d'une toile à l'autre, le visage fermé. Son examen terminé, il se tourna vers les domestiques.

— Retirez-vous, s'il vous plaît, leur dit-il, les mâchoires crispées.

Servantes et valets échangèrent des regards nerveux, avant de s'éclipser. Quincy fut le seul à demeurer à sa place, mais sa joie avait disparu.

— Vous aussi, Quincy.

Le majordome se raidit.

— Je suis désolé de vous avoir déplu, monsieur, commença-t-il. Je pensais… Vous étiez de si bonne humeur ce matin, que j'ai cru… Enfin, j'ai pris la liberté de…

Il n'alla pas jusqu'au bout de sa phrase.

— Je comprends, Quincy, répliqua Matthew d'une voix tendue mais pas inamicale. Et j'apprécie vos efforts.

Le majordome s'approcha d'une toile, dans l'intention de la décrocher.

— Je vous promets qu'elles auront toutes disparu dans moins d'une heure, monsieur.

Mais Matthew l'arrêta d'un geste.

— S'il vous plaît, Quincy, retirez-vous.

— Mais, monsieur...

— Allez !

Quincy s'empressa d'obéir, laissant Fiona seule avec Matthew. Il ferma les yeux un instant, les rouvrit et contempla le portrait de sa femme. Jamais elle n'avait vu un tel désespoir.

— Elle était très belle, murmura-t-elle.

Il se retourna d'un bloc, comme s'il avait oublié sa présence.

— Belle ? explosa-t-il. Oui, elle était belle ! Mais elle se servait de sa beauté pour obtenir ce qu'elle désirait, comme mon père ne s'est pas gêné pour me le faire remarquer tout à l'heure. C'était de cela que je parlais avec lui. Vous voilà satisfaite ? Maintenant que vous avez ce que vous vouliez, allez-vous cesser de me harceler ?

— Je ne vous harcelais pas ! se récria Fiona, rougissante, car il avait raison. Je m'inquiétais, c'est tout.

Il se détourna, mais partout où son regard se portait, il tombait sur une autre de ses toiles.

— C'est magnifique, Matthew, risqua-t-elle. Vraiment. Pourquoi avoir cessé de peindre ? Vous êtes un artiste incroyablement doué.

— Je ne suis pas un artiste ! vociféra-t-il. Je ne le suis plus !

Et, se saisissant d'un vase en porcelaine, il le lança violemment sur une toile qui le représentait. L'autoportrait s'effondra avec son cadre. Emporté par sa fureur, Matthew s'en prenait maintenant aux autres tableaux, qu'il arrachait du mur pour les piétiner.

— Arrêtez ! cria Fiona, qui se précipita pour le retenir.

Il la repoussa sans ménagement et continua son œuvre de destruction.

— Mais, grands dieux, pourquoi faites-vous cela ?

Matthew n'écoutait même plus. Il courait de toile en toile, tel un possédé, le front luisant de sueur, et ne s'arrêta que lorsqu'il ne resta plus aucun tableau accroché aux murs. Il s'adossa alors à une colonne de marbre, le souffle court, le regard farouche.

— Pourquoi ? murmura Fiona sans le quitter des yeux. Pourquoi avoir détruit ces tableaux ?

Il haussa les épaules.

— Pour rien. Comme ça, répliqua-t-il avec insolence.

— Non ! se récria la jeune femme. Cessez de vous conduire en guerrier dément, ajouta-t-elle, comme si les sortilèges de l'Afrique pesaient entre eux. Cela ne vous ressemble pas. Vous êtes un homme merveilleux. Alors, arrêtez de prétendre le contraire.

Il eut un rire glacial qui la fit frissonner malgré elle.

— Moi, un homme merveilleux ? Vous me connaissez vraiment bien mal.

Il s'avança vers elle à pas lents, les yeux rivés sur elle, menaçant.

— Que faites-vous ? demanda Fiona, qui se sentit pâlir.

— Je vais vous montrer à quel point je suis merveilleux.

— Je n'aime pas votre regard.

— Vous avez raison.

— Matthew…

— Oui ?

— Ne faites pas quelque chose que vous pourriez regretter, juste pour me prouver je ne sais quoi de ridicule.

Il la fixait maintenant avec une lueur assassine dans le regard. La jeune femme tourna les talons, pour s'enfuir, mais n'en eut pas le temps. La main de Matthew s'abattit sur son poignet, et il l'attira violemment à lui.

— Ne faites pas cela, le supplia-t-elle.

Elle n'eut pas le loisir d'en dire davantage. Il s'empara de ses lèvres, les écrasant rageusement sous les siennes, comme s'il avait voulu la punir, jusqu'à ce qu'elle s'abandonne entre ses bras, toute tremblante – mais pas de désir.

Renonçant à ses lèvres aussi soudainement qu'il les avait prises, il plongea son regard tourmenté dans celui de Fiona. Il ne disait rien, ne bougeait pas, semblait à peine respirer. Elle ne détourna pas les yeux, se contentant de le fixer silencieusement. Au bout de ce qui lui parut une éternité, elle s'écarta de lui.

— Libre à vous de vouloir vous prouver à vous-même que vous êtes un monstre, dit-elle, mais, pour ma part, il m'en faudra plus pour m'en convaincre.

Les traits de Matthew se durcirent dangereusement et Fiona sentit qu'il méditait de la reprendre dans ses bras, pour aller jusqu'au bout de sa démonstration. Cette fois, cependant, elle fut plus rapide que lui et réussit à lui échapper.

— Le problème, reprit-elle, quand elle fut hors de portée, est entre vous et votre père. Je pense que les rapports pères, fils ressemblent aux rapports mères, filles dont nous parlions l'autre jour. Les garçons aiment leur mère, mais c'est dans les yeux de leur père qu'ils voient ce qu'ils valent.

Matthew se tenait immobile, mais Fiona savait qu'il l'écoutait attentivement.

— C'est la raison pour laquelle vous êtes entré dans une telle rage. poursuivit-elle. J'imagine que c'est aussi pour cela que mon propre frère est toujours tellement furieux. Il n'a pas connu l'amour paternel.

Tout en parlant, elle venait d'avoir une autre idée :

— En revanche, je parierais volontiers que Jeffrey a toujours eu de bonnes relations avec son père. Et c'est pour cela qu'il est si adorable.

Matthew se raidit.

— Jeffrey Upton ?

— Oui. Il était assis à ma droite, au dîner chez vos parents.

— Je sais, je le connais.

— Il est charmant, fit-elle d'un air rêveur. Et bel homme, de surcroît.

— Je ne le trouve pas si charmant, et je dirais encore moins qu'il est bel homme. Vieux, plutôt. Assez pour être votre père.

Elle le réprimanda :

— Pas du tout ! Jeffrey est mûr, pas vieux. Et avec moi, il est d'une gentillesse exquise.

Le regard de Matthew s'assombrit d'une manière qui ne lui dit rien qui vaille.

— Quelle importance, qu'il soit gentil ou pas ?

Fiona se rappela soudain où elle se trouvait.

— Eh bien… commença-t-elle, mal à l'aise.

— Vous pensez qu'il va vous demander en mariage, c'est ça ? coupa-t-il en la fixant d'un regard pénétrant. Mais de qui est l'idée ? De vous ? De lui ? Ou de votre mère ?

— Arrêtez !

En trois enjambées, il fut près d'elle.

— Est-ce que Jeffrey vous touche ainsi ? murmura-t-il d'une voix rauque en l'attirant tout contre lui. Est-ce pour cela que vous pensez qu'il va vous demander de l'épouser ?

Il lui caressa la joue, puis pressa ses lèvres contre ses cheveux avec une infinie tendresse.

— Est-ce qu'il vous fait cela, Fi ?

— Ne m'appelez pas ainsi !

— Cela ne vous dérangeait pas avant, souffla-t-il.

— Eh bien, maintenant cela me dérange.

À peine eut-elle dit cela qu'elle sentit Matthew enrouler une mèche de cheveux autour de sa main avant de la tirer doucement en arrière.

Leurs lèvres se rencontrèrent et elle laissa échapper un gémissement étouffé. Cette fois, leur baiser fut interminable, désespéré, vibrant de désir.

Sans lâcher sa bouche, il la poussa contre le mur, ses mains remontèrent le long de ses flancs, jusqu'à ses seins dont il se mit à caresser les pointes dressées. Fiona se raidit, tenta de s'écarter, mais le mur lui interdisait toute retraite.

— Chut, murmura-t-il. Tout va bien. Je ne vais pas te faire de mal.

Elle se détendit, se laissa aller contre lui, cherchant sa chaleur. Il en était toujours ainsi avec lui, dès qu'il la touchait. S'enhardissant, il glissa les mains tout en bas de son dos et la plaqua contre son bas-ventre.

— Matthew, gémit-elle, soudain inquiète.

Il la regarda droit dans les yeux, et elle vit qu'il luttait pour garder le contrôle de lui-même. Il suivit tendrement du doigt le contour de ses lèvres, et elle frissonna de désir.

— Laisse-moi te toucher, murmura-t-il encore, avant de déposer un baiser sur sa tempe, puis un autre à la naissance de son cou. Laisse-moi te caresser.

Laisse-moi te caresser.

Ces mots. Ceux-là mêmes qu'il avait prononcés durant cette nuit, en Afrique, et qui n'avaient cessé de la hanter. Mais cette fois, ils ne tourbillonnaient pas dans sa tête, ils étaient bien réels.

— S'il te plaît, Fiona, laisse-moi te caresser, répéta-t-il.

Les mains à plat contre son torse, elle essaya de le repousser. Il gémit de frustration, mais à l'instant où il semblait accepter sa défaite, elle glissa les doigts dans l'ouverture de sa chemise, et alors, ils furent perdus l'un et l'autre.

Matthew captura ses lèvres de nouveau et l'embrassa avec une ardeur redoublée. Les mains plaquées sur ses hanches, il la ramena à lui et commença à se mouvoir avec une lenteur torturante contre elle. En réponse, Fiona s'agrippa à ses épaules, de toutes ses forces, comme si elle redoutait qu'il ne s'en aille.

Elle percevait soudain à quel point elle était liée à lui. Et pas seulement parce qu'il lui avait sauvé la vie. C'était beaucoup plus profond que cela et il ne servait à rien de vouloir se le cacher. Elle avait besoin de lui, parce qu'il était une partie d'elle-même, de cette Afrique qui lui manquait tant, qu'elle croyait pouvoir retrouver.

Et cependant, l'Afrique était précisément ce qu'elle devait se sortir de l'esprit. De même qu'elle devait chasser Matthew de ses rêves. Ils pouvaient rester amis, comme elle essayait de se persuader qu'ils l'étaient déjà, mais elle ne pouvait se permettre de le laisser orienter leur relation dans la voie qu'il avait commencé d'explorer lors de cette fameuse nuit dans la jungle. Et qu'il voulait continuer ici.

Même si elle était attirée par cet homme, Fiona savait qu'elle n'avait pas sa place dans sa vie. Pas plus qu'il n'en avait dans la sienne.

Soudain, Matthew s'écarta et plongea son regard dans le sien.

— Vous pensez vraiment qu'il vous aime ? demanda-t-il d'une voix sourde, pleine de rage contenue.

Elle voulut détourner la tête, mais il lui saisit le menton d'une main à la fois douce et ferme, pour l'en empêcher.

— Pourquoi vous intéressez-vous à un homme comme Jeffrey Upton ? insista-t-il.

— Cela ne vous regarde pas.

Il la reprit dans ses bras.

— Vous dites cela parce que vous ne savez pas quoi me répondre.

— C'est faux, voulut-elle se défendre, troublée par la caresse des lèvres de Matthew sur son cou.

Et, tentant de se concentrer, elle balbutia :

— Jeffrey est l'homme idéal.

— Menteuse ! murmura-t-il à son oreille. À moins que vous ne trouviez idéale sa condescendance à votre égard, ajouta-t-il, avant de lui mordiller le lobe.

Fiona bascula la tête en arrière et laissa échapper un petit soupir de plaisir.

— Vous dites n'importe quoi !

Il cessa brutalement ses baisers pour la prendre aux épaules.

— Ah oui ? J'ai bien vu la manière dont il vous traitait, au dîner : comme une petite fille et non comme une femme.

Elle voulut s'écarter, mais Matthew la maintenait fermement.

— Dites-moi la vérité, Fiona. L'aimez-vous ?

Elle ne répondit pas tout de suite. Elle se remémorait une fois de plus ces moments d'intimité qu'ils avaient partagés dans la jungle. Ce qu'elle avait senti naître en elle au cours de cette interminable nuit. Les sentiments confus et cependant profonds qu'elle avait éprouvés pour cet homme, cet inconnu, qui lui avait sauvé la vie, l'avait vue presque nue, l'avait caressé en écoutant ses divagations les plus secrètes. Au petit matin, lorsque les sauveteurs étaient enfin arrivés, elle s'était risquée à lui demander s'ils se reverraient à Matadi. Et il lui avait froidement répondu que les sentiments étaient inutiles, qu'il n'y avait pas de place pour elle dans sa vie.

Le seul homme à qui elle s'était confiée, à qui elle aurait aimé tout donner, n'avait pas voulu d'elle. C'est à ce moment précis que Fiona avait compris qu'elle devait quitter l'Afrique et, du même coup, dire adieu à son passé. Mais pas un seul instant elle ne s'était doutée qu'elle retrouverait Matthew en Amérique.

— Cela vous importe que j'aime Jeffrey ? hasarda-t-elle dans un murmure, incapable qu'elle était de s'empêcher de nourrir encore un petit espoir au fond de son cœur.

Matthew ne répondit rien. Il se tenait droit, immobile. Trop immobile.

Fiona se sentit gagnée par la honte, puis par une insondable tristesse. Exactement comme dans la jungle. Au bout d'un moment, elle s'écarta et, cette fois, Matthew ne fit rien pour la retenir.

— N'en parlons plus, dit-elle, en même temps qu'elle essayait de se convaincre que sa mère avait raison : Jeffrey Upton ferait un merveilleux époux.

— S'il demande ma main, j'accepterai, ajouta-t-elle.

Elle attendit encore, mais Matthew resta muet. Confrontée à son silence, Fiona avait la sensation qu'on lui arrachait le cœur.

Rassemblant ce qui lui restait de dignité, elle se dirigea vers la porte. Mais à l'instant de tourner la poignée, elle ne put s'empêcher de se retourner.

— Aimiez-vous tant que cela votre femme ? C'est pour cela que vous êtes parti en Afrique ? Pour tenter d'oublier votre chagrin en vous perdant ?

Elle eut l'impression que ses questions le déroutaient. Il la regarda longuement, l'air troublé.

— Dites-moi, insista-t-elle, dans son besoin de savoir.

— Si je l'aimais ?

Il avait dit cela d'un ton venimeux et Fiona eut le sentiment qu'à ce moment précis, il la haïssait.

— Je l'ai surprise faisant l'amour avec mon meilleur ami.

Fiona sursauta, abasourdie.

— Oui, moi aussi, j'ai eu du mal à le croire, commenta-t-il avec dérision. C'était le soir de la réception donnée pour célébrer mon exposition. Je pensais que tout le monde partagerait ma stupéfaction, mais c'est le contraire qui s'est passé. Toute la bonne société de

Boston était au courant de la liaison de ma femme. J'étais vraiment le seul à l'ignorer.

— Oh ! Matthew, je suis désolée…

— Pourquoi désolée ? Parce que j'étais naïf ?

— Non…

— J'*étais* naïf. Je l'aimais ! J'aurais tout donné pour elle. Mais elle ne désirait que mon nom et mon argent. Mon amour ne l'intéressait pas.

Fiona, encore sous le choc de ses révélations, le vit porter la main à sa cicatrice.

— C'est comme cela que c'est arrivé ? ne put-elle s'empêcher de demander. Votre cicatrice ?

Il laissa retomber sa main et contempla d'un œil éteint ce qui restait, par terre, du portrait de sa femme.

— Oui. C'est ce soir-là que j'ai tué ma femme et mon meilleur ami.

Il se mit alors à tout raconter d'une voix monocorde. Comment il avait surpris Kimberly et son amant dans la serre. Comment, aveuglé par la fureur, il avait bruyamment claqué la porte, pour les avertir de sa présence.

Kimberly et Reynolds, ahuris, avaient vainement tenté de se désenlacer, mais déjà Matthew était sur eux. Il les avait séparés, repoussant sa femme pour mieux se jeter sur son meilleur ami.

— Matthew, arrête ! avait hurlé Kimberly en s'agrippant à son bras.

Reynolds avait tenté vaillamment de se défendre, mais Matthew était plus fort que lui.

— Elle m'aime, Matthew ! avait-il crié. Et elle est à moi ! Elle l'a toujours été !

Mais Matthew n'écoutait pas. Fou de rage, il avait lancé à travers la serre une chaise qui se trouvait sur son chemin. Le meuble était retombé dans un grand fracas de verre brisé. Kimberly avait poussé un cri horrifié, mais Matthew n'y avait même pas prêté attention. Après avoir acculé Reynolds contre une des parois, il l'avait bourré de coups de poing jusqu'à ce que l'autre s'écroule dans ses bras. Il l'avait ensuite laissé glisser, inanimé, à terre. C'est alors qu'il avait senti la fumée et vu les flammes.

La chaise, en retombant, avait renversé une lampe à pétrole, qui avait enflammé une tenture. Et pendant qu'il se battait avec Reynolds, l'incendie avait commencé à se propager avec une vitesse stupéfiante.

Matthew avait de nouveau empoigné sa femme, mais cette fois, pour la tirer dehors. Kimberly, tétanisée, n'avait pas voulu abandonner son amant. Elle s'était violemment débattue, tandis que l'incendie continuait de gagner du terrain.

Soudain, dans un fracas épouvantable, la charpente en bois de la serre avait cédé, entraînant dans sa chute les vitres recouvrant les parois et le toit. Matthew avait senti cette masse s'effondrer sur lui et le verre lui entailler les chairs. À moitié assommé, il s'était retrouvé à terre, au milieu des décombres. Quand il avait voulu se redresser, une douleur atroce lui avait traversé le bras, et il était retombé, pantelant.

Puis il avait aperçu Kimberly et ce spectacle lui avait fait recouvrer ses esprits. Avec un rugissement, il s'était redressé. La douleur, aiguë, avait fusé dans son corps. Machinalement, il avait porté la main à son visage, ses doigts s'étaient immédiatement tachés de sang.

Refusant de s'en soucier, il avait titubé jusqu'à sa femme qu'il avait soulevée dans ses bras. Arrivé à la porte de ce qui restait du jardin d'hiver, il s'était retrouvé face à la foule des invités et des membres de sa famille. Les gens couraient dans tous les sens, affolés, leurs bijoux et leurs tenues de soirée noirs de suie.

Et puis, deux hommes avaient sorti le corps de Reynolds.

— Mon Dieu, il est mort ! s'était écrié quelqu'un.

— Je vous avais dit que tout cela finirait mal, avait déclaré une femme, que ce drame semblait laisser de glace. Ces deux-là avaient tort de s'afficher en toutes cir-

constances. Ils auraient dû faire preuve de plus de discrétion.

— Doux Jésus ! s'était exclamée une autre. Mais Kimberly n'a jamais su être discrète !

Ignorant leurs ragots, Matthew s'était éloigné, sa femme toujours dans ses bras.

— Kim, avait-il murmuré en se penchant sur elle, les larmes se mêlant au sang qui ruisselait sur son visage. Pourquoi ?

Plus tard dans la soirée, quand un médecin lui avait appris que sa femme était morte, ses larmes s'étaient soudain taries. Il n'avait rien ressenti d'autre qu'un froid glacial à la place du cœur. Et il avait su que la cicatrice qu'il garderait au visage lui rappellerait pour toujours à quel point il avait pu être naïf.

— Oh, Matthew ! murmura Fiona, bouleversée. Quelle tragédie ! Mais ce n'était pas votre faute. Vous ne les avez pas tués.

Il sursauta, cligna des yeux, puis parut enfin la reconnaître.

— Allez-vous-en ! dit-il, le regard menaçant.

Elle refusa de bouger.

— Matthew, s'il vous plaît ! Ne vous infligez pas…

— Allez-vous-en ! fit-il à nouveau, hurlant presque.

Cette fois, Fiona tourna les talons et s'enfuit.

— Allez au diable ! lui lança Matthew, après qu'elle eut claqué la porte derrière elle. Allez au diable, répéta-t-il d'une voix étouffée en appuyant son front contre le mur.

11

Jeffrey était confortablement installé dans le salon – dont les portes étaient restées grandes ouvertes sur le hall – lorsque Fiona pénétra dans la maison presque au pas de course. La jeune femme arborait des joues d'un rose vif, dont la coloration n'était pas seulement due au froid. Elle tenta de rejoindre l'escalier sans se faire remarquer. Peine perdue.

— Vous êtes ravissante, aujourd'hui, la héla Jeffrey, avec un signe de la main pour l'inviter à le rejoindre. Mais d'où sortez-vous donc ? ajouta-t-il en se levant pour l'accueillir.

— Oui, renchérit Penelope, qui portait une robe de soie superbement coupée. Où êtes-vous allée, pour revenir les joues aussi colorées ?

Fiona sentit sa rougeur s'accentuer ; elle devait être cramoisie.

— Dehors.

— Juste dehors ? Hmmm. C'est bien mystérieux.

— Il n'y a là rien de mystérieux. Je faisais du shopping.

— Bien sûr, du shopping, répondit Penelope. Il est vrai que vous courez beaucoup les magasins, ces temps-ci. Et sans chaperon.

Fiona baissa la tête. Ce faisant, son regard tomba sur les mains de Jeffrey. Impeccablement manucurées, mais ridées.

Cet homme était largement assez âgé pour être son père, Matthew n'avait pas tort, songea-t-elle. Mais aussitôt, elle se sermonna : Jeffrey était un homme mûr. Mûr, posé, réfléchi. Vivre avec ce genre d'homme serait reposant. Et puis, il était d'une élégance et d'un raffinement qu'elle ne pouvait s'empêcher d'admirer.

Fiona ne se sentait aucun point commun avec un Matthew Hawthorne, impulsif et coléreux, capable d'arracher des tableaux et de les piétiner. Non, décidément, elle ne voulait rien avoir affaire avec lui. Et s'il lui était arrivé de croire le contraire, dans la jungle, c'est qu'elle venait de passer par une épreuve qui l'avait rendu particulièrement vulnérable.

La jeune femme en était là de ses réflexions quand la porte d'entrée s'ouvrit à la volée. La seconde d'après, Nestor déboulait dans le salon, le visage congestionné de colère, pour venir se planter devant Jeffrey.

— Qu'est-ce qui vous a pris de signer le contrat Kendall ? aboya-t-il.

Fiona vit Jeffrey se raidir.

— Y a-t-il un problème avec le contrat Kendall ? demanda-t-il froidement.

— Je me moque qu'il y ait ou non un problème. Ce n'est pas le sujet.

— Alors, qu'est-ce qui ne va pas, Nestor ?

— Vous n'avez pas le droit de prendre des décisions sans mon accord ! explosa Nestor, qui s'était mis à faire les cent pas dans la pièce, tel un fauve en cage, sous les yeux effarés de Penelope.

— Si je ne m'abuse, commença prudemment Jeffrey, dont la colère se devinait sous son masque imperturbable, c'est précisément mon travail de prendre de telles décisions. Du reste, le contrat Kendall concerne seulement le remplacement de quelques moules à fondre les pièces. Et je vous rappelle que nous avions déjà évoqué, il y a six mois, la nécessité de renouveler ce matériel.

Nestor revint se planter devant Jeffrey.

— *Seulement* le remplacement de machines, dites-vous ? Vous avez l'air d'oublier que c'est *seulement* mon argent, que vous dépensez ainsi. Et que c'est *seulement* mon entreprise que vous semblez prendre pour la vôtre.

— Je n'ai jamais rien pensé de tel, Nestor. Et pourtant, je possède plus d'un tiers des actions. Et j'ai par ailleurs été nommé directeur des Aciéries par le conseil d'administration. Ce qui me donne largement le droit de signer certains contrats.

— Plus pour longtemps ! tonna Nestor.

Mais à peine eut-il prononcé ces mots qu'il parut les regretter.

— C'est ce que nous verrons, répliqua Jeffrey, énigmatique.

Les deux hommes se toisèrent un instant sans mot dire.

Fiona ne saisissait pas ce qui se tramait, mais elle n'aimait pas cela. Elle ne s'attendait cependant pas à ce qui allait suivre. Avec un sourire narquois, Nestor lâcha soudain :

— Fiona ne s'habituera pas à nous, Upton. Admettez-le.

Ébahie, la jeune femme vit ensuite son frère se tourner vers elle :

— N'est-ce pas, chère petite sœur ? Tu t'imaginais reprendre ton rôle de fille de la maison en revenant ici, mais tu ne vas pas tarder à comprendre que tu n'auras jamais ta place parmi nous.

Jeffrey fit un pas vers elle.

— Elle trouvera sa place si elle m'épouse.

Fiona retint à grand-peine un cri de surprise, tandis que Nestor pouffait. Mais, imperturbable, Jeffrey continua sur sa lancée :

— Ma chère Fiona, voulez-vous m'épouser ? demanda-t-il, l'air solennel.

La jeune femme était trop médusée pour penser quoi que ce fût et encore moins répondre.

— Je comprends votre réaction, Fiona, reprit Jeffrey. Je vous ai surprise et je vous en demande pardon. Mais, ajouta-t-il en s'inclinant poliment, je serais sincèrement honoré de vous avoir pour épouse. Et si vous dites oui, je ferai de mon mieux pour être un bon mari.

Laetitia arriva sur ces entrefaites.

— Que se passe-t-il, ici ? Je vous entendais depuis le premier étage.

Nestor pointa un doigt accusateur sur Jeffrey.

— Il veut me voler mon entreprise !

— Qu'est-ce que cela signifie ? demanda sa mère, ahurie.

Mais Nestor n'était pas d'humeur à entrer dans des explications, et Fiona était incapable de proférer le moindre son.

— Comment peut-il vouloir l'épouser ? continuait Nestor, tout à sa logique intérieure. C'est une sauvage !

La réaction de Jeffrey ne se fit pas attendre. Il empoigna Nestor par le col de sa veste et le cloua contre le mur.

— Ne vous avisez jamais de redire cela à de Fiona, siffla-t-il. C'est compris ?

Penelope poussa un cri. Laetitia étouffa un sanglot et Fiona, horrifiée, porta les mains à sa bouche – non sans éprouver de la gratitude pour cet homme qui se souciait d'elle au point de la défendre publiquement.

— Comment osez-vous ! rugit Nestor.

— J'ose, parce que je suis écœuré et fatigué de vous voir traiter votre sœur avec autant de mépris. Elle n'a rien d'une sauvage !

Mais Nestor n'écoutait même plus.

— Vous n'êtes plus mon employé, Upton ! Vous m'entendez ? Vous êtes renvoyé !

— Non, il ne l'est pas, intervint Fiona, sans avoir le moins du monde prémédité ses paroles – de toute façon, sa décision était prise depuis qu'elle avait quitté la maison de Matthew. Il n'est pas renvoyé parce que je vais l'épouser.

Jeffrey, radieux, s'approcha de la jeune femme pour la serrer dans ses bras.

— Oh, Fiona ! C'est merveilleux !

— Non, c'est absurde ! le contra Nestor.

— Ce n'est pas mon avis, fit une voix sur le seuil de la pièce.

Tout le monde se retourna d'un bloc.

— Excusez-moi, dit Hannah, mais je n'ai pas pu faire autrement que d'entendre. J'en profite donc pour offrir mes congratulations à Fiona.

— Merci, grand-mère, souffla Fiona, dont le cœur battait à tout rompre.

Jeffrey prit tendrement la main de la jeune femme.

— Vous ne regretterez pas votre choix, Fiona, lui murmura-t-il.

Regretter ? Fiona pensa furtivement à Matthew. Aux souffrances qu'il avait endurées. À sa tendresse, la nuit où il lui avait sauvé la vie.

Mais c'était de Jeffrey qu'elle avait besoin. Lui seul l'aiderait à trouver sa place à Boston. L'Afrique appartenait définitivement au passé.

Avec Jeffrey, elle trouverait la sécurité. Il était gentil. Il tenait à elle. Et, surtout, il avait déjà de grands enfants. C'était ce dernier point qui l'avait poussée à prendre sa décision.

Isabel... Fiona sentit les larmes lui monter aux yeux.

Elle n'aurait plus jamais d'enfants. Parce qu'elle ne pourrait plus en aimer d'autre. Si l'Afrique lui avait enseigné une ultime leçon, c'était bien celle-là.

Consacrées aux préparatifs du bal, les journées qui suivirent laissèrent peu de temps à Fiona pour penser. Il avait été convenu qu'on annoncerait ses fiançailles au cours de la réception donnée pour son anniversaire.

Cependant, la nouvelle avait déjà commencé à se répandre dans les cercles huppés de la ville. L'annonce officielle contribuerait à faire de ce bal le grand événement de la saison d'hiver. La mère de Fiona resplendissait de bonheur, et la jeune femme se félicitait à l'idée d'en être la cause.

Pour la première fois depuis son retour en Amérique, elle se sentait enfin proche de sa mère et elle savourait chaque minute qu'elles partageaient ensemble.

La vie paraissait soudain plus belle. C'était à croire que depuis qu'elle avait endossé son statut de fiancée, Fiona était désormais acceptée par la bonne société bostonienne. Et cette constatation encourageait la jeune femme à se convaincre qu'elle avait fait le bon choix en décidant d'épouser Jeffrey. Du reste, son futur mari n'avait de cesse de se montrer prévenant à son égard.

Tout était donc parfait. Sauf que la jeune femme ne pouvait s'empêcher d'envisager avec une certaine appréhension l'existence qui l'attendrait après son mariage.

Le jour de son anniversaire arriva. C'était un vendredi. À l'heure du thé, Fiona monta dans le landau noir de Jeffrey. Elle avait passé beaucoup de temps à discipliner sa chevelure et, sur l'insistance de sa mère, s'était même poudré les joues. La perspective de cette petite excursion aurait dû l'emplir d'excitation et pourtant Fiona était plus angoissée qu'autre chose.

Jeffrey lui tapota affectueusement la main.

— Je suis enchanté que vous ayez accepté de rencontrer ma mère, lui dit-il.

Depuis qu'elle avait accepté d'épouser Jeffrey, deux semaines plus tôt, la jeune femme attendait de faire la connaissance de sa future belle-mère, avec qui elle se voyait déjà partager la même complicité que Laetitia et Penelope. Mais, à mesure que les jours passaient, Jeffrey trouvait de nouvelles excuses pour différer la rencontre, et Fiona avait fini par se demander si elle aurait jamais lieu. Elle suspectait même que, si l'annonce officielle de leurs fiançailles n'avait été prévue ce soir-là, le rendez-vous aurait été reporté une fois de plus.

L'inquiétude de la jeune femme devait se lire sur son visage, car Jeffrey l'enlaça tendrement.

— Tout se passera bien, vous verrez. Et n'oubliez pas que je vous adore.

Était-il sincère ? se demanda soudain Fiona. Et si oui, cela suffirait-il à la rendre heureuse ?

En dépit de sa ferme résolution de ne plus revoir Matthew, Fiona s'était rendue plusieurs fois chez lui au cours des deux semaines écoulées. Mais elle était toujours revenue bredouille. Soit il était absent, soit il faisait répondre qu'il ne souhaitait pas la recevoir. Et Quincy s'était montré intraitable, malgré tous les efforts de la jeune femme pour l'amadouer.

Elle en était très attristée. Elle se maudissait de réagir ainsi, mais n'y pouvait rien. Du reste, elle n'aurait su dire pourquoi elle avait cherché à revoir Matthew. Peut-être parce que lui seul lui semblait capable d'apaiser cette angoisse qui lui nouait la gorge en permanence ?

Pour être tout à fait honnête, la vérité était beaucoup plus crue : la nuit, c'était de Matthew que Fiona rêvait. Pas de Jeffrey. Et c'était le souvenir des baisers de Matthew qui la réveillaient dans son sommeil. Cependant, elle allait épouser Jeffrey. Elle *voulait* épouser Jeffrey, se répétait-elle, parce que, avec lui, elle se sentait cette lady qu'elle rêvait d'être.

Et quand Jeffrey lui assura que sa mère l'aimerait comme sa propre fille, elle ne demanda qu'à le croire.

L'attelage s'immobilisa devant une demeure qui aurait pu passer pour modeste au regard des habitations les plus luxueuses de la ville, mais elle était idéalement placée en plein cœur du prestigieux quartier de Beacon Hill.

Fiona resserra son châle sur ses épaules, puis saisit la main que Jeffrey lui tendait pour l'aider à descendre de voiture.

La porte s'ouvrit presque aussitôt sur un majordome au visage ridé, à l'allure hautaine.

— Votre mère vous attend, monsieur, annonça-t-il, avant de les conduire au salon.

Tandis qu'ils traversaient le hall, Fiona en profita pour jeter un coup d'œil autour d'elle. La maison était parfaitement entretenue. Pas le moindre grain de poussière. Cependant, cela ne suffisait pas à cacher les boiseries délabrées, ni les papiers peints défraîchis.

Le salon était petit et encombré de bibelots et de photographies dans leur cadre. Il y en avait partout : sur chaque meuble, chaque étagère, dans les coins et même sur les rebords de fenêtres.

Fiona n'osait plus faire un mouvement, de crainte de renverser quelque chose.

La jeune femme ne s'était jamais souciée de savoir où vivait Jeffrey. Et encore moins où ils logeraient tous deux après leur mariage. La perspective d'habiter dans cette maison la terrifiait. Heureusement, c'était peu probable. Il n'y avait probablement pas assez de pièces pour héberger un jeune couple.

— Bonjour, Jeffrey.

Mme Upton mère était petite, comme sa maison, mais on ne lui aurait jamais donné ses soixante-dix ans. Elle portait une robe de taffetas agrémentée d'un châle aux tons de feuilles mortes. Ses mains étaient couvertes de bagues. Seules deux touches de fard sur les joues relevaient la pâleur de son visage, la faisant ressembler à l'une de ces poupées de porcelaine qui trônaient sur un guéridon.

Dès qu'elle avisa Fiona, le sourire bienveillant qu'elle avait réservé à son fils s'évanouit.

— Qui est-ce ?

La jeune femme dissimula à grand-peine sa stupéfaction.

— C'est Fiona, mère. Fiona Winslet.

La vieille dame haussa les sourcils, interloquée, mais ne dit rien.

— Mère, précisa Jeffrey, je t'avais annoncé que nous viendrions aujourd'hui.

Regina Upton fit une grimace, comme si elle avait avalé quelque chose d'amer.

— Ah, oui ! Peut-être. Eh bien, je suis ravie que tu aies amené ton amie, Jeffrey, fit-elle, avant de se tourner vers son invitée : Dites-moi donc, mademoiselle Winslet, ce qui vous amène ici ?

Fiona en resta bouche bée, mais elle fut heureusement dispensée de répondre par Jeffrey, qui vola à son secours.

— Tu sais très bien pourquoi elle est ici, maman. Pour prendre le thé. Nous en avons déjà parlé.

— J'avais compris que tu avais invité la ravissante fille de Melvin Seton. De son vivant, ce cher Melvin m'a toujours adorée. Et je suis convaincue qu'il m'aurait épousée si ton père n'avait demandé ma main en premier.

Elle soupira, avant de rependre :

— Dans ma jeunesse, j'ai eu beaucoup de gentlemen à mes pieds. Des dizaines. En tout cas, la fille de Melvin est ravissante.

— Mère, reprit Jeffrey, un ton plus haut. C'est Fiona Winslet qui est ici avec moi.

Regina se tourna à nouveau vers la jeune femme, un sourire poli plaqué sur son visage.

— Ah oui, bien sûr. Jeffrey aurait dû me prévenir de votre visite. Mais après tout, tant pis, cela n'a pas d'importance. Asseyez-vous donc.

Jeffrey s'efforçait de garder le sourire. Il désigna le divan à Fiona, mais alors qu'il s'apprêtait à s'asseoir à côté d'elle, sa mère tapota le fauteuil voisin du sien, pour l'inviter à prendre plutôt ce siège. N'osant la contrarier, il eut un haussement d'épaules impuissant pour Fiona et obtempéra.

Satisfaite, Regina reporta une nouvelle fois son attention sur la jeune femme.

— Comment vous appelez-vous, déjà ?

— Fiona, madame. Et je suis ravie de faire votre connaissance, se força-t-elle à dire.

— Ah, oui, bien sûr. Fiona, dites-vous ? Cela n'est pas banal, comme prénom. On le portait peut-être déjà dans votre famille ? Jeffrey s'appelle comme son père – que Dieu ait son âme – qui portait déjà le même prénom que son père. Et votre nom de famille ?

— Mère, je t'ai expliqué que c'était Fiona Winslet. La sœur de Nestor Winslet.

— Ah, oui ! La fille qui vivait en Afrique, répliqua sa mère, avant de changer brusquement de sujet : Jeffrey, je suis invitée à prendre le thé chez Sarah Chamber, lundi prochain. Voudrais-tu m'accompagner ?

— Le lundi, je travaille, mère, tu le sais très bien. Mais tu pourras prendre mon attelage, si tu le souhaites. Je louerai un fiacre. Peut-être aimerais-tu emmener Fiona avec toi ?

Mme Upton regarda Fiona comme si elle la voyait pour la première fois. À son expression réprobatrice, la jeune femme comprit que quelque chose la froissait. Sa peau bronzée, sans doute. Même si elle avait beaucoup pâli depuis son arrivée en Amérique, toute la poudre de riz du monde ne suffirait pas à lui donner ce teint presque translucide qu'arboraient les femmes de la bonne société bostonienne.

Regina esquissa ce qui pouvait passer pour un sourire, ses lèvres s'entrouvrant telle une fissure dans la glace.

— Emmener Fiona avec moi ? répéta-t-elle. Ce ne serait pas très convenable, Jeffrey. Cette invitation est uniquement réservée à la famille.

— Ce qui tombe très bien. Je te rappelle que Fiona va bientôt faire partie de notre famille. Tu n'as pas oublié, tout de même ?

— Ah oui, bien sûr ! Tu m'as parlé de fiançailles. Mais j'étais persuadée que c'était avec la fille de Melvin Seton.

— Mère ! s'impatienta Jeffrey.

Regina Upton se redressa sur son siège.

— Je *devrais* peut-être y aller avec Mlle Winslet, concéda-t-elle en tapotant affectueusement la main de son fils. Tu as raison de me le suggérer, Jeffrey chéri. Maintenant, je suppose que tu dois retourner à ton travail. Je vais en profiter pour passer un peu de temps en tête à tête avec ma future belle-fille.

Jeffrey se détendit, à la grande stupéfaction de Fiona. La dernière chose qu'elle souhaitait, c'était bien de rester avec cette étrange femme. En outre, elle était persuadée que, de son côté, Regina Upton n'avait non plus aucune envie de se retrouver seule avec sa future belle-fille. Elle méditait plus vraisemblablement de la calomnier dès que son fils aurait le dos tourné.

— Je devrais peut-être partir, moi aussi, suggéra la jeune femme.

— Déjà ? s'étonna Mme Upton, qui semblait sincèrement désappointée. Philips n'a même pas encore servi le thé !

Et quand Jeffrey l'encouragea à son tour à rester, Fiona n'osa refuser. Après tout, peut-être réussirait-elle à gagner le cœur de la vieille dame. À coup sûr, une authentique lady ne serait pas partie sans avoir au moins essayé.

Jeffrey quitta la maison de sa mère pour rejoindre son attelage. Mais à l'instant où il y montait, il entendit qu'on l'interpellait. Tournant la tête, il aperçut Penelope, engoncée dans un manteau d'hermine, qui courait à sa rencontre.

— Jeffrey !

— Que faites-vous dehors par ce froid ? Et où est Nestor ?

— Je n'en sais rien. Je sors de chez Diana Greenway et je ne trouve pas de fiacre libre. Cela vous ennuierait-il de me déposer chez moi ?

— Bien sûr que non. Vous habitez dans Marlborough Street, n'est-ce pas ?

— Oui.

Jeffrey donna ses instructions au cocher, puis il aida Penelope à monter sur la banquette. La jeune femme s'installa avec un soupir théâtral.

— Quand donc ce froid horrible va-t-il cesser ?

Jeffrey s'esclaffa.

— Je parierais que Fiona aussi est déjà lassée de l'hiver. Elle doit attendre avec impatience le retour des beaux jours pour remettre le nez dehors.

Penelope le regarda, interloquée.

— Fiona ? Mais le froid ne l'a jamais empêchée de sortir. Elle n'est pratiquement jamais à la maison.

— C'est impossible ! Elle est toujours là quand je passe.

Elle pouffa.

— Bien sûr ! Vous ne venez que le soir puisque, dans la journée, vous êtes à votre bureau. Ah, les hommes ! Ils s'imaginent toujours que les femmes restent sagement à les attendre quand ils ne sont pas avec elles.

— Eh bien, euh… j'imagine qu'elle a des raisons de sortir de temps à autre.

— Tous les jours, vous voulez dire. En fait…

Penelope contempla un moment ses mains, qu'elle avait croisées sur ses genoux, avant de continuer en regardant Jeffrey droit dans les yeux :

— J'ai l'impression que, la plupart du temps, elle va rendre visite à M. Hawthorne.

— M. Hawthorne ? répéta Jeffrey, intrigué. Bradford Hawthorne ?

— Non. Matthew Hawthorne.

La tension devint presque palpable à l'intérieur du véhicule.

— Comment savez-vous cela ?

Penelope se tamponna délicatement les narines avec un petit mouchoir de dentelle brodé à ses initiales.

— Il se trouve que M. Hawthorne habite sur Marlborough Street, à quelques portes de chez moi.
— Pourquoi Nestor ne m'en a-t-il rien dit ?
— Parce qu'il n'est au courant de rien.
— Vous auriez dû l'en avertir !
— J'ai eu peur qu'il n'apprécie pas que je dénonce sa sœur.
— Il a pourtant besoin d'être informé.
— Peut-être, mais il me semble inutile d'alarmer tout le monde. Gardons plutôt cela pour nous. Je suis convaincue que si vous en touchez discrètement un mot à Fiona, le problème sera très vite résolu.

Philips, le majordome, posa le plateau portant la théière, les tasses et des petits fours sur le guéridon à gauche du fauteuil de Mme Upton.
— Ainsi, vous désirez épouser mon fils, commença celle-ci, sans préambule.
Fiona étudia la vieille dame et ne décela aucune trace de malice dans son expression.
— En effet. Votre fils est un homme merveilleux.
— C'est aussi mon avis. Je l'ai d'ailleurs élevé en ce sens. Son père et moi voulions qu'il se fasse une place dans la société.
— Et vous y êtes parvenus.
— C'est exact. Mais un gentleman de son rang a besoin d'une femme distinguée.
Fiona sentit ses paumes devenir moites, tandis que Regina entreprenait de servir le thé, avec une aisance qui dénotait des années de pratique. Elle versa du lait et ajouta un sucre dans la tasse de Fiona sans se soucier de lui demander son avis, puis la lui tendit. Fiona se concentra sur ses gestes, tentant de se montrer à la hauteur. Mais à peine s'apprêtait-elle à avaler sa première gorgée de thé que Mme Upton lui demanda de but en blanc :
— Pensez-vous sincèrement que vous pourriez faire une épouse distinguée ?

Fiona, qui venait de se brûler la langue avec son thé, eut un hoquet de surprise. Elle s'étrangla, puis toussa, tachant au passage la soie bleu pâle de sa robe.

Regina arqua les sourcils d'un air interrogateur.

— Montrez-vous toujours autant de grâce quand vous buvez votre thé ?

Fiona essaya de réparer les dégâts avec sa serviette, sans succès.

— Vous feriez mieux d'aller dans la salle de bains vous nettoyer, lui suggéra Mme Upton.

— Vous avez raison, acquiesça Fiona, mortifiée, en reposant sa serviette.

Regina la suivit du regard tandis qu'une domestique lui montrait le chemin. La minute d'après, Jeffrey faisait irruption dans la pièce.

— Où est Fiona ?

— Que se passe-t-il, mon garçon ? Tu as l'air furieux.

Jeffrey parcourut la pièce du regard.

— Tu n'as pas répondu à ma question, mère. Aurais-tu osé la renvoyer ?

— Et pourquoi devrais-je me l'interdire ? répliqua la vieille dame, indignée.

Jeffrey lâcha un soupir exaspéré.

— Bon sang, maman, tu es incorrigible !

— Cette fille est impossible, Jeffrey. Je mérite mieux. *Tu* mérites mieux.

Jeffrey s'efforça à la patience, oubliant momentanément la raison qui l'avait poussé à revenir.

— Je te rappelle que cette fille impossible possède un bon paquet d'actions de l'entreprise qui m'emploie. Quand je l'aurai épousée, j'aurai le contrôle de ses parts.

— En tant que vice-président du conseil d'administration et directeur des Aciéries Winslet, tu en as déjà le contrôle. C'est toi-même qui me l'as dit.

— Oui, mais plus pour longtemps. Si Fiona ne se marie pas dans les semaines qui viennent, le contrôle de ses parts passera à Nestor.

— Quoi ? s'étrangla sa mère.

— C'est la pure vérité. William Winslet avait rédigé une nouvelle version de son testament juste avant de mourir, et il l'a expédiée en Amérique.

Et, se penchant vers sa mère, le regard soudain brillant, il ajouta :

— C'est la chance de ma vie, mère. Depuis trois ans, je suis l'esclave de Nestor. Mais quand j'aurai épousé Fiona, je n'aurai plus de comptes à lui rendre.

Regina s'essuya délicatement les lèvres avec sa serviette.

— Alors, tu ne l'aimes pas ?

— Bien sûr que non ! Qui pourrait aimer cette fille sans éducation ? Mais je veux l'épouser. Et j'espère que tu vas me faire le plaisir de lui adresser tout de suite un petit mot pour t'excuser de l'avoir renvoyée.

— Elle ne m'a pas renvoyée, Jeffrey. Je suis toujours là.

Il se retourna, abasourdi.

— Fiona !

— Oui, Jeffrey ?

— Qu'avez-vous entendu ?

— J'en ai entendu suffisamment, répondit-elle d'une voix neutre.

— Mais, vous ne comprenez pas !

La tension était devenue intolérable. Fiona aurait voulu s'enfuir de cette maison et quitter à tout jamais cette femme odieuse et son fils, en qui elle avait cru.

— Je crois que si. Et j'ai aussi compris que c'étaient probablement les premières paroles sincères que j'entendais de votre bouche. Maintenant, si vous voulez bien m'excuser...

— Bon sang, Fiona, vous ne pouvez pas partir comme cela. Il faut que nous parlions.

— Nous n'avons plus rien à nous dire, Jeffrey.

— Oh, que si !

Il lui prit autoritairement le bras pour la conduire dans une petite pièce qui sentait vaguement le cigare. Son bureau, sans doute.

— Dites-moi que ce n'est pas vrai, commença-t-il.

Fiona le regarda sans comprendre.

— De quoi parlez-vous ?

— Dites-moi que vous n'allez pas tous les jours chez Matthew Hawthorne.

Fiona crut que son cœur s'était arrêté de battre.

— Qui vous a raconté cela ?

— Penelope. Et je ne pense pas qu'elle m'en aurait parlé si ce n'était pas vrai.

— Peu importe, répliqua Fiona, qui n'avait aucune envie d'évoquer ses visites à Matthew. Notre engagement est de toute façon rompu.

— Rompu ? répéta Jeffrey, soudain très pâle. Mais c'est impossible !

Sans répondre, Fiona se dirigea vers la porte.

— Où allez-vous ?

— Je rentre chez moi, expliquer à ma mère qu'il n'y a plus lieu d'annoncer nos fiançailles ce soir.

— Vous ne pouvez pas faire cela !

— Et pourquoi, s'il vous plaît ?

— Parce que tout le monde attend l'événement. Si vous brisez nos fiançailles, je vais être la risée de toute la ville.

Ni excuses ni remords. Il ne s'inquiétait que de son sort.

— Je suis désolée, Jeffrey, mais je vous répète que notre engagement est rompu.

— Vous préférez rester à la merci de votre frère ?

Fiona, prise de court, marqua un moment d'hésitation. Jeffrey en profita pour pousser son avantage :

— Ce n'est pas une perspective réjouissante, n'est-ce pas ?

— Sans doute pas, en effet. Mais ça ne peut pas être pire que de me retrouver à votre merci. Lui, au moins, n'a jamais menti sur les sentiments qu'il me voue. Maintenant, excusez-moi.

Ce n'est que lorsque la porte se fut refermée sur elle que Fiona se mit à trembler de tous ses membres. Un froid glacial, qui n'était pas seulement causé par la température hivernale, lui oppressait le cœur. Comment avait-elle pu être assez naïve pour s'imaginer qu'un homme tel que Jeffrey voudrait sincèrement l'épouser – du moins, l'épouser pour elle-même.

Au moment de descendre le perron, elle s'aperçut qu'elle avait oublié son châle. Mais elle préférait geler sur place plutôt que de retourner dans cette maison.

Sans réfléchir, elle prit à gauche, marchant d'un pas vif pour s'éloigner au plus vite. Un peu de neige était à nouveau tombée sur la ville, la parant de reflets argentés d'une beauté glaciale. Tout à coup, Fiona se sentit envahie par une nostalgie déchirante ; l'Afrique aux couleurs si chaudes, la maison où elle avait grandi et où elle avait été si heureuse pendant tant d'années lui manquaient soudain atrocement.

Elle marchait droit devant elle, sans se soucier de savoir où ses pas la menaient. Elle éprouvait le besoin de réfléchir, de se confier à quelqu'un. Elle voulait se jeter dans les bras de sa mère, l'entendre lui murmurer des paroles de consolation.

Elle avait beau guetter, il n'y avait aucun fiacre en vue. Fouillant au fond de son réticule, elle trouva quelques pièces et courut pour attraper un trolleybus à l'arrêt. Après avoir payé son ticket, la jeune femme se laissa tomber sur une banquette en bois et contempla d'un œil morne les maisons qui défilaient devant les vitres du compartiment.

Elle descendit du trolley à l'angle de Beacon Street et d'Arlington Street. Instinctivement, elle obliqua vers le sud, dans la direction de Marlborough Street, plutôt que de remonter les quelques dizaines de mètres qui la séparaient de Commonwealth Avenue.

Dix minutes plus tard, elle s'arrêtait devant chez Matthew.

12

Le heurtoir retomba avec insistance contre le battant de l'entrée. Matthew sut aussitôt qui lui rendait visite.

Fiona.

Elle était venue quotidiennement depuis deux semaines et, chaque fois, Matthew avait refusé de la voir, malgré l'envie qu'il en avait.

Lorsqu'il avait appris la rumeur évoquant les fiançailles de la jeune femme avec Jeffrey Upton, une froide colère l'avait d'abord saisi. Puis il s'était dit que cette décision ne le regardait en rien. Il désirait peut-être Fiona physiquement, mais il ne voulait pas se remarier.

Matthew essaya de se concentrer sur un petit masque primitif, en bois, qu'il avait ramené d'Afrique, mais il réussit d'autant moins à chasser la jeune femme de son esprit qu'elle continuait de tambouriner à la porte.

Quincy, qui était allé voir, frappa discrètement à son bureau.

— Monsieur ?

— Je ne suis pas là, Quincy, répondit Matthew, sans ouvrir.

Le majordome soupira bruyamment.

— Mais, monsieur Hawthorne…

— Je ne suis pas là, répéta Matthew plus sèchement.

Quincy soupira derechef.

— Bien, monsieur.

Matthew l'entendit retourner vers la porte d'entrée, échanger quelques mots avec la visiteuse, puis refermer le battant. Il attendit un bon quart d'heure avant de quitter son bureau pour réclamer son manteau. Ces derniers temps, il ne sortait plus guère qu'à la nuit tombée, pour aller se glisser furtivement dans la chambre de Mary. Ce jour-là, toutefois, il éprouva le besoin de marcher un moment dans les rues, afin de se changer les idées.

Mais à peine eut-il ouvert la porte, qu'il se heurta à Fiona, assise sur les marches du perron. Sa première réaction fut de maudire la jeune femme et son obstination, mais en la voyant trembler de froid il ne put s'empêcher d'être ému. Et quand elle leva la tête vers lui, il devina immédiatement, à son regard, qu'elle était bouleversée.

Il songea que Fiona se tournait toujours vers lui lorsque quelque chose n'allait pas. Et se demanda si elle en était consciente.

— C'est curieux, il me semblait vous avoir fait répondre que je n'étais pas là, lâcha-t-il, résistant à l'envie de la prendre dans ses bras.

Elle lui sourit, en dépit de son ton acerbe – ou peut-être à cause de lui –, et, soudain, son visage perdit son expression soucieuse.

— Je... je vvvois bien que vous n'êtes pas là, riposta-t-elle en claquant des dents.

— Je devrais vous laisser geler sur ces marches.

— Mais vous n'en ferez rien.

— Hélas ! soupira Matthew.

Et, lui prenant la main, il l'entraîna à l'intérieur.

— Quincy ! appela-t-il.

Moins de cinq secondes plus tard, le majordome surgissait de la cuisine, un plateau à la main.

— Voici une tasse de chocolat pour vous réchauffer, mademoiselle Winslet, dit-il.

— Oh, monsieur Quincy ! Vous êtes merveilleux.

— Je n'en dirai pas autant, marmonna Matthew, qui ne paraissait cependant pas convaincu.

Il ne fallut que quelques minutes à Quincy pour installer la jeune femme dans le bureau, devant la cheminée, une couverture sur les jambes, sa tasse de cacao à la main.

— Qu'êtes-vous venue faire ici ? demanda Matthew, après le départ du majordome.

Elle le regarda par-dessus le rebord de sa tasse.

— Il vous faut une raison ?

— Oui.

— Très bien, dans ce cas, je voudrais prendre une nouvelle leçon.

Matthew haussa les sourcils.

— Le jour du bal donné en votre honneur ?

L'humeur de la jeune femme s'assombrit d'un coup et son regard n'exprima plus que tristesse et mélancolie.

— Fiona... ne put s'empêcher de murmurer Matthew avec tendresse.

Elle avait terminé son chocolat. Il lui reprit la tasse des mains et la posa sur un guéridon. Aussitôt, ses mains, n'ayant plus rien à tenir, se mirent à trembler.

— Que vous arrive-t-il ? voulut savoir Matthew, sincèrement inquiet.

Le regard de la jeune femme s'arrêta sur le masque africain posé au milieu du bureau.

— Ils me désapprouvent tous, n'est-ce pas ?

Matthew aurait pu mentir, mais à quoi bon ?

— Oui.

— Pourquoi ? Ne voient-ils pas que j'essaie désespérément de leur plaire ? N'ont-ils donc aucun cœur ?

Matthew comprit qu'il valait mieux être franc jusqu'au bout. Quoi que cela lui en coûtât de devoir la décevoir un peu plus.

— Vous êtes différente d'eux, Fiona. Et c'est tout ce qu'ils voient. Vous ne correspondez pas à l'idée qu'ils se font d'une lady, de ses paroles, de ses gestes et de ses actes. Mais ce qui m'étonne le plus, c'est que personne ne semble en vouloir à votre mère.

Elle le regarda, interloquée.

— Pourquoi lui en voudraient-ils ? Elle incarne précisément tout ce qu'ils chérissent.

— Peut-être, mais ce n'est pas une mère modèle. N'oubliez pas qu'elle vous a abandonnée toute petite.

Comme la jeune femme avait brutalement détourné le regard, Matthew s'agenouilla devant elle et prit ses mains dans les siennes.

— C'est elle qu'ils devraient blâmer, Fiona. Pas vous.

Elle le regarda de nouveau, comme si une idée venait de lui traverser subitement l'esprit. Une idée qui avait soudain ramené un peu de vie dans son regard. Matthew comprit qu'elle s'apprêtait à lui demander quelque chose, mais il ne s'attendait certainement pas à la question qui suivit :

— Et si vous m'épousiez ? lâcha-t-elle dans un souffle.

Il se raidit instinctivement, avant de se redresser en étouffant un juron. Il lui avait pourtant déjà expliqué qu'il ne se remarierait jamais. Ni avec elle ni avec personne d'autre.

Mais en voyant le menton de la jeune femme trembler, il ne put s'empêcher de ressentir le besoin de la protéger.

— Que s'est-il passé ? demanda-t-il.

Elle semblait prête à fondre en larmes, mais luttait de toutes ses forces.

— Jeffrey ne voulait m'épouser que pour s'assurer le contrôle des aciéries familiales.

Matthew faillit lui dire qu'il s'en doutait depuis le début, mais il préféra tenir sa langue. Fiona souffrait visiblement, et il maudissait cette fripouille d'Upton qui en était la cause. Cependant, il refoula son émotion, se refusant à ressentir quoi que ce fût.

— D'après ce que j'ai compris, si je ne me fiance pas d'ici à ce soir, mes parts passeront à Nestor. Je ne peux pas laisser une chose pareille se produire. Il faut absolument que je me trouve un parti si je ne veux pas tomber sous la coupe de mon frère.

— Ah ! D'où votre proposition d'il y a cinq minutes.

— Dites oui, je vous en supplie ! Je sais que c'est vous demander une grande faveur, mais ce ne serait que pour quelques semaines.

Matthew fronça les sourcils, curieux d'entendre la suite.

— J'ai besoin d'un peu de temps, expliqua-t-elle. Quand je saurai quoi faire, nous pourrons rompre nos fiançailles.

Matthew crispa les mâchoires.

— C'est non.

Elle se releva et fit un pas vers lui.

— Matthew, s'il vous plaît...

— Non, Fiona.

Il la vit rougir. De honte, sans doute.

— Vous me détestez donc tant que cela ? murmura-t-elle d'une voix brisée.

— Vous détester ? Je ne pourrai jamais vous détester.

Il soupira lourdement.

— Je n'ai jamais rencontré quelqu'un comme vous. Si fière, si combative. Et si pleine de désirs.

— Je n'en demande pas tant que cela ! Une fois que j'aurai obtenu ce pour quoi je suis ici, je serai satisfaite.

— Non. Vous voulez tout. Et cela depuis le moment où nous nous sommes rencontrés dans le train.

— C'est faux !

— Non, Fiona. Et c'est l'une des choses qui m'attirent en vous. Le jour où vous ne nourrirez plus aucun désir ou que vous n'aurez plus de rêves à poursuivre, vous n'aurez plus de raison de vivre.

— Vous vous trompez ! Je ne cours après aucun rêve.

— Alors, pourquoi avez-vous fui l'Afrique ?

— Je n'ai pas fui l'Afrique !

— Bon sang, Fiona ! Arrêtez de me mentir.

Elle voulut s'écarter, mais Matthew la retint par le bras.

— Si vous ne voulez pas que je mente, répliqua-t-elle, alors je me vois obligée de vous répondre que cela ne vous regarde pas.

Matthew la relâcha instantanément.

— Fort bien. Ne me dites rien. Mais ne comptez pas sur moi pour me battre avec vous. Je n'ai plus envie de me battre, ni de rêver d'ailleurs. Je veux simplement essayer de tenir jour après jour.

Matthew s'attendait qu'elle renonçât. Mais, contre toute attente, elle lui empoigna le bras pour l'obliger à la regarder, et ses prunelles émeraude brillaient d'une émotion difficilement contenue.

— Lâche !

Il se raidit.

— Vous avez peur de vivre. De revivre, fit-elle d'un ton amer où les larmes le disputaient à la colère. Comme vous avez peur de vous remettre à peindre. Où est passé l'homme intrépide qui impressionnait même les Africains ? Vous n'êtes plus qu'un lâche.

Avant que Matthew eût pu répliquer quoi que ce fût, la jeune femme était déjà partie. Il crispa les poings, à la fois furieux et impuissant. Qu'attendait-elle de lui ? Qu'il partage ses rêves ? Parfois, quand il se trouvait avec Fiona, il se prenait à croire de nouveau en la vie. Mais cela ne durait jamais longtemps. La réalité le rattrapait au galop dès qu'il croisait le regard effrayé d'un enfant dans la rue ou que son bras blessé le rendait maladroit.

Non, il n'était pas lâche. Il cherchait simplement à s'accommoder de sa vie présente en préservant le plus possible sa fierté et sa dignité.

Mais il avait beau se répéter tout cela, il ne parvenait pas à oublier que Fiona l'avait traité de lâche. Pas plus qu'il ne parvenait à se débarrasser du désir que la jeune femme lui inspirait.

La pièce, soudain, lui parut trop étroite. Il avait le sentiment d'étouffer. Il fallait qu'il sorte.

Il récupéra son manteau, passa en trombe devant un Quincy médusé et claqua la porte derrière lui sans un mot. Ignorant le froid mordant et les gens qui s'écartaient prudemment, il marcha un long moment dans les rues, avant de héler un fiacre qui le déposa devant chez ses parents. Tant pis s'il ne faisait pas encore nuit. Il avait besoin de voir Mary.

Il entra dans la maison sans prendre la peine de frapper. À cette heure de l'après-midi, il savait que Mary se trouverait dans le petit salon du rez-de-chaussée, à lire. Sa fille était une passionnée de lecture. Dès qu'elle avait été en âge de tenir un livre, Matthew avait passé des heures délicieuses à lui enseigner l'alphabet.

Comme il l'avait deviné, il la trouva effectivement lovée dans un fauteuil du petit salon, un livre entre les mains. La fillette, absorbée dans sa lecture, ne l'entendit même pas entrer et Matthew resta sagement sur le seuil. Mais au plaisir de voir sa fille se mêlait une frustration grandissante. Combien de temps encore serait-il condamné à la contempler à distance ?

Au bout d'un moment, craignant qu'un domestique n'apparût et ne révélât sa présence, il décida de s'en aller aussi discrètement qu'il était arrivé. Il atteignait la porte d'entrée quand la voix de sa mère retentit soudain.

— Matthew ?

Il se retourna. Emmaline descendait l'escalier, habillée pour sortir.

— Bonjour, mère.

Elle lui pressa la main, son réticule se balançant à son bras.

— Que fais-tu ici ?

Matthew haussa les épaules d'un air faussement détaché.

— Je passais dans le voisinage et j'ai eu envie de venir dire bonjour.

Emmaline l'étudia, sceptique.

— Tu me caches la vérité, dit-elle finalement. Tu as l'air bouleversé. Ne serait-ce pas parce que Fiona Winslet annoncera ce soir ses fiançailles ?

Matthew secoua la tête.

— Tout le monde en parle, ajouta Emmaline. C'est comme si c'était déjà fait.

— Mais cela ne se fera pas. Elle a rompu avec Jeffrey Upton.

— Comment le sais-tu ?

Matthew fit une grimace qui pouvait s'apparenter à une sorte de sourire.

— Elle est passée tout à l'heure chez moi pour me proposer de prendre la place d'Upton.

La main de sa mère se crispa sur la sienne.

— Fais-le. N'hésite pas.

Matthew secoua de nouveau la tête.

— Nous en avons déjà parlé. Tu sais que je ne peux pas.

Mais Emmaline ne s'avoua pas si vite vaincue.

— Ce que je sais, mon fils, c'est que tu n'as jamais aimé Kimberly comme tu aurais dû normalement aimer la femme de tes rêves.

Matthew contenait difficilement son impatience ; sa mère continua cependant, implacable :

— Tu considérais Kimberly comme une épouse parfaitement digne de figurer partout à tes côtés. Mais tu n'éprouvais rien pour elle. J'entends par là, aucun sentiment profond. Alors que depuis que tu as rencontré Fiona, pour la première fois de ta vie je te vois ressentir quelque chose. De la colère, de la frustration, de l'angoisse. De l'amour.

Quoique ébranlé par ces paroles, Matthew s'efforça de les démentir.

— Je n'ai pas besoin que tu joues les entremetteuses, mère, répliqua-t-il, omettant sciemment de préciser que Fiona ne cherchait qu'un complice pour de fausses fiançailles, et pas un vrai mari.

— Admettons, mon chéri. Mais figure-toi que je m'apprêtais justement à me rendre chez toi pour te parler.

Elle fit une pause, soudain mal à l'aise, avant de reprendre :

— Ton père... m'a demandé de te dire qu'il était grand temps que Mary retourne vivre avec toi.

— C'est impossible ! Elle ne le peut pas.

— Elle le peut, et elle va le faire. Ton père ne souffrira aucune discussion à ce sujet.

— Le diable l'emporte !

— Ne parle pas de ton père ainsi, s'il te plaît. D'autant qu'il a raison. Mary a besoin de toi, que tu le veuilles ou non.

Matthew avait l'impression que le sol se dérobait sous ses pieds, mais sa mère lui tenait toujours fermement la main.

— Je t'aime, mon fils, tu le sais, fit-elle avec douceur. Mais il faut que tu te décides enfin à affronter ta nouvelle vie. Il serait grand temps que tu arrêtes de te cacher. Épouse Fiona. Reconstruis un foyer pour ta fille. Mary en a besoin et, au plus profond de toi, je suis persuadée que c'est ce dont tu as envie.

La réception débuterait dans moins d'une heure. Fiona devait absolument prévenir sa mère de la rupture de ses fiançailles.

Mais alors qu'elle pénétrait dans le grand salon, son courage l'abandonna à la vue de sa mère et de Penelope en train de discuter avec animation des derniers préparatifs de la soirée.

— Tout est prêt, expliquait Penelope à Laetitia. Dès que les premiers invités arriveront, vous n'aurez qu'à les accueillir. Je me charge du reste.

— Merci, ma chère, fit Laetitia, ravissante dans une splendide robe en taffetas et soie. Vous m'êtes devenue indispensable ces dernières semaines !

Fiona tournait déjà les talons, pour remonter dans sa chambre, quand sa mère l'aperçut.

— Ah, Fiona, te voilà ! s'exclama celle-ci en s'approchant d'un pas pressé. Mon Dieu ! Mais tu n'es pas encore habillée ? Dépêche-toi ! Les invités ne vont plus tarder, ajouta-t-elle, en poussant d'autorité sa fille vers l'escalier, tandis que Penelope, sans un regard pour Fiona, disparaissait dans l'office, pour faire ses dernières recommandations aux domestiques.

— Mère, attends, s'il te plaît.

— Qu'y a-t-il, Fiona ?

— Il faut que je te parle.

— Une autre fois, je t'en prie. Tout ce que Boston compte de personnalités va bientôt franchir cette porte pour entendre annoncer tes fiançailles. Il n'est pas question que tu te montres dans cette tenue.

— Il n'y aura pas d'annonce.

— Quoi ? s'étrangla Laetitia.

— J'ai rompu avec Jeffrey.

— Que veux-tu dire ?

— Cela me semble clair. Je ne me fiance plus.

— Mais enfin, c'est impossible ! s'indigna Laetitia. Cette annonce devait être le clou de la soirée.

— Eh bien, tant pis, mais c'est comme ça.

— J'aurais dû m'en douter ! explosa Laetitia, la voix suraiguë. J'aurais dû me douter que cela ne se ferait pas.

Mais, presque aussitôt, elle se calma et s'empara du bras de Fiona avec une expression étrange qui donna des frissons à la jeune femme.

— Tu vois bien que cela ne marchera jamais, Fiona.

Celle-ci eut l'impression que le ciel lui tombait sur la tête.

— Que veux-tu dire, mère? se risqua-t-elle à demander, bien qu'elle soupçonnât déjà quelle serait la réponse.

— Ne vois-tu pas l'évidence? Tu es malheureuse. Nestor est malheureux. Il est trop tard pour récrire le passé, Fiona. Toi et moi savons pertinemment que ta place n'est pas ici.

La jeune femme crut se liquéfier sur place.

— Cessons de nous aveugler, poursuivit sa mère. Malgré tous tes efforts, tu n'arriveras jamais à te faire à Boston.

Fiona entendit la porte d'entrée s'ouvrir sur les premiers invités. Immédiatement, Laetitia plaqua un sourire de circonstance sur son visage.

— Nous reparlerons de cela demain. Pour l'heure, je vais accueillir nos invités. Puisqu'il n'y aura pas d'annonce, nous ferons comme si rien n'avait été prévu. Après tout, ce bal est donné en l'honneur de ton anniversaire.

Et, comme mue par une illumination, Laetitia frappa dans ses mains :

— Bon anniversaire! s'exclama-t-elle, avant de déposer un vague baiser sur la joue de sa fille.

Personne ne lui avait encore souhaité son anniversaire. Fiona y trouvait une maigre consolation, après une journée aussi horrible. Et qui, hélas, était loin d'être terminée...

— Nous veillerons à ce que cette soirée soit un succès, déclara Laetitia. Et, ensuite, nous parlerons.

Sa mère s'éclipsa et Fiona regagna sa chambre. Dès qu'elle eut refermé la porte, elle s'adossa au battant et contempla le plafond d'un œil vide, incapable d'agir ou même de penser. Le hall commençait à se remplir, le bruit des voix montait jusqu'à elle.

Fiona aurait voulu passer la soirée enfermée dans sa chambre. Elle n'avait aucune envie de descendre affronter tout ce monde. Cependant, elle irait quand même. Dans la splendide robe que sa mère avait choisie pour elle. Elle montrerait à ces gens qu'elle n'avait peur ni des ragots ni de leurs regards obliques. Après tout, elle était africaine, comme sa mère venait de le lui faire comprendre.

La maison était maintenant pleine d'hommes en habit et de femmes parées de leurs plus beaux bijoux. Tout ce qui comptait à Boston s'était donné rendez-vous chez les Winslet. Laetitia n'aurait pu rêver plus belle soirée. Si seulement sa fille en avait profité pour annoncer ses fiançailles…

Quand Fiona fit enfin son apparition, tous les invités étaient arrivés. Elle descendit les dernières marches cramponnée à la rampe, essayant de se concentrer sur la musique jouée par l'orchestre pour se détendre. Jeffrey n'était pas là. Il ne se montrerait sans doute pas de la soirée.

Dès que Fiona entra dans la salle de bal, tous les regards convergèrent vers elle. Elle portait une robe de velours gris perle, et la femme de chambre de sa mère l'avait aidée à domestiquer ses boucles. Le résultat était réussi. Fiona le voyait au regard appréciateur des hommes et à l'attitude nettement plus froide des femmes.

Mais même élégante, la jeune femme sentait qu'elle ne serait jamais totalement acceptée par ce monde. Penelope, d'ailleurs, passa devant elle sans un regard, pour rejoindre Hannah.

— Grand-mère, vous êtes superbe ! s'exclama-t-elle avec une familiarité que Fiona ne se serait jamais permise.

Et c'était vrai. Hannah Grable semblait la reine de la fête. Et Penelope incarnait la petite-fille dont la vieille dame avait toujours rêvé, songea Fiona avec un pincement au cœur.

— Merci, ma chérie, répondit Hannah en étreignant la main de Penelope affectueusement.

Sans lâcher la main de la vieille dame, Penelope se tourna alors vers Fiona et la regarda si froidement que celle-ci comprit qu'elle n'avait décidément rien de bon à attendre de cette soirée. Penelope avait dû apprendre que ses fiançailles étaient rompues et elle comptait sans doute s'en amuser à ses dépens.

Fiona ne se trompait pas.

— Je ne vois pas Jeffrey, s'étonna Penelope, d'une voix assez forte pour être entendue à la ronde. C'est curieux, n'est-ce pas ? Comment expliquez-vous cela, Fiona ?

Toutes les femmes regardèrent tour à tour Fiona et Penelope, attendant la suite avec curiosité. Fiona devina que Penelope, trop heureuse de pouvoir la ridiculiser, lui demanderait des comptes sur ses fiançailles et qu'elle ne pourrait rien faire pour l'en empêcher.

Là encore, elle avait vu juste.

— Alors, Fiona, reprit Penelope, impitoyable, savez-vous où est Jeffrey ? Ne deviez-vous pas nous annoncer une grande nouvelle, tous les deux ?

Fiona, réprimant le tremblement qui la gagnait, releva fièrement le menton et regarda Penelope droit dans les yeux.

— Je n'épouserai pas Jeffrey.

Un murmure de stupéfaction courut parmi la foule, tandis que Penelope arborait un sourire carnassier.

— Et pourquoi cela ?

— Parce que c'est moi qu'elle épouse, lança une voix grave.

Un silence médusé accueillit cette déclaration. Puis, un à un, les invités se tournèrent vers l'entrée de la salle pour voir qui venait de prononcer ces mots.

— Matthew... souffla Fiona, submergée par une émotion indicible.

Matthew Hawthorne s'avança vers la jeune femme, impeccablement élégant dans sa chemise blanche et son smoking noir. Il était réellement beau, et quand il montrait de l'assurance, comme maintenant, on oubliait aisément sa cicatrice.

Fiona savait qu'il sortait rarement dans le monde, depuis le drame. Et cependant, il était venu ce soir, sachant que tous les regards seraient rivés sur lui.

— Ah ! s'exclama Penelope, qui étreignait toujours la main d'Hannah. Votre visite est inattendue, monsieur Hawthorne. Venez-vous remplacer Jeffrey Upton au pied levé ?

Comme Matthew ne répondait rien, Penelope ajouta d'un air entendu :

— Au fond, cela ne me surprend guère. J'imagine qu'il s'agit d'un plan de dernière minute pour sauver la réputation de Fiona, après tous ces après-midi qu'elle a passé seule chez vous.

Pendant cette tirade, Fiona crut lire sa disgrâce dans les yeux d'Hannah. La vieille dame ne pouvait qu'être horrifiée d'apprendre que, non contente d'avoir perdu son fiancé, sa petite-fille s'était compromise avec un autre homme. Mortifiée, la jeune femme se prépara à affronter les critiques acerbes de sa grand-mère.

Mais rien de tel ne se produisit.

Dans un mouvement que Fiona se rappellerait toute sa vie, Hannah lâcha la main de Penelope, une lueur glaciale dans le regard.

— Pourquoi parlez-vous de plan de dernière minute, Penelope ? Tout était arrangé de longue date.

Et, avec la froide dignité d'une reine, la vieille dame fit deux pas de côté, comme pour mettre encore plus de distance entre Penelope et elle.

— Pensez-vous réellement que ma petite-fille eût été assez naïve pour épouser un homme qui n'en voulait qu'à son argent ? Du reste, dois-je vous rappeler que votre cher Nestor a précisément renvoyé ce Jeffrey Upton il y a quelques jours ? L'auriez-vous oublié ? Vous avez pourtant assisté à la scène.

Penelope avait du mal à cacher sa surprise. Nestor ne semblait pas davantage en croire ses oreilles.

— J'étais là, moi aussi, poursuivit Hannah en se tournant vers Nestor : N'est-ce pas, mon chéri, que tu as congédié Upton ?

— Euh, oui, mais...

— Je suis étonnée que vous l'ayez oublié, Penelope, remarqua-t-elle.

La tension était palpable. Hannah et Penelope se dévisageaient mutuellement, et Fiona comprit que sa grand-mère défiait la jeune femme de la contredire. Si Penelope s'y risquait, elle gagnerait cette bataille, mais elle perdrait la guerre. Hannah y veillerait.

Bouleversée, le cœur emplit de gratitude, Fiona aurait voulu pleurer. Mais Matthew reprit soudain la parole, s'adressant directement à Hannah :

— Je ne suis peut-être plus très plaisant à regarder, mais je suis riche, et je vous promets de protéger votre petite-fille du mieux que je pourrai.

Puis, se tournant vers la jeune femme, il lui offrit sa main. Mais Fiona lut le doute et la frustration dans son regard, et sut qu'il agissait plus par devoir que par réel désir.

Une fois de plus, cependant, il la sauvait. Sa dette à l'égard de cet homme prenait des proportions inquiétantes.

Il venait de lui prouver qu'il n'était pas le lâche, qu'elle l'avait, à sa grande honte, accusé d'être quelques heures plus tôt, elle ne pouvait donc pas faire moins que de lui montrer son propre courage.

— Je serai très honorée et très fière d'être votre épouse, dit-elle en s'avançant d'un pas pour s'emparer de la main qu'il lui tendait.

Hannah prit une coupe de champagne et la leva bien haut devant elle.

— À ma petite-fille et à son futur mari ! Puissent-ils partager de longues années de bonheur.

L'assistance, revenue de sa stupéfaction, laissa échapper un murmure approbateur. Puis tout le monde se remit à parler en même temps et ce fut bientôt un joli brouhaha. Fiona en profita pour se précipiter vers sa grand-mère.

— Pourquoi ? lui murmura-t-elle, encore remuée par son geste.

La vieille dame croisa longuement son regard avant de répondre :

— Parce que tu es forte et courageuse. Bien plus, en tout cas, que Nestor ne le sera jamais. Et même si je n'apprécie pas beaucoup la situation dans laquelle tu nous as plongés, tu restes ma petite-fille. Penelope n'a aucun droit.

Sur ces mots, la vieille dame pivota et s'éloigna vers le buffet, laissant Fiona seule avec Matthew, au milieu de la foule.

— J'apprécie beaucoup ce que vous venez de faire, lui dit-elle d'une voix douce mais ferme. Mais ne vous inquiétez pas. Dès que j'aurai résolu mes problèmes d'héritage, je romprai nos fiançailles et je ne vous importunerai plus jamais.

Pour toute réponse, Matthew se contenta de la regarder d'une façon qui la mit mal à l'aise.

— Vous vous êtes montré très convaincant, reprit-elle en riant nerveusement. Pour un peu, j'aurais presque juré que vous parliez sérieusement.

— Mais j'étais sérieux.

Fiona crut s'étrangler.

— Comment cela ?

— Je vous ai offert ma main et vous l'avez acceptée. Je vais donc vous épouser, Fiona.

— Non, Matthew. Vous savez bien que ce n'était que pour la galerie.

— Mais personne, ici, ne le sait. À moins que vous n'ayez envie que j'attire à nouveau l'attention de vos invités, pour le leur expliquer ?

— Vous ne feriez pas une chose pareille !

— Je vous suggère de pas me mettre au défi.

— Pourquoi ? demanda Fiona d'une voix presque inaudible.

— Vous m'avez parlé, une fois, de votre dette envers moi. Eh bien, je vous offre le moyen de me rembourser. Nous allons nous marier, comme nous l'avons annoncé. Il se trouve que vous avez besoin d'un mari. Et que ma fille a besoin d'une mère.

Fiona tombait des nues.

— Vous avez une *fille* ?

— Oui.

— Quel… âge a-t-elle ? fut-elle seulement capable de demander.

— Six ans.

Terrassée par l'émotion, Fiona ferma un instant les yeux. Elle avait fui l'Afrique pour oublier sa propre fille. Sa précieuse Isabel, qui aurait eu six ans cette année si elle avait été encore de ce monde.

TROISIÈME PARTIE

Le cœur a ses raisons que la raison ne connaît pas.

Blaise PASCAL

Extrait du Journal de Matthew Hawthorne

Je pensais avoir laissé l'Afrique à jamais derrière moi. Mais à présent, je me rends compte de mon erreur. En fait, tout se passe comme si j'avais rapporté un peu de l'Afrique – de mon Afrique – avec moi. Je crois qu'au fond, je resterai toujours un peu dans la jungle, sous le couvert des arbres luxuriants, Fiona lovée dans mes bras.

Quand je lui ai annoncé ma volonté de l'épouser, j'ai senti ses réticences. Mais, quant à moi, dès lors que j'avais fini par admettre que c'était cette femme que je voulais et qu'elle seule avait le pouvoir de me ramener à la vie, comment aurais-je pu la laisser s'échapper ?

13

Comment avait-elle pu en arriver là ?

Fiona remontait l'allée centrale de Trinity Church dans une somptueuse robe de velours à longue traîne, un bouquet de roses à la main. Le prêtre attendait devant l'autel. Matthew également. Et les bancs, dans les travées, étaient occupés par la famille et les amis. Mais Fiona avait l'impression d'être tombée dans un piège qui se refermait maintenant sur elle. La jeune femme ne se voyait pas devenir l'épouse d'un homme qui comptait sur elle pour s'occuper de sa fille.

Trois jours seulement avaient passé depuis la réception donnée pour son anniversaire. Matthew avait en effet insisté pour qu'ils se marient le plus vite possible. Une telle précipitation avait, bien sûr, alimenté les spéculations sur les vraies raisons de leur mariage, et des ragots avaient circulé dans le monde.

Tout était allé trop vite. Avant que Fiona ait eu le temps de réfléchir à ce qui lui arrivait, elle s'était retrouvée en marche vers l'autel, pour rejoindre un homme qui lui avait pratiquement imposé de l'épouser et semblait cependant mécontent de cette situation.

Quelles que fussent les illusions qu'elle nourrissait encore à l'égard de sa famille, Fiona savait sans l'ombre d'un doute qu'elle ne pouvait prendre le risque de se retrouver à la merci de Nestor. Mais dans son désir d'échapper à son frère, et de payer sa dette envers Matthew, elle s'était retrouvée coincée dans une situation qui lui paraissait de plus en plus difficile à assumer.

Elle refusait de parler à Matthew de son passé – d'Isabel, en particulier. C'était une douleur trop intime qu'elle ne désirait partager avec personne. Pas même Matthew. Or, comment devenir sa femme si elle ne pouvait lui révéler cela ?

Pourtant, elle avait accepté.

Fiona inspira profondément, pour se redonner du courage. Elle portait sur sa robe une mante de dentelle que lui avait offerte Emmaline Hawthorne.

— Un cadeau pour ma nouvelle enfant, lui avait expliqué sa future belle-mère.

Cette générosité avait transporté Fiona de joie et l'avait quelque peu consolée de l'attitude de sa propre mère, qui n'avait pas caché sa déception de ne pas la voir épouser Jeffrey Upton.

Fiona leva les yeux vers la voûte de l'église, puis contempla un bref instant les vitraux bordant la nef, avant de porter ses regards vers le prêtre. Celui-ci semblait très mal à l'aise, et il aurait été difficile de l'en blâmer alors qu'il avait devant lui une assistance dont les visages exprimaient tout, sauf la joie d'assister à un mariage.

Bradford Hawthorne se tenait avec raideur, le visage indéchiffrable, telle une statue de marbre. Même Emmaline Hawthorne, si ravissante dans sa robe de chintz bleu ornée d'un camée, semblait nourrir quelques sombres pensées.

Du côté de la famille de Fiona, c'était pire encore. Nestor était furieux de voir lui échapper le contrôle des parts de sa sœur, Laetitia pleurnichait et Hannah, le visage fermé, ne laissait pas deviner son humeur.

Le frère aîné de Matthew était là également. Mais Fiona aurait encore moins su dire ce qu'il pensait de la situation. En apparence, Grayson était aussi figé que son père, cependant il paraissait moins hostile à ce mariage que dérouté par l'enchaînement des événements.

En approchant de l'autel, Fiona aperçut la fille de Matthew. La petite Mary était sagement assise à côté d'Emmaline et disparaissait presque au milieu de toutes ces grandes personnes. Elle avait de merveilleuses boucles blondes, des yeux d'un bleu pur et un visage d'ange. Elle tenait dans ses bras une petite poupée dont elle caressait tendrement les cheveux, comme si elle cherchait à l'apaiser. Mais Fiona devinait que c'était elle-même que Mary cherchait à rassurer.

Le cœur de la jeune femme se serra. Elle craignait d'éclater en sanglots et de laisser libre cours à ces larmes qu'elle retenait depuis deux ans. *Oh, Isabel ! Chère et douce Isabel.*

Fiona ferma les yeux, luttant pour refouler les souvenirs. *Pas maintenant ! Et surtout, pas ici !* Mais c'était plus fort qu'elle, des images de sa fille lui revenaient en mémoire. Son sourire innocent. Sa petite voix chantante...

Tous ceux qui les avaient vus ensemble avaient toujours souligné combien la mère et la fille se ressemblaient. Les mêmes cheveux roux, les mêmes yeux verts, les mêmes gestes. Quand elles marchaient dans la rue, main dans la main, n'eût été la différence de taille, on aurait pu les prendre pour des jumelles.

— Tu m'aimes, maman ? lui avait demandé un jour Isabel.

Fiona s'était agenouillée devant sa fille et, les sourcils froncés, l'avait prise aux épaules.

— Bien sûr que je t'aime, ma chérie.

Isabel l'avait contemplée de ses beaux yeux verts qui lui mangeaient le visage, avant de lui effleurer la joue.

— Seulement moi ?

Fiona l'avait serrée très fort dans ses bras.

— Oui, ma chérie. Je n'aime que toi.

Ces bribes de souvenirs torturaient Fiona. À mesure qu'elle avançait dans la nef, elle avait l'impression de s'enfoncer dans un sombre tunnel sans fin et sans issue. En partant, sa fille avait emporté son cœur avec elle. Comment Fiona aurait-elle pu donner de l'amour à une autre enfant ?

Il fallait qu'elle quitte cette église au plus vite, avant de se mettre à hurler. Mais alors qu'elle s'apprêtait à tourner les talons, son regard accrocha celui de Matthew ; elle crut y déceler de la vulnérabilité. Il avait deviné qu'elle voulait s'enfuir, elle en était convaincue, et il était blessé. Fiona comprit alors qu'elle ne pouvait pas lui faire cela – l'abandonner au pied de l'autel, alors qu'il avait volé à son secours pour la deuxième fois.

— Mademoiselle Winslet ? s'impatienta le prêtre.

Il n'y avait pas d'alternative. Fiona en était maintenant convaincue.

— Mademoiselle Winslet ?

Dans une espèce d'hébétude, la jeune femme gravit les trois marches qui la séparaient de l'autel. Le prêtre commença alors une longue litanie, qu'elle écouta à peine, jusqu'à ce qu'il lui demandât :

— Mademoiselle Winslet, acceptez-vous de prendre Matthew Hawthorne, ici présent, pour époux ?

La jeune femme sentit la tête lui tourner.

— Mademoiselle Winslet ? C'est oui, ou c'est non ?

— Oui, c'est oui.

Elle n'avait fait que murmurer ces quelques mots, mais ils lui parurent se répercuter à l'infini dans l'église. Emmaline soupira bruyamment, tandis que Nestor pestait de dégoût. Mais Fiona perçut surtout le soulagement de Matthew.

— Par les pouvoirs qui me sont conférés, reprit alors le prêtre, je vous déclare mari et femme. Vous pouvez embrasser votre épouse, monsieur Hawthorne.

Les paroles du prêtre résonnèrent dans la tête de la jeune femme, irréelles. Elle se tourna vers Matthew, si incroyablement beau et élégant, et réalisa brutalement que cet homme était désormais son mari.

Il la regardait également, et Fiona crut voir luire dans ses yeux quelque chose qui ressemblait à de la possessivité. Son pouls s'accéléra tandis qu'il l'enlaçait et se penchait lentement vers elle. Il s'arrêta juste avant que leurs lèvres ne se frôlent.

— Tu es à moi, maintenant, lui susurra-t-il, de manière à n'être entendu que d'elle seule.

Et il s'empara de ses lèvres.

Malgré la présence des invités et du prêtre, ce fut un vrai baiser, impérieux et sensuel. Fiona, toute frissonnante, sentait la main solide de Matthew se presser contre ses reins, comme pour mieux marquer sa possession. Ainsi, c'était fait. Elle était mariée à cet homme qui lui inspirait, depuis leur rencontre dans la jungle, des sentiments contradictoires : un désir spontané, que suivait souvent une irrépressible envie de fuir.

Le prêtre toussota, pour marquer sa gêne, tandis que Grayson laissait échapper un gloussement. Se rappelant soudain qu'ils n'étaient pas seuls, Fiona piqua un fard, tandis que Matthew la relâchait, l'air satisfait.

Le prêtre expédia le reste de la cérémonie, puis s'empressa de disparaître, comme s'il avait vu le diable en personne.

Emmaline fut la première à venir congratuler les nouveaux mariés, les yeux mouillés de larmes dont on n'aurait su dire si elles étaient de tristesse ou de joie.

— Félicitations, mon chéri, fit-elle, avant d'embrasser Matthew sur la joue.

Puis elle se tourna vers Fiona et l'embrassa à son tour.

— Je compte sur vous pour rendre mon fils heureux, lui chuchota-t-elle.

Sur ces mots Emmaline s'éloigna au bras de son mari, qui n'avait pas prononcé un seul mot de toute la cérémonie.

Les autres invités leur emboîtèrent le pas après de rapides congratulations. Et il ne resta plus que Grayson et la petite Mary.

— J'espère que vous saurez excuser l'attitude de notre père, dit Grayson, sa voix grave résonnant sinistrement dans l'édifice maintenant vide.

Fiona avait vu Matthew suivre Bradford des yeux. De toute évidence, il continuait de l'aimer, malgré tout ce qui s'était passé entre eux. Cependant, Fiona avait cru déceler dans son regard une colère sourde, comme si cette fois, lassé de la froideur de son père, il commençait à se détacher de lui.

— Assez parlé de père, reprit Grayson en se baissant pour prendre Mary dans ses bras.

La fillette jeta un coup d'œil à son père, avant d'enfouir son visage au creux de l'épaule de son oncle.

Matthew se raidit, mais Grayson ne sembla pas le remarquer.

— Puis-je embrasser ton épouse pour la féliciter ?

— Une poignée de main fera l'affaire.

Grayson éclata de rire.

— Non, non, petit frère, dit-il, en coulant une œillade à Fiona. Si Lucas avait été là, il n'aurait pas hésité à lui voler un baiser. Moi, au moins, j'ai pris la précaution de te demander poliment la permission.

Matthew fronça les sourcils.

— As-tu des nouvelles de Lucas ?

— Oui. Il aurait voulu venir. Mais tu sais comment sont ses rapports avec père. Il ne voulait pas provoquer de scène.

Matthew hocha la tête, l'air de comprendre

— Alors, tu ne m'as pas répondu, pour ce baiser ? insista Grayson, les yeux pétillant de malice.

— Je t'ai clairement répondu, au contraire, rétorqua Matthew, avant d'attirer Fiona à lui.

La jeune femme sentit son pouls s'accélérer. Le geste était possessif, pourtant elle ne put s'empêcher de s'abandonner contre le flanc de Matthew. Comme si, d'une certaine manière, elle comptait sur lui pour la protéger. Parce qu'il avait le don de la rassurer, de la faire se sentir en sécurité.

Mais lorsque Grayson eut quitté l'église à son tour, laissant Fiona seule avec Matthew et la petite Mary, la belle assurance de la jeune femme s'envola.

Si tu danses avec le diable, tôt ou tard, il te présentera la facture. Janji lui avait répété ce dicton d'innombrables fois, mais ce n'était qu'aujourd'hui qu'elle en comprenait la signification. Elle avait épousé un homme à qui elle avait été incapable de raconter son passé et qui, de son côté, lui avait clairement fait comprendre qu'il n'avait besoin de personne pour vivre. Cependant elle l'avait épousé quand même. Et voilà qu'elle se retrouvait face à sa fille. Totalement désemparée.

— Si tu respectes les quelques règles que je vais te donner, je ne vois aucune raison pour que nous ne nous entendions pas toutes les deux, expliqua Fiona, s'adressant à Mary.

La fillette la dévisagea avec méfiance, tout comme son père. Aussitôt après la cérémonie, le trio était rentré directement à la maison et venait tout juste de pénétrer dans le hall.

Matthew se rendait soudain compte qu'il connaissait à peine cette femme qu'il venait d'épouser, pour le meilleur et pour le pire. Dans sa robe élégante, Fiona avait tout de la parfaite lady. Mais ses yeux verts vibraient encore de cette sauvage liberté que lui avait transmise l'Afrique. Il y lisait aussi, sans la comprendre, une froideur qui semblait vouloir les tenir à distance, sa fille et lui.

— D'abord, poursuivit la jeune femme, si tu as faim, adresse-toi à Quincy. Je ne cuisine pas.

Matthew écarquilla les yeux.

— Ensuite, ajouta-t-elle d'un ton très détaché, si tu veux sortir, n'oublie pas de laisser un mot, pour nous prévenir.

Cette fois, ce fut Mary qui écarquilla les yeux.

— Tu sais écrire, n'est-ce pas ? lui demanda Fiona. Et sans attendre sa réponse, elle ajouta : Et pour terminer, ne me réveille pas avant midi, sauf en cas de nécessité absolue ou si tu es malade.

Elle parut réfléchir un instant, puis hocha la tête :

— Voilà, c'est tout.

Matthew était encore plus éberlué que Mary. Il s'attendait que Fiona – du moins la Fiona qu'il avait connue jusqu'ici – éclatât soudain de rire en leur expliquant que tout cela n'était qu'une plaisanterie, mais non. La jeune femme s'éloignait déjà vers l'escalier.

Matthew la rattrapa et la retint par le bras. Un bref instant, il crut déceler une lueur d'appréhension dans son regard, mais elle le toisa avec un tel aplomb qu'il se demanda s'il n'avait pas rêvé.

— Ne me suis-je pas fait clairement comprendre ? demanda-t-elle d'une voix posée.

Matthew serra les mâchoires.

— Si. C'était très clair.

— Parfait.

Là-dessus, elle continua vers l'escalier et ne se retourna qu'au bas des marches :

— Ah ! au fait, je vais prendre la chambre jaune. Un domestique pourrait-il y monter mes bagages ?

Matthew se raidit instinctivement. Elle avait choisi la chambre la plus éloignée de la sienne, et semblait le mettre au défi de s'opposer à sa décision.

Il la regarda durement, refrénant à grand-peine sa colère, puis, finalement, appela son majordome.

— Oui, monsieur ? demanda Quincy en surgissant de l'office.

— Occupez-vous de faire monter les bagages de Mlle... de Mme Hawthorne dans la chambre jaune.

— Bien, monsieur. Je m'en charge immédiatement.

Tandis que le majordome s'éclipsait pour donner ses ordres, Fiona monta tranquillement l'escalier, sous le regard de Mary et de Matthew. Celui-ci aurait voulu rassurer sa fille, lui expliquer qui était cette femme supposée devenir sa nouvelle mère. Mais alors qu'il se tournait vers elle, Mary baissa ostensiblement les yeux sur ses souliers en serrant très fort sa poupée contre elle. Matthew comprit, le cœur déchiré, qu'elle préférait encore contempler ses chaussures plutôt que regarder son père.

Comme il restait muet, elle demanda d'une toute petite voix :

— Je peux m'en aller, moi aussi ?

Matthew soupira.

— Oui. Quincy va te montrer où se trouve ta nouvelle chambre.

Mais avant qu'il ait eu le temps de dire quoi que ce fût, la fillette fit demi-tour et sortit en courant.

Mary dévala le perron à toutes jambes. Elle entendit son père lui crier de revenir.

— Jamais, murmura-t-elle pour elle-même en essuyant ses larmes d'un revers de main.

Elle coupa à travers rues pour rejoindre l'adresse qu'elle connaissait par cœur. Une grande bâtisse de brique aux volets noirs et au toit mansardé. Sa seule vraie maison.

Le cœur tambourinant dans sa poitrine, la fillette gravit les marches du perron, mais elle fut surprise de trouver la porte fermée. Où était passée sa maman ?

Elle frappa, on ne lui répondit pas. Les volets étaient clos et tout semblait calme. Mary décida d'attendre. Sa mère était probablement sortie prendre le thé chez une amie.

La fillette s'assit sur la plus haute marche du perron et croisa sagement les bras. Le temps passa, lentement, sans rien lui enlever de sa certitude. Sa mère allait bien finir par revenir.

Le soir tombait, à présent. Les maisons alentour s'allumèrent les unes après les autres. Seule la sienne restait obstinément obscure. Mais Mary résolut d'attendre encore, la tête posée sur ses genoux, tentant de résister à la fatigue qui lentement l'envahissait.

C'est dans cette posture que Matthew l'aperçut, depuis le coin de la rue. Il s'immobilisa, la gorge sèche. Il avait cherché sa fille partout : dans les rues, chez ses parents et même dans les squares. Mais il n'aurait pas imaginé qu'elle reviendrait ici. Dans cette maison qui avait autrefois abrité leur bonheur.

Sans quitter Mary des yeux, il s'avança vers la demeure, désertée depuis le drame. Quand il arriva au niveau du perron, la fillette l'entendit et releva la tête. Leurs regards se croisèrent.

— Elle est partie, ma chérie, lui dit-il doucement. Et elle ne reviendra plus.

Il vit Mary pâlir et son regard d'enfant exprimer tout à coup une immense détresse, beaucoup trop grande pour elle. Puis elle ferma les yeux et une larme roula le long de sa joue.

— Je sais, murmura-t-elle finalement.

Mais quand Matthew voulut lui prendre la main, elle s'essuya rageusement les yeux et repartit en courant vers Marlborough Street.

14

Le petit déjeuner du lendemain matin ne se passa guère mieux.

Dès que Matthew pénétra dans la salle à manger, Mary se mit à fredonner en berçant sa poupée. Aussitôt, il sentit son cœur se serrer. Le fossé qui se creusait entre sa fille et lui le mettait au supplice et il s'en voulait de ne pas trouver comment le combler. Il aurait sans doute tourné les talons pour laisser Mary terminer son chocolat, si Fiona n'était arrivée sur ces entrefaites.

Quelque chose avait changé en elle, remarqua tout de suite Matthew. Puis il s'aperçut qu'elle portait un chemisier écru à petits boutons de bois, dans le style tenue de chasse qu'il lui avait vu le jour de leur rencontre, en Afrique. La jeune femme en avait glissé les pans dans une jupe très sage, digne d'une matrone bostonienne. Le contraste était saisissant. Et provocateur. Un mélange de sauvagerie et de pruderie.

Elle entra dans la pièce avec un air de défi qui aurait fait rire Matthew si, en voulant lui avancer une chaise, il n'avait soudain ressenti un violent élancement au bras et à l'épaule. Il s'efforça de n'en rien montrer, mais Fiona le dévisagea cependant avec curiosité, et il crut deviner qu'elle l'avait percé à jour. Pourtant, elle s'assit sur la chaise qu'il lui offrait sans le moindre commentaire.

L'incident, toutefois, était un avertissement. Matthew comprit qu'il ne pourrait indéfiniment cacher le mal dont il souffrait à cette femme et à cette enfant qui vivaient maintenant sous son toit. Il s'en doutait depuis longtemps, certes. Mais il désirait tellement Fiona qu'il avait relégué toutes les autres considérations au second plan.

Matthew s'assit à son tour dans un silence pesant, seulement troublé par le tintement de l'argenterie sur la vaisselle de porcelaine. Il but son café, mais n'osa rien manger. Il ne voulait pas prendre le risque de lâcher son toast. À l'avenir, décida-t-il, il prendrait ses repas seul.

Fiona, à l'autre bout de la table, ne semblait pas beaucoup plus à l'aise que lui. Et Mary avait à peine touché à ses œufs au bacon.

Le silence menaçait de s'éterniser. Ce fut Mary qui le brisa en demandant l'autorisation de quitter la table, juste au moment où Quincy entrait.

— Vous ne voulez pas de crêpes, mademoiselle Mary ? lui proposa gentiment le majordome. Violet les a préparés exprès pour vous.

— Merci, Quincy, mais je n'ai plus faim, répondit la fillette, avant de se tourner vers son père.

Elle baissa vivement les yeux, comme si, l'espace d'une seconde, elle avait oublié sa cicatrice.

— Je peux sortir ?

Il y eut un long silence.

— Oui, lâcha finalement Matthew.

Dès que Mary fut partie, Fiona repoussa sa tasse.

— Permettez que je sorte à mon tour.

— Non, je ne vous le permets pas.

Il avait dit cela d'un ton posé, mais ferme, qui arrêta la jeune femme dans son élan.

— Qu'est-ce qui ne va pas ? reprit-il. Vous êtes contrariée à cause de moi ? Ou de ma fille ?

Sa question désarçonna Fiona. Elle n'aurait pas imaginé qu'il aborderait le sujet aussi directement. Ni aussi rapidement. Elle n'avait donc pas préparé de réponse.

Mais comment lui avouer la vérité ? Comment justifier sa stupidité, sa naïveté ? Comment lui expliquer que l'amour qu'elle avait éprouvé pour Isabel rendait véniel le péché de sa conception. Du moins, à ses yeux. Même si ce n'était pas l'avis de tout le monde. Y compris en Afrique.

Son père avait été fou de rage en apprenant la nouvelle. Furieux contre l'homme qu'il avait traité comme un fils et qui avait trahi sa confiance. Mais aussi, furieux contre elle, lui reprochant de s'être laissé tourner la tête par quelques belles paroles. Gatwik Neilander les avait tous charmés : son père, elle, les indigènes du village. Il était arrivé de Belgique, bel homme aux cheveux blonds, et aux yeux verts toujours souriants, pour leur enseigner de nouvelles méthodes de culture. Et puis, un beau matin, il avait disparu, aussi soudainement qu'il était apparu. Après avoir enseigné plus que de nouvelles techniques de culture à Fiona.

— Je ne suis pas contrariée, Matthew. Ni à cause de vous ni à cause de votre fille, répondit la jeune femme, pour gagner du temps.

— Alors pourquoi ce petit discours, hier, à notre retour de l'église ?

— Je… j'ai pensé qu'il était important de mettre les choses au point.

— Mettre les choses au point ? répéta Matthew, sceptique. En expliquant crûment à Mary que vous n'aviez aucune envie d'être sa mère ?

Fiona se sentit rougir. Matthew avait raison et elle avait largement mérité cette réprimande. Mais, la veille, les mots étaient sortis sans réfléchir. Jamais, de sa vie, Fiona n'avait dormi jusqu'à midi. Mais elle avait éprouvé le besoin de mettre une certaine distance entre Mary et elle, même artificielle.

Matthew s'était soudain radouci.

— C'est parce que j'ai eu une autre femme ?

La jeune femme frissonna en le voyant se lever puis, de la démarche assurée du prédateur, s'avancer vers elle. Il lui prit doucement le bras.

— C'est cela, Fiona ? Vous êtes contrariée à cause de Kimberly ?

Avant qu'elle ait pu répondre, il ajouta :

— Vous vous conduisez comme votre propre mère, Fiona. Mais je ne veux pas que vous vous comportiez ainsi avec ma fille.

Fiona préféra ignorer la douleur que lui causaient ces paroles.

— Et alors ? répliqua-t-elle. Après tout, je suis la fille de ma mère. Pourquoi devrais-je me conduire différemment d'elle ?

Le regard de Matthew se durcit et ses prunelles virèrent au bleu acier.

— Parce qu'au fond de vous, vous ne lui ressemblez pas. Vous ne feriez jamais passer les conventions sociales avant l'amour que vous portez à votre enfant.

Fiona sentit son cœur se fendre. Matthew ne se doutait pas à quel point il disait vrai.

— Puisque vous semblez si bien connaître la question, servez donc de père *et* de mère à votre fille. Vous n'avez pas besoin de moi.

Matthew l'étudia longuement, comme s'il cherchait à sonder le fond de son âme. Elle voulut libérer son bras, mais il le tenait fermement.

— Si, j'ai besoin de vous, murmura-t-il finalement.

Fiona sentit les larmes lui monter aux yeux.

— Et Mary a besoin de vous, ajouta-t-il en lui caressant la joue.

Isabel fit irruption dans la mémoire de Fiona. Plus vivante que jamais.

— *Nous* avons besoin de vous, poursuivit-il. Et je sais que vous n'êtes pas aussi froide que vous essayez de le faire croire.

— Si, je le suis ! cria Fiona, des sanglots dans la voix. Je suis froide et sans cœur, voilà ! Et je ne peux pas m'occuper de Mary. Je ne peux pas !

Personne ne l'avait prévenue qu'elle porterait un tel amour à Isabel. Personne ne lui avait laissé imaginer tout le plaisir qu'elle prendrait à s'occuper d'elle ou à simplement la tenir dans ses bras. Personne, non plus, ne lui avait laissé entrevoir le chagrin qu'elle éprouverait après sa disparition.

Matthew la prit par les épaules et la secoua doucement.

— Bien sûr que vous pouvez vous occuper d'elle, Fiona. Vous avez toutes les qualités pour faire une mère admirable. Essayez, au moins, avant de refuser.

Et, d'une voix radoucie, il ajouta :

— C'est tout ce que je vous demande.

— Non.

Ce refus obstiné raviva la colère de Matthew.

— Mais, pourquoi, bon sang ? Pourquoi ne voulez-vous même pas essayer ?

Par pur orgueil, Fiona refusa de lui montrer combien tout cela la torturait.

— Je vous ai dit que je ne désirais pas ce mariage. C'était la vérité. À mes yeux, ce n'est qu'un arrangement. Et je n'ai pas envie de vous.

— Vous ne vouliez peut-être pas m'épouser, mais vous m'avez prouvé à plusieurs reprises que vous aviez envie de moi, rétorqua-t-il.

— C'est faux !

Les mots avaient à peine franchi ses lèvres que Matthew l'attira à lui pour capturer sa bouche. Son baiser fut d'abord violent, autoritaire. Puis, très vite, il se fit tendre et désespéré. Entre deux assauts de sa langue, Matthew lui murmurait de se rendre, lui caressait fiévreusement les hanches et le dos.

Il sentit le moment où Fiona allait capituler. Elle n'était déjà plus aussi raide entre ses bras et ne cherchait plus à le repousser. Puis elle laissa échapper un gémissement. Galvanisé, Matthew la pressa contre son entrejambe gonflé par le désir.

— Tu sens combien j'ai envie de toi ? lui chuchota-t-il.

Elle se raidit à nouveau et détourna la tête.

— Non !

— Pourquoi, Fiona ? Tu me désires autant que je te désire, et pourtant, tu me repousses. Explique-moi pourquoi.

Elle voulut se dégager, mais il la retint fermement.

— Dis-le-moi, Fiona.

Elle le regarda un long moment, ses yeux emplis d'un désespoir insondable.

— Parce que.

— Parce que quoi ?

— Parce que je ne peux pas supporter toute cette émotion.

Matthew s'était attendu à tout, sauf à cela. La réponse de la jeune femme le désarçonna d'autant plus qu'il ne comprenait que trop bien ce qu'elle voulait dire. Lui-même ne pouvait s'empêcher d'éprouver une kyrielle d'émotions dès qu'il se trouvait avec elle. Du désir. Une envie de vivre. De l'espoir.

Il s'était juré de ne plus rien ressentir, jamais. Puis elle était arrivée, et avait su trouver le chemin de son cœur. La seule femme qui avait réussi cet exploit ne voulait manifestement pas qu'il lui rende la pareille. Quelque chose avait dû se produire en Afrique. Quelque chose qui l'avait profondément marquée. Matthew en était persuadé. Mais elle refusait de lui en parler.

À tort. Parce qu'elle avait autant besoin de lui que lui avait besoin d'elle. Et il était grand temps qu'elle l'admît.

— Tu aurais dû y penser avant d'accepter de m'épouser, lui fit-il remarquer avec douceur.

Elle resta silencieuse, et il ajouta :

— Je vais demander qu'on déménage tes affaires de la chambre jaune.

— Pourquoi ? balbutia-t-elle.
— Parce que tu es ma femme et que, dorénavant, tu dormiras dans la chambre contiguë à la mienne.

Au soir de cette journée qui lui avait paru interminable, Fiona reprit le chemin de la chambre jaune. Plus elle s'en rapprochait et plus elle priait pour que Matthew n'eût pas mis sa menace à exécution. Mais dès qu'elle ouvrit la porte, elle dut bien vite déchanter : toutes ses affaires avaient disparu.

Une jeune servante apparut au détour du couloir.

— Madame Hawthorne, je viens juste de finir de déménager vos effets. Je suis sûre que vous allez aimer votre nouvelle chambre. Elle est si belle !

Et, avec un petit rire coquin, elle précisa :

— En plus, M. Hawthorne dort juste dans celle d'à côté.

Fiona rebroussa chemin, tel un condamné à mort montant à l'échafaud. Elle ne pouvait pas dormir dans la chambre voisine de celle de Matthew ! Il n'en était pas question. Mais à son indignation se mêlait le troublant souvenir des lèvres de Matthew s'emparant des siennes, de ses mains lui caressant les hanches. Et elle frissonna, comme si elle se trouvait encore dans ses bras.

La porte de sa nouvelle chambre était grande ouverte. Un feu crépitait dans la cheminée. La pièce était vaste, le plafond haut et les murs tendus d'un joli papier fleuri. Une vraie chambre de lady.

— Je vous ai préparé un bain, annonça la servante. Voulez-vous que je vous aide à vous déshabiller ?

— Non, merci.

Même après le départ de la servante, la porte qui communiquait avec la chambre voisine resta fermée. Fiona s'assit devant la coiffeuse et passa de longues minutes à observer le reflet de la porte dans le miroir. Celle-ci demeurait obstinément close.

La jeune femme en éprouva du soulagement, mais aussi une pointe de déception. Abandonnant la coiffeuse, elle passa dans la petite salle de bains attenante à sa chambre. Cette pièce, avec ses murs de marbre, sa baignoire de porcelaine et son mobilier – il y avait même une commode ! –, avait des airs de sanctuaire intime. Après son bain, Fiona n'aurait pas à ressortir dans le couloir, comme chez sa mère, et encore moins à se rendre dehors, comme elle l'avait si souvent fait en Afrique. Elle était émerveillée devant tant de luxe.

De la vapeur flottait au-dessus de la baignoire, d'où s'élevait un délicieux parfum de lavande. Après un dernier coup d'œil à la porte, Fiona se débarrassa de ses vêtements et s'immergea dans l'eau brûlante jusqu'au menton. Le paradis !

Les bienfaits de ce bain ne se firent pas attendre. Fiona commença à se détendre et à faire le vide dans son esprit. Elle n'aurait su dire combien de temps cela dura, mais elle somnolait à demi quand elle s'aperçut que l'eau était presque froide. Elle se rinça rapidement et sortit de l'eau. Elle aperçut la porte de communication, toujours fermée, et soupira de soulagement en songeant qu'elle n'aurait pas à se préoccuper de Matthew ce soir-là.

Mais alors qu'elle s'avançait, après s'être enveloppée dans un peignoir de soie, la jeune femme faillit pousser un cri. Matthew était tranquillement assis devant la cheminée, un verre de brandy à la main. Il avait ôté sa veste et déboutonné le col de sa chemise, comme n'importe quel homme de retour chez lui, après une rude journée. En apparence, rien que de très naturel. Sauf qu'autant d'intimité troublait Fiona au plus haut point.

Il se tourna lorsqu'elle entra, et ses yeux bleus prirent une teinte plus profonde à sa vue. La certitude qu'il la désirait la fit frissonner. Son pouls se mit à s'emballer et elle se força à rire.

— Quelle surprise de vous retrouver ici! Auriez-vous perdu votre chemin ?

Le regard de Matthew s'assombrit un peu plus.

— Il y a bien longtemps que j'ai perdu mon chemin.

Fiona fut touchée jusqu'au tréfonds, touchée par la vérité profonde que recelaient ces paroles.

Elle aurait voulu fuir. Ou que lui parte. Elle refusait d'endosser ses souffrances, car elle ne pouvait pas les atténuer. Elle ne pouvait rien contre sa colère d'avoir été trahi. Elle ne pouvait résoudre ses problèmes avec son père. Et elle ne pouvait pas davantage combler son désir de procurer une mère à sa fille.

— Assez plaisanté, lança-t-elle avec une désinvolture qui sonnait faux, même à ses propres oreilles.

— Aimez-vous votre nouvelle chambre? demanda-t-il en guise de réponse.

La jeune femme haussa les épaules, affectant un parfait détachement.

— Rien ne ressemble plus à une chambre qu'une autre chambre. Quatre murs, des fenêtres, un plancher, un plafond, un lit...

Elle se figea.

Matthew coula un regard vers le lit en question, avant de reporter son attention sur la jeune femme.

— Viens ici, Fiona.

Il avait ordonné cela d'une voix si sensuelle qu'elle sentit son corps s'embraser.

— Je ne préfère pas, réussit-elle à répondre.

— Mais moi, je préfère.

— Je ne peux pas, fit-elle, le souffle court, alors qu'il tendait la main vers elle.

Il se leva, dépliant sa longue silhouette aux larges épaules, qui masqua presque entièrement la cheminée.

— Mais si, Fiona, tu le peux. Et tu en as envie.

La jeune femme tourna les talons pour s'enfuir. Elle n'avait pas fait trois pas que Matthew lui attrapait la main et la tirait en arrière d'un geste à la fois doux et autoritaire.

Elle se figea tandis qu'il la faisait doucement pivoter face à la cheminée. Elle sentit ses mains remonter lentement le long de ses bras, s'attarder sur ses épaules et sa nuque. Une à une, il ôta les épingles qui retenaient sa chevelure. Les longues mèches cascadèrent en lourdes vagues dans son dos. Il y enfouit les doigts.

— Que faites-vous ? demanda-t-elle, se tenant toujours parfaitement immobile, alors qu'elle mourait d'envie de se laisser aller contre lui.

— Je te caresse, dit-il, et, se penchant vers elle, il lui chuchota à l'oreille : Et j'ai bien l'intention de caresser chaque centimètre carré de ton corps.

La jeune femme sentit son estomac se nouer.

— Je vais te caresser les seins, continua-t-il de cette voix chuchotante qui la faisait vibrer. Je vais aussi te caresser entre les jambes, jusqu'à ce que tu t'ouvres à moi.

Fiona se raidit, tandis qu'un incendie s'allumait à l'endroit même auquel il faisait allusion.

— Et je vais te prouver que, toi aussi, tu as envie de moi, Fiona.

Les mots parvinrent à la jeune femme comme à travers un brouillard.

— Pourquoi faites-vous cela ? réussit-t-elle à demander, d'une voix presque étranglée.

Il enroula son bras autour de sa taille et pressa ses lèvres contre sa tête.

— Parce que tu es ma femme, dit-il finalement.

— Mais je ne veux pas l'être.

Fiona le sentit se raidir.

— C'est trop tard, maintenant, murmura-t-il en la plaquant contre son torse

Il approcha à nouveau ses lèvres des cheveux de Fiona, en même temps qu'il insinuait la main entre les pans de son peignoir. La jeune femme crut que son cœur allait s'arrêter de battre lorsqu'elle sentit ses doigts effleurer sa peau encore humide.

— Est-ce que tu aimes cela ? demanda-t-il d'une voix basse qui trahissait son propre désir.

Fiona détourna la tête, si bien qu'elle se retrouva la joue collée contre son torse.

— Je suis convaincu que tu aimes.

Sa main lui caressait maintenant le ventre et menaçait de descendre plus bas. Dangereusement plus bas. Fiona avait l'impression que tout son corps s'embrasait.

— Ça te plaît, n'est-ce pas, ma douce ?

— Vous vous trompez, mentit la jeune femme. Je ne ressens rien.

Sa main s'immobilisa, comme s'il hésitait à poursuivre. Mais, après avoir étouffé un grognement, il reprit ses caresses, cette fois en remontant vers le haut, et Fiona sentit son cœur s'emballer de plus belle.

Les pans de son peignoir étaient à présent complètement écartés. Matthew se saisit à pleine main d'un de ses seins et lui en agaça la pointe du pouce pour la faire se dresser.

— Et ça, ça ne te fait toujours rien ?

— Non, murmura Fiona, les yeux fermés.

C'était encore un gros mensonge. Elle essaya d'ailleurs de se tourner pour lui faire face, son corps réclamant instinctivement ce que son esprit refusait. Matthew, cependant, l'en empêcha, comme s'il voulait éviter qu'elle ne le vît.

Il avait maintenant enfoui le visage dans la chevelure de la jeune femme et, sans cesser de lui caresser le sein d'une main, laissa son autre main dériver lentement vers le bas, jusqu'à venir se glisser entre ses cuisses, ainsi qu'il l'avait promis.

— Arrêtez ! s'écria Fiona, au bord de la panique. Je vous en prie. Je ne peux pas faire cela.

Les mains de Matthew s'immobilisèrent, et il la serra contre lui comme pour lui insuffler un peu de sa force.

— Mais si, tu le peux, Fiona.

Il l'enveloppa de ses bras et ajouta tendrement :

— Laisse-moi t'aider. Je suis de ton côté. Tu ne le vois donc pas ?

L'espace d'un instant, l'émotion fut si forte que Fiona faillit baisser la garde, accepter l'aide qu'il lui offrait et partager son chagrin avec lui dans l'espoir qu'il lui paraîtrait moins insupportable. Mais elle savait qu'une telle chose était impossible. Jamais elle ne se pardonnerait de n'avoir pu sauver sa fille.

— Non, Matthew, je ne peux pas, fit-elle d'une voix à peine audible. Ce mariage est une erreur.

Elle sentit sa colère au tressaillement de son corps contre le sien, mais maintenant qu'elle avait prononcé ces mots, elle n'avait plus le choix. Il l'avait épousée en croyant gagner une mère pour sa fille. Or elle savait à présent qu'elle serait incapable de remplir ce rôle. Pas plus qu'elle ne pourrait remplir son rôle d'épouse.

— Je vais réclamer une annulation, ajouta-t-elle.

Matthew la fit brutalement pivoter face à lui et planta son regard dans le sien. Un regard où brûlait une froide détermination.

— Il n'y aura pas d'annulation, martela-t-il. Ni aujourd'hui, ni demain, ni jamais.

Sur ces mots, il disparut dans sa chambre en claquant la porte derrière lui.

15

En dépit des paroles de Matthew, dès le lendemain matin, Fiona écrivit à l'avocat de son père pour obtenir des éclaircissements concernant les parts qu'elle détenait dans les Aciéries Winslet. Elle lui demanda également de préparer un dossier d'annulation pour son mariage. Cette dernière requête, cependant, lui coûta beaucoup plus qu'elle ne l'aurait imaginé. Tandis qu'elle terminait sa lettre, la jeune femme essaya de chasser le souvenir persistant des sensations délicieuses que Matthew avait fait naître en elle en la caressant si intimement.

Elle ferma les yeux et reposa sa plume. Non, décidément, elle ne pouvait rester mariée à cet homme.

Un peu plus tard, ce même jour, Fiona descendit au rez-de-chaussée pour le thé. Elle portait une autre chemise de chasse et des bottes à talons plats, et elle avait ramené ses cheveux en queue-de-cheval attachée par un lien de cuir. La jeune femme avait décidé d'en finir avec l'élégance guindée des ladies américaines. Elle se sentait libre d'être enfin elle-même, après des mois passés à tenter d'entrer dans la peau d'un personnage qui lui était étranger, dans le vain espoir que sa mère finirait par l'aimer. Puisque les belles robes et les coiffures compliquées n'avaient servi à rien, Fiona préférait autant se vêtir à son aise.

Les talons de ses bottes claquant sur le parquet, la jeune femme entra dans le petit salon qui ouvrait sur un jardin intérieur enseveli sous la neige. La pièce était déserte, à l'exception de Quincy.

— Bonjour, madame Hawthorne.

Fiona sursauta, cherchant du regard la mère de Matthew, avant de comprendre que le majordome s'était adressé à elle.

Mme Hawthorne. La femme de Matthew.

Un plaisir inattendu l'envahit, qu'elle s'empressa de chasser. Elle ne serait plus très longtemps sa femme.

— Bonjour, Quincy.

Elle remarqua alors la joue enflée du majordome et ses traits fatigués.

— Que vous arrive-t-il ? Vous n'avez pas l'air dans votre assiette ?

Quincy se tapota doucement la joue en réprimant une grimace.

— Rien, madame Hawthorne. Juste une rage de dents.

— Laissez-moi regarder.

Il écarquilla les yeux et recula d'un pas.

— Pourquoi ?

— J'ai un peu appris à soigner les maux de dents autrefois.

— Merci, madame Hawthorne, mais je me sens très bien, répondit prudemment le majordome, avant de désigner le buffet garni de pâtisseries : Que puis-je vous servir ?

Fiona décida de ne pas insister pour le moment.

— Je me servirai, Quincy, merci, répondit-elle distraitement, tandis qu'elle tentait de se remémorer les recettes de potions contre les rages de dents.

Elle préparerait en secret une décoction pour Quincy et ne lui en reparlerait que lorsque le mélange serait prêt.

— Où sont les autres ? ajouta-t-elle en parcourant la pièce des yeux.

— Mlle Mary a déjà pris son thé. Elle est remontée dans sa chambre. Voulez-vous que je la rappelle ?

— Non, non, s'empressa de répondre Fiona. C'est inutile.

Le majordome s'inclina poliment pour prendre congé.

— Et M. Hawthorne ? ne put-elle s'empêcher de demander.

Quincy se figea, la main déjà posée sur la poignée de la porte.

— M. Hawthorne ? répéta-t-il, comme s'il entendait ce nom pour la première fois.

Fiona le regarda avec curiosité.

— Oui, où est-il ? Il va bientôt descendre ?

Elle était certaine de l'avoir entendu une dizaine de minutes plus tôt, à travers la cloison séparant leurs chambres.

Le majordome se racla la gorge, semblant chercher ses mots.

— Hmm... Euh... Il est sorti. Oui, répéta-t-il en hochant la tête pour renforcer son propos. Il est sorti vers midi.

Avant que Fiona ait pu en savoir plus, Quincy s'était déjà éclipsé.

— Étrange, murmura-t-elle.

Elle était déçue d'apprendre que Matthew ne la rejoindrait pas, et s'en voulait de réagir ainsi. En tout cas, cela prouvait bien que cette situation était impossible et ne devait pas durer. Elle ne pouvait passer son temps à vouloir qu'il parte, et réclamer en même temps sa présence.

Soudain, le thé et les gâteaux avaient perdu tout intérêt. Fiona bouda le buffet et quitta le petit salon. Elle voulait s'aérer. Sortir de cette maison, mais aussi sortir de ses pensées.

Elle récupéra son manteau et s'en drapa hâtivement avant d'ouvrir la porte. Une petite bise coupante la fouetta au visage. Elle s'apprêtait quand même à franchir le seuil quand un bruit étrange, dans son dos, la fit se retourner. C'était Mary, qui descendait l'escalier en traînant derrière elle une valise presque aussi grosse qu'elle.

— Mary !

La fillette leva si brusquement la tête qu'elle perdit l'équilibre sur la dernière marche. Fiona se précipita pour la rattraper et Mary, instinctivement, s'agrippa à elle.

Cette étreinte raviva les souvenirs de la jeune femme. L'espace d'un instant, elle crut sentir les petits bras de sa propre fille lorsqu'elle se cramponnait à son cou.

— Merci de m'avoir empêchée de tomber, madame, la remercia Mary, d'un ton guindé.

Fiona la lâcha.

— Que fais-tu ? lui demanda-t-elle, les yeux brûlants de larmes.

— Je m'en vais, répondit la fillette en levant le menton. Comme ça, vous n'aurez plus à vous inquiéter de mes repas ou que je vous réveille trop tôt, expliqua-t-elle d'une voix bien trop mûre pour son âge. J'avais prévu de vous laisser un mot. Vous auriez vu que je sais écrire.

Fiona pâlit au souvenir de sa tirade de l'autre jour. Elle en éprouvait encore des remords, mais après tout, qu'est-ce qui était le pire ? Donner à cette fillette innocente le faux espoir qu'elle serait pour elle comme une vraie mère, ou établir avec elle une relation distante, mais honnête ? Fiona était convaincue qu'il valait mieux poursuivre dans la voie qu'elle avait choisie – du moins, jusqu'à l'annulation du mariage.

Mais dans l'immédiat, elle ne pouvait quand même pas laisser cette petite partir seule dans les rues, avec sa grosse valise. Il fallait trouver un moyen de la convaincre de rester.

— Tu veux t'en aller ? C'est une bonne idée, approuva-t-elle avec un hochement de tête appuyé.

Et comme Mary la regardait, étonnée, elle ajouta, en boutonnant le col de son manteau avant de se diriger vers la porte :

— D'ailleurs, j'allais en faire autant.

Mary n'avait pas bougé. Elle se tenait toujours au bas des marches, sa valise à côté d'elle et son manteau boutonné de travers.

Arrivée à la porte, Fiona s'arrêta, la main sur la poignée.

— Veux-tu que nous partagions un fiacre ? proposa-t-elle, puis, réfléchissant, elle rectifia : Non, nous ferions mieux de prendre le trolley. Ce sera plus économique. Quand on veut partir loin, il faut ménager ses finances.

Mary avait froncé les sourcils, perplexe. De toute évidence, elle n'avait pas réfléchi à l'aspect pécuniaire de sa fuite. Mais une idée dut soudain lui traverser l'esprit, car elle secoua vigoureusement la tête.

— Vous, vous ne pouvez pas partir.

Fiona la regarda avec le plus grand sérieux.

— Ah bon ? Et pourquoi ?

— Eh bien… Parce que, commença Mary, qui cherchait manifestement une explication convenable.

— Juste parce que ?

— Parce que vous êtes une grande personne. Et que les grandes personnes ne s'en vont pas comme ça.

— C'est vrai ? feignit de s'étonner Fiona en regardant la fillette droit dans les yeux. Tu sais, parfois je fais tout à l'envers. C'est une vilaine habitude, chez moi, ajouta-t-elle, espérant que Mary saurait y entendre une manière d'excuse.

Mais, après tout, cela n'avait pas grande importance.

— Nous pourrions conclure un marché, reprit-elle. Je ne pars pas, si toi non plus tu ne pars pas.

Mary la dévisagea longuement, cherchant visiblement à savoir si elle était sérieuse ou non.

— Bon, je veux bien rester, répondit-elle finalement. Mais à condition que vous aussi.

Fiona en fut bouleversée. Et son émotion ne fit que raviver le désespoir qui l'avait conduite en premier lieu jusqu'à cette porte. Il fallait absolument qu'elle sorte et que le froid de l'hiver lui change les idées.

Elle rouvrit la porte. Une bouffée d'air froid s'engouffra dans l'entrée.

— Où allez-vous ? demanda Mary d'une voix où perçait maintenant l'inquiétude. Vous m'avez dit que vous ne partiez plus ?

— Je veux juste me rendre au marché, acheter quelques ingrédients pour le mal de dents de Quincy. Je n'en ai pas pour longtemps.

Mary la regarda d'un air sceptique.

— Je devrais peut-être venir avec vous.

Au cas où vous ne compteriez pas revenir. Le sous-entendu était limpide et ne trompa pas Fiona.

— D'accord. Mais commence par arranger ton manteau.

La fillette courba la tête, le menton plaqué sur le buste, pour examiner le devant de son manteau. Elle entreprit de remettre les bons boutons en face des bonnes boutonnières, mais ses gants de laine la rendaient malhabile. Au bout d'un moment, elle leva les yeux sur Fiona, l'air frustrée.

— Je n'y arrive pas.

Fiona n'eut d'autre solution que de s'en charger elle-même. Elle revint vers la fillette et s'agenouilla devant elle, s'obligeant à se concentrer uniquement sur sa tâche. Ses mains tremblaient, cependant, et elle éprouva elle aussi les pires difficultés pour boutonner ce maudit manteau. Quand ce fut enfin terminé, elle ne put s'empêcher de croiser le regard de Mary. Si tendre, si innocent. Exactement comme celui d'Isabel.

— Merci, murmura la fillette.

Fiona se redressa brusquement.

— De rien.

Malgré le froid, les rues étaient encombrées d'attelages et de trolleys, et des piétons se pressaient sur les trottoirs. Mary et Fiona prirent la direction du parc municipal. De là, elles rejoindraient rapidement le quartier ou se tenait le marché.

— Pourquoi ne prenons-nous pas une voiture ? suggéra Mary. Puisque nous ne partons plus, nous pourrions dépenser une pièce ou deux, non ?

Elle avait dit cela avec une espièglerie qui ravit Fiona, au point qu'elle dut se retenir de ne pas serrer la fillette dans ses bras.

— Pour l'instant, je n'aperçois pas de fiacre, se contenta-t-elle de rétorquer. Nous verrons tout à l'heure.

Elles continuèrent leur chemin et arrivèrent dans le parc. La neige avait été balayée des allées, facilitant la promenade. Fiona et Mary marchaient côte à côte, la jeune femme ralentissant l'allure à dessein pour permettre à la fillette de la suivre.

— Où comptais-tu aller, après ton départ de la maison ? voulut savoir Fiona.

La fillette haussa les épaules, sans répondre.

— Tu serais retournée chez ta grand-mère ?

— Non, répondit finalement Mary, levant les yeux vers elle. Je pensais prendre un bateau.

— Pourquoi partir si loin ? Tes amis ne t'auraient pas manqué ?

— Si, ils m'auraient manqué. Et je leur aurais manqué aussi. Je suis très populaire, vous savez. Mais tant pis.

Fiona songea à Matthew et à sa fuite en Afrique. Était-il revenu pour sa fille ?

— Et vous, vous vouliez vraiment partir ? s'enquit soudain Mary.

Fiona ralentit encore l'allure. Sa raison lui commandait de répondre « Oui » et, surtout, de garder ses distances.

— Non, avoua-t-elle finalement, incapable de mentir. Mais ça m'a paru la bonne chose à dire à ce moment-là.

— Je suis contente de savoir que vous ne vouliez pas vraiment partir, répliqua la fillette, avec un soulagement si évident que Fiona en eut le cœur serré.

La jeune femme se demandait comment aurait réagi sa propre fille, à Boston. Qu'aurait pensé Isabel de tout ce monde ? Et aurait-elle aimé la neige ? Autant de questions qui resteraient à jamais sans réponse. Mieux valait cesser de se les poser, c'était trop douloureux.

Le lac gelé, au milieu du parc, était déserté par les patineurs, qui n'avaient sans doute pas osé affronter le vent glacial. Mais alors que les deux promeneuses le contournaient, le vent tomba soudain et un timide rayon de soleil perça à travers les nuages.

Fiona inspira à pleins poumons l'air devenu tout à coup plus respirable. Elle ne voulait plus penser à rien. Elle était fatiguée de penser. Mue par une impulsion, elle dévala en courant la pente qui menait au lac.

— Fiona ! cria Mary.

Mais elle n'écoutait même plus. Elle courait à perdre haleine, et ralentit à peine l'allure quand ses bottes touchèrent la glace. Elle ne possédait pas ces étranges chaussures à lames qu'elle avait remarquées aux pieds des patineurs, mais depuis qu'elle les avait vus, elle rêvait d'imiter leurs glissades. Emportée par son élan, elle traversa le lac d'une seule traînée, la tête renversée en arrière et battant des bras comme s'il s'agissait d'ailes, pour conserver l'équilibre. En même temps qu'elle glissait, elle poussa un grand cri libérateur qui résonna haut dans le ciel. Durant ces quelques secondes de pur bonheur, le temps parut suspendu et les sombres pensées de Fiona s'envolèrent comme par magie.

Elle atteignit l'autre rive, le souffle coupé, mais heureuse. Mary avait contourné le lac en courant, pour la rejoindre. Quand elle arriva à sa hauteur, Fiona s'aperçut qu'elle pleurait.

— Que se passe-t-il, Mary ? demanda-t-elle en posant le pied sur la terre ferme.

— Ne refaites pas ça ! s'écria la fillette.

Fiona était médusée par sa véhémence.

— Et pourquoi ?

— Parce que... parce que c'est idiot. Et que mon papa n'aimerait pas ça.

Fiona s'esclaffa.

— Exact. Mais, ces derniers temps, il ne semble pas aimer grand-chose, tu ne trouves pas ?

Elle regretta aussitôt ses paroles en voyant la fillette pâlir. De toute évidence, Mary avait pris le commentaire pour elle.

— Oh, Mary ! Mais ton papa t'aime, tu le sais bien.

— Non, il ne m'aime pas ! répliqua-t-elle, dans un nouvel accès de sanglots. Mais je m'en fiche, parce que moi non plus je ne l'aime pas. Je le déteste même ! Et j'aurais préféré qu'il ne revienne jamais d'Afrique.

Fiona n'eut pas le temps de réagir que la fillette avait tourné les talons et repartait en courant vers la maison, laissant derrière elle les empreintes bien nettes de ses petits pieds dans la neige. Fiona les contempla un moment, jusqu'à ce qu'une nouvelle bourrasque de vent les effaçât. Le chagrin de Mary ne disparaîtrait pas facilement. Après un long soupir, la jeune femme se décida à rattraper la fillette.

Bras croisés devant la porte grande ouverte de sa chambre, Matthew ne cherchait pas à dissimuler sa colère. D'abord, il avait reçu une lettre de l'avocat de William Winslet qui ne lui avait pas fait particulièrement plaisir. Et voilà que Mary venait de passer devant lui dans le couloir, en larmes.

— Que se passe-t-il avec Mary ? lança-t-il sèchement, alors que Fiona débouchait à son tour de l'escalier, échevelée.

Il n'aurait pas su dire si elle se sentait coupable ou si elle se méfiait de lui.

— Elle est bouleversée.

— Je le vois bien, répondit-il d'un ton radouci. Nous avions conclu un marché, poursuivit-il. Et je ne crois pas me souvenir que ce marché incluait de faire pleurer ma fille.

— Mais…

— Pas plus qu'il n'incluait ceci ! ajouta-t-il en brandissant devant elle une feuille de papier à en-tête.

— Qu'est-ce que c'est ?

— Une lettre de l'avocat de votre père.

— Quel toupet ! Comment a-t-il osé ?

Matthew tourna les talons et rentra dans sa chambre. Fiona, indignée, le suivit.

— Il n'avait pas le droit de prendre contact avec vous.

— Tiens donc ? Je vous rappelle que vous êtes ma femme. Et, accessoirement, que Jules Beetle travaille pour mon frère.

— Comment cela ?

— Mon frère aîné, Grayson, est l'un des principaux associés du cabinet qui emploie M. Beetle.

Matthew vit la jeune femme s'empourprer violemment de colère, puis elle s'efforça de se calmer. Lui-même se passa la main dans les cheveux, en signe de frustration.

— Je vous ai déjà dit et je vous répète qu'il n'y aura pas d'annulation, fit-il en s'approchant. Ni aujourd'hui ni jamais. Est-ce bien clair, cette fois ?

— Ce qui est clair, c'est que mes affaires ne vous regardent pas. Si Jules Beetle refuse de s'en occuper, je trouverai quelqu'un d'autre.

Matthew avança encore d'un pas, et la jeune femme recula d'autant vers la porte.

— Et pour quel motif pensez-vous obtenir du juge une annulation dès lors que je ne suis pas d'accord ? demanda-t-il posément.

— Au motif que notre mariage n'a pas été consommé.

Fiona n'eut pas le temps de réagir. En un éclair, Matthew lui attrapa le poignet, tandis qu'il refermait la porte d'un coup de pied.

— Si ce n'est que cela, je peux y remédier tout de suite.

— Matthew ? Que faites-vous ?

— Ce que j'aurais dû faire la nuit dernière, répliqua-t-il. Déshabillez-vous.

Fiona écarquilla les yeux.

— Juste ciel ! Non !

— Si c'est la manière forte que vous voulez, très bien !

Elle tenta de s'enfuir, mais Matthew la maintenait fermement, malgré la douleur qui lui vrillait le bras. Il l'attira à lui et lui murmura à l'oreille :

— Un marché est un marché.

Là-dessus, il posa ses lèvres sur les siennes. La jeune femme se raidit, tenta de résister, mais Matthew ne pouvait pas plus s'empêcher de continuer qu'il n'aurait pu interdire à son cœur de battre.

— Embrasse-moi, Fiona, souffla-t-il, soudain plus implorant qu'autoritaire.

Elle détourna la tête.

Il lui saisit délicatement le menton, pour l'obliger à lui faire face.

— Je ne veux pas que cela se passe ainsi, Fiona. Pas dans la frustration.

— Et moi, je ne veux pas que cela se passe du tout.

— En es-tu sûre ?

Elle ne répondit pas, se contentant de baisser les yeux.

Matthew la fit reculer jusque vers le lit, mais avant de l'y allonger, il commença, d'une main, à lui déboutonner son chemisier. Elle ouvrit la bouche pour protester, et la referma presque aussitôt quand elle sentit ses doigts frôler sa peau nue.

Un éclat de chair laiteuse apparut dans l'entrebâillement du chemisier. Matthew retint son souffle.

Il resta immobile un long moment, sans rien faire d'autre que de tenir Fiona contre lui.

La jeune femme avait rougi, mais elle résistait fièrement, et leva même le menton, en manière de défi. C'était toujours ainsi avec elle : elle se battait jusqu'au bout.

Avec des gestes presque déférents, Matthew écarta les pans du chemisier qu'il fit glisser le long de ses bras. Puis il frôla du doigt le renflement d'un sein. Fiona ferma les yeux.

— Tu aimes ça ?

— Non, répondit-elle dans un murmure.

— Moi, je crois que tu aimes.

— Croyez ce qui vous chante, répliqua-t-elle en rouvrant les yeux. Je m'en moque.

— Parfait.

Cette fois, Matthew s'attaqua à la fermeture de sa jupe. Deux secondes plus tard, le vêtement tombait sur les chevilles de la jeune femme. Elle ne portait plus, à présent, que ses dessous – pantalons, jupon et fine chemise de soie au profond décolleté.

Pourtant, elle ne s'avouait toujours pas vaincue. Les murailles de sa forteresse intérieure restaient inentamées, bien qu'elle se tînt pratiquement nue devant lui.

Sa bravoure émerveillait Matthew. Et sa beauté, aussi. Exactement comme dans la jungle.

Les rayons du soleil couchant qui pénétraient dans la pièce teintaient d'or sa peau de satin.

— Viens, Fiona, dit-il sur un ton de tendre commandement.

Comme elle ne bougeait pas, il ajouta dans un souffle :

— Allonge-toi sur le lit.

— Pourquoi ?

Le regard de Matthew glissa jusqu'aux lèvres de la jeune femme. Pleines et délicieusement sensuelles.

— Parce que je veux pouvoir te caresser partout, mon cœur. Comme je te l'ai promis, répondit-il en la poussant doucement contre le lit. Je vais te caresser et t'embrasser jusqu'à ce que tu t'ouvres à moi.

Les cuisses de Fiona heurtèrent le lit et elle se retrouva assise sans l'avoir cherché. Une lueur de panique s'alluma au fond de ses prunelles, mais Matthew ne la laissa pas se relever. Il la guida de la main jusqu'à ce que son dos touchât le matelas. Toujours debout, il se pencha sur elle, une main appuyée près de sa tête.

— Continuez, lui dit-elle d'une voix atone. Faites ce que vous avez à faire, qu'on en finisse.

C'était Fiona tout craché. Fière et indocile. Ne cédant jamais un pouce de terrain. Ne changerait-elle donc jamais ?

Matthew savait qu'il aurait dû s'en aller. Quitter cette chambre et accepter l'annulation de leur mariage. Mais il ne pouvait plus se passer de la jeune femme. Et pour cette raison, il était prêt à tout pour elle – sauf la laisser partir.

Il effleura ses lèvres obstinément closes du bout de la langue.

— Ta bouche est un nectar, murmura-t-il.

— Merci de l'information, répliqua-t-elle.

Il s'esclaffa et continua :

— Un nectar dont je ne saurais me lasser.

— Quel poète vous faites !

En dépit de son ton sarcastique, il esquissa un sourire.

— Tu trouves ?

Elle grimaça.

— Je plaisantais.

Il rit carrément, puis redevint soudain sérieux.

— Je ne te ferai aucun mal, Fiona. Tu dois avoir confiance en moi.

La défiance de la jeune femme laissa la place à quelque chose d'indéfinissable.

— Dois-je comprendre que vous allez me laisser partir ?

— Non, Fiona. Tu es ma femme, désormais. Que tu le veuilles ou non.

Il déposa une série de baisers légers sur son cou, à la naissance de la gorge et des seins. Puis, d'un geste impatient, il fit glisser sa chemise par-dessus sa tête, la débarrassa du pantalon de fine toile, épargnant seulement le jupon.

Comme elle regardait délibérément le plafond, il s'inclina sur elle et saisit l'un de ses seins entre ses lèvres. La jeune femme frémit et tourna la tête vers le mur.

Il grogna de satisfaction en sentant le petit bouton rose durcir sous sa langue. Elle était devenue cramoisie, et il savait qu'elle se retenait de gémir de plaisir.

— Je vous déteste, fit-elle entre ses dents, comme en écho aux paroles qu'elle avait prononcées dans la jungle.

Il rit, de même qu'il avait ri cette nuit-là, et lui mordilla la pointe dressée d'un sein.

— Et cela, tu détestes ?

La tête renversée en arrière, elle déglutit péniblement avant de répondre.

— Oui.

Il rit encore.

— Menteuse.

Il l'embrassa doucement entre les seins. Puis il s'agenouilla devant le lit, entre les cuisses de la jeune femme, et glissa la main sous son jupon, sans prendre la peine de le lui ôter. Ses doigts frôlèrent la douceur soyeuse de son intimité.

— Non ! Arrêtez ! se récria-t-elle.

— Pourquoi, Fiona ? s'étonna Matthew avec un sourire. Tu m'as dit tout à l'heure que tu te moquais de ce que je te faisais et que je pouvais continuer. Qu'est-ce qui a changé ? Tu ressens quelque chose ?

Son sourire s'évanouit, il ajouta :

— Avoue, Fiona. Avoue que tu n'es pas insensible à mes caresses.

Les yeux de la jeune femme étincelaient de rage, mais elle resta obstinément muette. Résolu à poursuivre son exploration, Matthew repoussa le jupon et lui caressa le ventre. Fiona tressaillit lorsque sa paume effleura la toison flamboyante qui cachait sa féminité. Lentement, il fit aller et venir sa main entre ses cuisses.

— Tu aimes, Fiona, murmura-t-il, avant de remplacer brusquement ses doigts par sa bouche.

— Matthew !

Il en aurait fallu davantage pour arrêter Matthew. Avec l'audace de l'amant déterminé à aller jusqu'au bout, il replia les jambes de la jeune femme, et insinua lentement les doigts au plus intime de son corps.

Fiona, le souffle court, étreignait nerveusement le couvre-lit, tandis que ses hanches s'arquaient traîtreusement en réponse aux caresses de Matthew.

— Quel tempérament passionné ! souffla-t-il, avant d'incliner la tête pour goûter à la source brûlante de son désir.

Vaincue, elle laissa échapper un gémissement extatique qui emplit la pièce.

— Oui, Fiona, c'est bien, murmura Matthew. Laisse-toi aller.

Et c'est ce qu'elle fit.

Les caresses expertes de Matthew avaient fini par avoir raison de ses défenses. La jeune femme commença à onduler en rythme et sa respiration se fit de plus en plus haletante, tandis qu'elle s'abandonnait totalement à l'exquise torture que Matthew lui infligeait avec sa bouche.

Son propre corps tendu de désir, il se concentrait sur le seul plaisir de la jeune femme, déterminé à la conduire jusqu'à la volupté. Lorsqu'il sentit qu'elle en atteignait les rives, ses caresses se firent plus insistantes, sa langue plus insidieuse. Elle glissa les doigts dans les cheveux de Matthew en gémissant. Et soudain, ce fut comme une éruption volcanique, son corps se souleva en même temps qu'elle criait le nom de Matthew.

Il lui murmura des mots doux, sans suite, rassurants, tandis que les derniers spasmes de l'extase agitaient son corps. Il resta un long moment immobile, et quand il sentit que la respiration de Fiona s'était enfin apaisée, il déposa un baiser à l'intérieur de ses cuisses, là où la peau a la douceur de la soie, puis vint s'allonger près d'elle pour la serrer dans ses bras. Jamais, de sa vie, il n'avait éprouvé autant de félicité qu'à ce moment précis.

Les minutes s'écoulèrent, tandis que la tension retombait lentement.

— Tu vois, Fiona, que tu as aimé, chuchota-t-il finalement en lui caressant les cheveux.

Elle ouvrit brusquement les yeux, une lueur incendiaire au fond du regard.

— Bien sûr, que j'ai aimé ! Tu ne vois donc pas ce que je ressens pour toi. Tous les sentiments que tu m'inspires. Et cette nouvelle vie, en Amérique, qui est un échec. Et l'Afrique qui me manque ! Je suis submergée d'émotions, Matthew.

Elle ferma de nouveau les yeux, avant d'ajouter d'une voix presque inaudible :

— Je suis fatiguée de lutter, Matthew. Et je pensais que tu étais le mieux à même de le comprendre.

Matthew se rassit dans le lit, bouleversé. Il se rendait compte tout à coup qu'il avait poussé la jeune femme dans ses derniers retranchements. Et qu'il était la cause de la souffrance qu'il lisait sur son visage. La honte et le remords le frappèrent de plein fouet.

— Fiona... commença-t-il en la reprenant dans ses bras.

Mais elle le repoussa.

— Non, Matthew. Je ne veux plus rien entendre.

Elle descendit du lit et récupéra ses vêtements.

— Laisse-moi seule, s'il te plaît, ajouta-t-elle. C'est tout ce que je te demande.

Il ne trouvait plus ses mots. Comment expliquer l'inexplicable ? Comment se faire pardonner l'impardonnable ?

— Je suis désolé, Fiona, se contenta-t-il de dire, la voix brisée par l'émotion.

Elle ne répondit rien. Et qui aurait pu l'en blâmer ?

Furieux contre lui-même, Matthew quitta à son tour le lit et sortit de la chambre pour aller s'enfermer dans le jardin d'hiver.

Ses tempes bourdonnaient et il se maudissait de sa stupidité. Il était irrésistiblement attiré par cette femme qui ne voulait pas de lui, mais dont la proximité physique, puisqu'ils habitaient désormais ensemble, avivait son désir. Mais pourquoi avait-il cru que cela pourrait marcher ?

Ce matin-là, il s'était réveillé le bras douloureux. Mais, à mesure que la matinée s'était écoulée, il avait commencé à se sentir mieux. Son humeur – et du même coup sa forme physique – étaient brutalement retombées lorsqu'il avait reçu la lettre de Jules Beetle.

Matthew empoigna le pinceau qu'il avait sorti quelques jours plus tôt. Une violente envie de peindre l'avait saisi, de peindre Fiona au moment où elle avait laissé éclater sa nature passionnée, aussi sauvage et fascinante que la jungle africaine.

Il en avait besoin, et en même temps, il craignait que son bras ne fût trop faible pour lui obéir.

Il fouilla dans les autres cartons, en tira sa palette, de la peinture et un flacon de térébenthine, qu'il déboucha pour en humer l'odeur si familière.

Oui, il allait peindre.

Une fois pour toutes, il voulait se prouver qu'il était encore capable de peindre – comme pour se signifier à lui-même que tout n'était pas perdu.

Il exhuma fiévreusement une toile vierge des cartons, l'installa sur un chevalet et essaya de se concentrer. Mais à peine formées dans son esprit, les images s'évanouissaient aussitôt, remplacées par des préoccupations plus immédiates.

Fiona voulait annuler leur mariage. Pourrait-il s'y opposer, s'il se révélait incapable d'exécuter quelque chose d'aussi simple qu'une toile ?

Mais s'il arrivait à peindre ? Cela ne signifierait-il pas, alors, qu'il pouvait enfin envisager de se reconstruire et de reconstruire sa vie ?

Calme et résolu, Matthew prépara sa palette et y trempa son pinceau.

Un bruit réveilla Fiona au milieu de la nuit.

— Isabel ? appela-t-elle, encore dans les brumes du sommeil. C'est toi, ma chérie ?

Fiona se réveilla complètement, se rappela qu'elle était seule dans la chambre, et un sentiment de vide affreux lui étreignit le cœur. Cela ne pouvait évidemment pas être Isabel. Elle avait rêvé.

La jeune femme, étendue par terre comme en Afrique, ainsi qu'elle en avait repris l'habitude, se tourna sur le côté et, les yeux embués de larmes, regarda par la fenêtre la lune qui jouait à cache-cache avec les nuages.

— Isabel, murmura-t-elle. Tu me manques, mon amour. Sais-tu seulement que je ne t'oublierai jamais ?

La nuit était calme. Fiona eut beau tendre l'oreille, elle n'entendit que le silence.

Au bout de quelques minutes, cependant, l'étrange bruit se répéta. Cette fois, elle comprit que cela venait de l'étage.

Le plus doucement possible, elle repoussa les couvertures, se releva et se drapa dans le peignoir de cachemire que sa grand-mère lui avait offert en cadeau de mariage. Puis elle entrouvrit la porte de sa chambre pour inspecter le couloir. Une lumière filtrait sous la porte de Mary.

« Ferme la porte, retourne te coucher, lui soufflait la voix de la raison. Bientôt, tu auras quitté cette maison. »

Mais son cœur la poussa à s'approcher de la chambre de Mary. Un court instant, elle manqua s'alarmer en découvrant que la pièce était vide, mais presque aussitôt elle aperçut la fillette tranquillement assise dans le renfoncement de la fenêtre du couloir. Elle portait un pyjama de flanelle blanche et des petits chaussons en velours, et semblait contempler la nuit. Avec ses boucles dorées cascadant sur ses épaules, elle ressemblait à un angelot. Puis elle se déplaça légèrement et Fiona vit que ses joues étaient sillonnées de larmes.

— Mary ? appela-t-elle, s'obligeant presque malgré elle à garder un ton distant.

La fillette sursauta, pressa sa poupée contre son cœur et tourna vers Fiona un regard suspicieux.

— As-tu fait un cauchemar ? demanda celle-ci, d'une voix plus douce.

La fillette hocha la tête et serra si fort sa poupée que Fiona crut qu'elle allait la briser.

— De quoi parlait ton cauchemar ?

Il y eut un très long silence. Au moment où Fiona se dit que la fillette ne lui répondrait pas, Mary lâcha :

— S'il vous plaît, ne répétez pas à mon papa que je vous ai dit que je le détestais !

Fiona avait la gorge nouée, et se retint à grand-peine de se précipiter vers la fillette pour l'étreindre.

— Bien sûr, que je ne le lui dirai pas. De toute façon, tu ne le pensais pas réellement.

— C'est vrai ! Je ne le pensais pas !

— Je sais, Mary.

Fiona attendit que sa voix se fût raffermie, avant de se risquer à continuer. Elle prit une grande inspiration et tenta de sourire.

— Pourquoi ne pas retourner te coucher, maintenant ? Je suis sûre que tout ira mieux demain matin.

— Je n'arrive pas à dormir. Quand je ferme les yeux, tout se bouscule dans ma tête.

« Retourne dans ta chambre, chuchota à nouveau la voix de la raison à Fiona. Immédiatement. »

— Tout ? Mais quoi, par exemple ? ne put-elle s'empêcher de demander.

— Je revois ma maman. Et mon papa… commença Mary, avant de fermer les yeux. Quand nous étions heureux. Avant que maman meure et que papa soit blessé.

— Oh, Mary !…

Mais Fiona n'alla pas plus loin. Que pouvait-elle dire ? Elle ne connaissait que trop ces souvenirs obsédants d'un passé qui n'était plus. Ces images qui refusaient de s'effacer.

— Tu as besoin de dormir, reprit-elle finalement.

Mary la regarda.

— Vous voulez bien m'accompagner ?

Ne voyant pas comment se dérober, Fiona suivit la fillette dans sa chambre. Elle la guida vers le lit, puis tira les rideaux et remit la literie en ordre. Il fallait qu'elle s'occupe les mains, qu'elle garde un minimum de distance. Elle ignorait totalement comment répondre aux attentes de cette enfant, et s'en sentait parfaitement incapable.

Mary se glissa sous les couvertures et Fiona l'approuva d'un hochement de tête. Après quoi, elle gratifia la fillette d'un sourire qui se voulait le plus gentil possible et elle éteignit la lampe de chevet.

Elle s'apprêtait à partir quand, contre toute attente, Mary lui agrippa la main. Fiona, surprise, contempla leurs doigts enlacés, ceux de Mary si petits et si vulnérables.

— Ne me laissez pas, murmura la fillette, si bas qu'elle l'entendit à peine.

Fiona retint son souffle.

Maman… est-ce que tu m'aimes ? Seulement moi ?

Sa main était froide et raide dans celle de Mary. Elle ferma les paupières. Il fallait qu'elle parte avant de s'effondrer.

— S'il vous plaît, insista Mary.

Refoulant ses larmes, Fiona se surprit à étreindre la petite main, comme si soudain elle avait plus besoin de cette enfant que l'enfant n'avait besoin d'elle.

Et, sans lâcher cette précieuse main, elle s'assit au bord du lit.

— Je suis là, mon lapin, chuchota-t-elle, incapable, cette fois, de contenir ses larmes. Il ne faut pas avoir peur.

— Merci, murmura Mary.

Fiona resta assise ainsi un long moment, bien après que Mary se fut paisiblement endormie.

Puis elle ôta sa main avec précaution.

— Dors, mon bébé, souffla-t-elle dans l'obscurité. Je ne t'abandonnerai pas.

16

Cette nuit-là, Fiona rêva de l'Afrique, sauvage et luxuriante. Elle se réveilla désorientée, et sa première pensée fut pour Matthew. Le cœur battant, elle laissa courir sa main sur son corps, suivant le tracé qu'avait emprunté la veille au soir la bouche de Matthew. Durant quelques minutes bienfaisantes, elle se sentit flotter entre le passé et le présent, dans un lieu où rien ne pouvait l'atteindre.

Mais dès que les premiers rayons du soleil s'infiltrèrent dans la chambre, la dure réalité reprit ses droits.

Fiona repoussa ses couvertures d'un geste brusque, et se leva. Avant toute chose, il lui fallait trouver un bon avocat. Elle obtiendrait l'annulation de son mariage, dût-elle en appeler à tous les hommes de loi du Massachusetts. Et, d'ici là, elle ferait son possible pour éviter Matthew.

Mais, deux jours plus tard, Fiona arriva à la conclusion que cela n'était pas nécessaire. La nuit, elle dormait seule dans son lit, la porte communiquant entre leurs deux chambres restant fermée. Le matin, lorsqu'elle descendait prendre son petit déjeuner, la salle à manger était vide. Et tout au long de la journée, Matthew demeurait invisible.

Fiona avait conscience qu'en réclamant l'annulation de leur mariage, d'une certaine manière, elle ne s'acquittait pas de sa dette envers Matthew. Mais comment aurait-elle pu continuer à vivre dans cette maison ? Sur le fond, rien n'avait changé. La nuit où elle avait tenu la main de Mary, après son cauchemar, elle avait sérieusement songé à renoncer à son projet. Mais à quoi bon ? s'était-elle dit ensuite. Jamais elle ne serait une bonne mère. Elle en avait fait la triste expérience en Afrique.

— Bonjour, madame Hawthorne, l'accueillit le majordome à son entrée dans la salle à manger.

— Bonjour, Quincy. Comment va votre rage de dents, ce matin ?

Le visage du domestique s'éclaira.

— Beaucoup mieux, merci. Je ne sens pratiquement plus rien. Quant à ma main, votre baume a fait également des merveilles.

Après avoir concocté une mixture contre les rages de dents, Fiona avait mélangé de l'ail et du thym pour soigner une vilaine coupure que le majordome s'était faite au doigt. Mary, qui se trouvait dans la cuisine, avait observé soigneusement les gestes de Fiona, allant jusqu'à proposer de l'aider. La fillette en avait retenu que l'ail servait à prévenir les infections et que le thym apaisait la douleur. Fiona lui avait également expliqué que l'écorce de peuplier réduisait les inflammations, que la lavande calmait les nerfs et qu'un jus de citron chauffé faisait baisser la fièvre. Mary avait écouté avec attention, visiblement fascinée.

— Où avez-vous appris à préparer ces remèdes ? demanda Quincy.

— J'ai vécu quelques années dans une tribu katsu, et le sorcier médecin m'avait pris en affection. Il m'a initié à son art.

Quincy écarquilla les yeux.

— Vous m'avez administré un remède de sauvages ?

Fiona se raidit et le majordome prit aussitôt un air contrit.

— Excusez-moi, je voulais dire que… euh…

— La question n'est pas de savoir si c'est un remède de sauvages, mais s'il s'est révélé efficace.

Quincy hocha la tête.

— Très efficace, madame Hawthorne. Je suis confus.

Fiona lui tapota affectueusement l'épaule.

— N'en parlons plus, Quincy.

— Je me demandais… reprit le majordome, vaguement hésitant. Au sujet de Violet…

— Oui ? Que lui arrive-t-il ?

— C'est son oreille. Vous pourriez peut-être…

— Je vais aller la voir tout de suite.

— Mais vous n'avez pas pris votre petit déjeuner !

Fiona s'empara d'une tranche de pain frais.

— Voilà, c'est fait, répliqua-t-elle en se dirigeant vers la cuisine.

Cinq minutes plus tard, Fiona enfilait son manteau à la hâte pour sortir. Mais quelle ne fut pas sa surprise de trouver Mary sur le perron. La fillette semblait l'attendre, malgré le froid.

— J'ai pensé que je pourrais vous accompagner, dit-elle timidement.

Fiona, très émue, se retint cependant de sourire.

— D'accord, répondit-elle en s'efforçant de prendre un ton détaché, sans y parvenir vraiment. J'ai encore besoin d'ail.

— Pourquoi faire, cette fois ?

— Pour soigner l'oreille de Violet.

Elles marchèrent un moment en silence, puis Mary lâcha tout à trac :

— Et vous ne pourriez pas aussi guérir mon papa ?

Fiona sentit son cœur se serrer. Guérir Matthew ? Elle ne savait même pas comment se guérir elle-même. Alors comment aider un homme qui s'était drapé dans la frustration et l'amertume comme dans une seconde peau.

À moins que ce ne fût une carapace ? Mais, dans ce cas, de quoi cherchait-il à se protéger ? De la réaction des gens à sa vue ? De la dureté de son père ?

— L'ail ne pourra pas guérir la cicatrice de ton père. Pas plus qu'il ne pourra venir à bout de sa colère.

Mary parut si déçue que Fiona s'en voulut d'avoir anéanti ses espoirs si brutalement.

— Mais, après tout, on ne sait jamais, reprit-elle, pour tenter de réparer les dégâts. On pourrait quand même essayer un baume à l'ail, pour voir, ajouta-t-elle avec un clin d'œil entendu qui ramena le sourire sur le visage de la fillette.

Elles traversèrent le parc côte à côte, sans plus parler. Le lendemain et les jours suivants, elles répétèrent la même promenade, sans beaucoup échanger, mais puisant l'une et l'autre du réconfort dans cette routine.

Le cinquième jour, cependant, Fiona fut très déçue quand, sortant sur le perron, elle n'y trouva pas la fillette. Sa réaction la troubla.

Comment en était-elle arrivée là ?

En fait, elle n'avait pas vraiment besoin de sortir. Il y avait assez d'ail et d'herbes de toutes sortes à l'office pour soigner toute la maisonnée pendant quelques semaines. Du reste, Quincy veillait à ce qu'il ne manquât jamais rien, et Fiona aurait très bien pu s'en remettre aux domestiques pour son approvisionnement en ingrédients divers. Mais elle avait fini par s'habituer à ces excursions avec Mary, et avait pris goût à élaborer avec elle, au retour, de nouvelles recettes.

La jeune femme songea à rentrer. La perspective de traverser la moitié de la ville dans le vent et le froid ne la tentait soudain plus du tout. Mais juste quand elle tournait les talons, la porte s'ouvrit sur Mary.

— Désolée, je suis en retard, dit celle-ci, essoufflée comme si elle avait couru.

Fiona resta un instant interdite, tout à sa joie de voir la fillette.

— Ça ne va pas ? s'inquiéta Mary. Vous m'en voulez de mon retard ?

Fiona lui sourit.

— Non ! Pas du tout.

— Tant mieux. Allons-y, alors.

Et, comme si elle avait ce geste des dizaines de fois, Mary s'empara de la main de Fiona, qui ne la lui ôta pas.

Cette fois, elles ramenèrent du marché des racines de ginseng, des feuilles de bananier et une demi-douzaine de citrons d'importation.

La journée était radieuse, en dépit du froid. Fiona et la fillette semblaient baigner dans la chaleur de leur amitié naissante. Mais tout changea sur le chemin du retour. Peu avant d'arriver dans Marlborough Street, elles aperçurent une bande d'enfants qui jouaient à se lancer des boules de neige. Fiona sentit Mary se tendre, puis esquisser un mouvement pour rebrousser chemin. Trop tard.

— Tiens, voilà Mary ! dit un gamin blond avec des taches de rousseur.

Mary baissa la tête et Fiona, inquiète, lui demanda :

— Que se passe-t-il ?

La fillette sursauta, comme si elle avait oublié sa présence.

— Rien. Rien du tout.

Prenant une profonde inspiration, la fillette lâcha la main de Fiona pour marcher devant, la tête haute. Les gamins chuchotèrent sur son passage, mais elle poursuivit sa route, stoïque.

Fiona suivait, interloquée. Elle était trop loin pour comprendre ce que murmuraient les enfants, mais surtout elle ne comprenait pas l'attitude de Mary, qui lui avait raconté quelques jours plus tôt qu'elle était très populaire. La fillette était déjà parvenue devant la maison quand Fiona arriva à la hauteur du groupe d'enfants. C'est alors qu'elle entendit ce qu'ils chantonnaient :

— Mary, Mary, Mary Monstre...

— Mais de quoi parlez-vous donc ? s'indigna la jeune femme.

Les enfants décampèrent aussitôt, dans un grand éclat de rire. Fiona les regarda disparaître au coin de la rue, incrédule. Quand elle arriva à son tour devant la maison, Mary avait déjà disparu à l'intérieur.

Fiona se hâta de rentrer, mais la fillette n'était pas non plus dans le hall. Sans songer plus avant à ce qu'il convenait ou non de faire, Fiona monta droit à la chambre de Mary, sûre de l'y trouver, et frappa à la porte.

Pas de réponse.

Elle frappa de nouveau et le bruit résonna dans tout le couloir.

— Mary, c'est moi, Fiona. Je peux entrer ?

Toujours pas de réponse. Fiona ouvrit la porte et découvrit la fillette allongée sur son lit, la tête tournée vers la fenêtre, sa poupée dans les bras.

— Je suis désolée pour ce qui s'est passé avec ces garnements, commença Fiona.

Elle pénétra dans la chambre, sans refermer la porte derrière elle.

Mary restait silencieuse.

— Je suis sûre qu'ils ne cherchaient qu'à te taquiner.

— Non ! répliqua la fillette. Ils le pensaient vraiment.

Et elle éclata en sanglots.

Fiona alla vers elle sans réfléchir, comme si c'était la chose la plus naturelle du monde de réconforter cette enfant. Elle s'assit au bord du lit, prit Mary dans ses bras, et lui caressa les cheveux ainsi qu'elle l'aurait fait avec sa propre fille.

— Chuttt, chuttt. Ça va aller, c'est fini.

— Non, ça n'ira plus jamais, murmura la fillette entre deux sanglots déchirants. Ma maman est partie, et tout le monde me déteste.

— Mais non, Mary. Personne ne te déteste.

— Si, eux. Vous avez entendu comment ils m'appellent : Mary Monstre.

— Mais tu n'es pas un monstre !

— Moi, non. Mais mon papa, si. C'est pour ça qu'ils m'appellent comme ça. Je suis la fille de M. Monstre.

C'est alors qu'elles se rendirent compte qu'elles n'étaient pas seules. Un son étranglé leur parvint depuis la porte et elles tournèrent la tête en même temps. Matthew se tenait sur le seuil, figé. Il avait le visage très pâle et le regard fiévreux du Sauvage blanc à la cicatrice.

Mary poussa un cri et se remit à sangloter de plus belle. Fiona regarda Matthew, qui contemplait sa fille. La plupart du temps, il savait parfaitement dissimuler ses émotions, mais à cet instant, ses sentiments se lisaient sur son visage comme dans un livre ouvert. Il était terriblement blessé.

Cependant, quand il s'aperçut que Fiona l'observait, ses traits se durcirent instantanément. Il tourna les talons sans avoir prononcé un mot.

Fiona aurait voulu le rattraper, mais il lui fallait d'abord consoler Mary. Elle hésita un long moment à parler, craignant de ne pas trouver les mots qu'il fallait, se contentant de caresser les cheveux de la fillette, qui n'avait pas cessé de pleurer.

— Ton père a peut-être une cicatrice, dit-elle finalement. Mais cela ne fait pas de lui un monstre.

Mary s'essuya les yeux et renifla bruyamment.

— Mais il ne parle presque plus, et il est tout le temps de mauvaise humeur. Il n'était pas comme ça, avant.

Fiona soupira. Elle ne pouvait pas donner tort à la fillette. Matthew était probablement beaucoup plus avenant autrefois.

— Admettons. Mais il n'est pas fâché contre toi, tu sais.

— C'est pas vrai ! Chaque fois qu'il me voit, il a l'air en colère.

Fiona ne sut quoi répondre, mais elle comprit qu'il était grand temps qu'elle eût une discussion avec Matthew à propos de sa fille.

Mary contemplait sa poupée d'un air pensif. Au bout d'un moment, elle lâcha :

— Je suppose que, maintenant, vous avez compris que je n'étais pas très aimée.

Fiona ne put s'empêcher de sourire.

— Ne dis pas de sottises plus grosses que toi. Tu es très populaire auprès de moi.

Mary leva vers elle ses yeux encore mouillés de larmes.

— C'est vrai ?

Fiona se pencha vers elle, jusqu'à ce que leurs nez se touchent.

— C'est vrai.

— Je peux vous tutoyer ? risqua-t-elle.

— Bien sûr !

Jetant les bras autour du cou de Fiona, elle lui murmura à l'oreille :

— J'espère que tu ne me quitteras jamais.

Fiona ne put répondre, à cause de la boule qui s'était logée au fond de sa gorge. Elle se contenta de serrer l'enfant contre elle durant quelques secondes bénies, avant de lui pincer gentiment la joue.

— Nous avons eu une rude journée. Si tu te reposais un peu avant le dîner ?

La fillette hocha la tête. Fiona quitta la chambre et partit à la recherche de Matthew, le ventre noué par l'appréhension.

Elle commença par frapper à la porte de sa chambre, mais ne reçut aucune réponse ; la pièce, du reste, semblait parfaitement silencieuse. Elle redescendit au rez-de-chaussée, jeta un coup d'œil dans la bibliothèque, ainsi que dans le bureau de Matthew. La maison était aussi silencieuse qu'une tombe. La jeune femme eut alors l'idée d'aller voir du côté du jardin d'hiver.

Matthew était assis devant un chevalet, l'air absent, un pinceau à la main. Ne se sachant pas observé, il n'était pas sur ses gardes. Il n'avait plus cette expression fiévreuse, sauvage, que Fiona lui avait vu un peu plus tôt. Il semblait au contraire hagard et défait. La fatigue qui transparaissait sur ses traits laissait à penser qu'il n'avait pas dormi depuis plusieurs nuits.

Était-il malade – ce qui expliquerait que Fiona ne l'eût pas vu depuis plusieurs jours – ou était-il encore sous le choc de ce qu'il venait d'entendre ? C'était probablement plus grave que cela, soupçonna-t-elle.

Tout à coup, elle se sentait coupable. Plusieurs fois, elle avait demandé à Quincy où se trouvait Matthew, mais devant le laconisme du majordome, elle n'avait jamais réellement cherché à en savoir davantage.

— Êtes-vous souffrant ? demanda-t-elle sans détour.

Matthew se releva brusquement, pour lui faire face. Fiona fut une fois de plus impressionnée par sa stature, ses larges épaules, cette force qui émanait de toute sa personne. Mais ses yeux, à cet instant, le trahissaient. Ils n'exprimaient plus aucune vitalité. Plutôt une sorte de panique.

— Je vais très bien, répondit-il sèchement.

— Vous n'en avez pourtant pas l'air.

Instinctivement, elle fit un pas vers lui, dans l'intention de lui tâter le front pour vérifier qu'il n'avait pas de fièvre. Mais quand elle leva le bras, il s'en saisit brutalement, soutint un instant son regard, puis le repoussa.

— Je vais très bien, répéta-t-il.

Fiona préféra ne pas insister. Elle reporta son attention sur le chevalet, ayant presque oublié la raison qui l'avait poussée à venir ici. Que savait-elle au juste de cet homme ? Et que savait-elle de ses relations avec sa fille ?

Il avait disposé son nécessaire de peinture près du chevalet. L'art lui manquait – Fiona le savait –, mais jamais encore elle ne l'avait vu à l'œuvre. Quand elle leva à nouveau les yeux vers lui, elle s'aperçut qu'il l'étudiait attentivement, et elle se sentit mal à l'aise.

— J'aimerais pouvoir vous peindre, lâcha-t-il finalement, d'une voix sourde.

Il la vit se tendre, et en aurait presque souri, si cela ne lui avait pas demandé tant d'efforts.

Depuis qu'il s'était remis au travail, tout allait de mal en pis, et il lui semblait de plus en plus difficile de cacher sa détresse physique. La muraille qu'il croyait avoir édifiée se révélait un simple château de sable menacé par la moindre vague.

Plus il avait mal, plus il souffrait, et plus il avait honte de lui et devenait irascible.

— Me peindre ? répéta-t-elle. Nous en avions déjà parlé, dans la jungle. Et ma réponse n'a pas changé.

Matthew n'avait pas dit qu'il allait la peindre. Seulement qu'il aimerait pouvoir la peindre.

Un sentiment de frustration le submergea et il se détourna, heurtant de l'épaule le chevalet qui s'écroula, entraînant dans sa chute la table où étaient posées les fournitures. Matthew tendit le bras dans l'espoir de rattraper quelque chose. Une douleur atroce lui vrilla l'épaule.

Il se figea, s'obligeant à contrôler sa respiration, tandis que son cœur tambourinait dans sa poitrine et que des gouttes de sueur perlaient à son front.

— Étiez-vous venue me voir pour une raison précise ? s'enquit-il froidement, désireux qu'elle parte au plus vite.

Elle parut tout à coup embarrassée et Matthew regretta un instant sa dureté, mais elle se reprit très vite.

— Oui, fit-elle. J'étais venue vous parler de votre fille.

Matthew eut l'impression que sa douleur s'intensifiait – à supposer que cela fût possible. Son regard se posa sur le chevalet et les fournitures éparpillés au sol.

— Je n'ai pas besoin que vous me parliez de Mary.

Fiona avait retrouvé toute son assurance.

— Ne voyez-vous donc pas que votre fille a besoin de vous ?

Il ouvrit la main et la referma doucement, pour tenter de soulager la douleur.

— Je veille à ce qu'elle ne manque de rien.

— Il ne s'agit pas d'argent. Mais d'amour !

— Quoi que je fasse, je ne pourrai jamais effacer cette cicatrice, qui la terrorise.

— Essayez ! riposta-t-elle. Commencez donc par l'aimer.

— Mais je l'aime, bon sang !

— Vraiment ?

— Bien sûr ! Plus que tout au monde.

— Alors, occupez-vous d'elle. Elle fait des cauchemars horribles. Vous devriez être à son chevet quand elle se réveille au milieu de la nuit.

— C'est moi, la cause de ses cauchemars ! Vous ne l'avez pas encore compris ?

Il partait déjà vers la porte, mais Fiona le rattrapa.

— Cessez de m'éviter, Matthew !

Il pivota, et la regarda, les tempes bourdonnantes.

— Je croyais pourtant que c'était ce que vous vouliez ?

Il avait raison. Mais Fiona n'aimait pas le lui entendre dire.

— Je parlais du... problème avec Mary. Vous vous dérobez.

— Tiens donc ?

— Oui. Vous refusez d'affronter les difficultés. Vous vous dérobez devant votre fille, comme devant votre famille, répliqua Fiona.

Et, désignant le chevalet par terre, elle ajouta :

— Vous vous dérobez même devant votre peinture.

Elle vit la fureur traverser son regard, mais elle n'en avait cure. Au point où elle en était, elle devait aller jusqu'au bout.

— Et que voudriez-vous donc que je fasse ? articula-t-il d'une voix basse, presque menaçante.

— Passez du temps avec Mary. Et peignez.

— Je n'arrive pas à peindre ! lâcha-t-il brutalement.

— Vous n'y arrivez pas ? Ou vous ne voulez pas ?

Il écumait de rage, et pourtant Fiona, pour des raisons qui lui échappaient, enfonça le clou.

— Vous avez peur ?

Pas de réponse.

— Vous avez dit que vous vouliez me peindre ? Eh bien, allez-y, le défia-t-elle en prenant la pose. Peignez-moi.

Et il ne fit pas un geste.

— Vous êtes en panne d'inspiration ? le railla-t-elle. Attendez, je vais vous aider, ajouta-t-elle en se débarrassant du foulard noué à son cou, découvrant du même coup son décolleté en V.

Le regard de Matthew avait suivi son mouvement, mais il ne réagissait toujours pas.

— Cela ne vous suffit pas ? Alors, que dites-vous de cela ?

Elle déboutonna son chemisier et le fit glisser sur ses épaules, révélant la fine chemise de mousseline qu'elle portait dessous.

Matthew était visiblement tendu, mais il restait de marbre.

— Dois-je en retirer davantage ?

Comme il ne répondait toujours rien, la jeune femme s'attaqua à la chemise.

— Sortez ! lâcha-t-il d'une voix blanche de colère.

Fiona le défia du regard.

— Non. Je ne quitterai pas cette pièce tant que nous n'aurons pas terminé notre explication. Cessez d'invoquer de fausses excuses. Vous prétendez aimer votre fille, mais vous ne vous en occupez même pas quand elle a besoin de vous. Vous affirmez vouloir peindre, mais vous restez assis devant votre chevalet, sans prendre un pinceau.

Il voulut s'éloigner d'elle, mais sa démarche était mal assurée. Fiona, soudain confuse, comprit qu'il souffrait.

— Matthew, vous...

Il lui coula un regard noir qui la dissuada de poursuivre, puis il ouvrit d'une main tremblante un paquet de grandes feuilles blanches à dessin, vierges.

Elle le regardait faire et se sentit soudain glacée d'angoisse.

— Laissez-moi vous montrer pourquoi je reste assis devant mon chevalet sans rien faire.

Il s'acharnait à vouloir tirer une feuille de papier du paquet, mais ses efforts provoquaient un rictus de douleur sur son visage.

— Matthew, non ! intervint Fiona, au comble de l'inquiétude.

— Non ? répéta-t-il avec un rire sardonique. C'est trop tard. Vous vouliez la vérité sur votre mari. Vous allez l'avoir.

Il redressa le chevalet et y fixa la feuille de papier. Il s'empara ensuite d'un fusain, se concentra quelques instants, puis commença à tracer une ligne sur la feuille. Mais sa main tremblait et la ligne était hachée. Il laissa échapper un juron, et recommença. Il devait visiblement faire appel à toute sa volonté, toute son énergie pour obtenir ce maigre résultat : dessiner à grands traits.

Il semblait avoir oublié la présence de Fiona, et s'acharnait à dessiner, chaque essai plus maladroit que le précédent. À la fin, épuisé, incapable de contrôler son bras, il envoya un coup de pied rageur dans le chevalet en poussant un rugissement de frustration.

Fiona contemplait les dégâts, la gorge nouée. Comment avait-elle pu être aveugle à ce point ? Comment avait-elle pu ne pas deviner que les humeurs massacrantes de Matthew étaient causées par ses souffrances ?

Il ne peignait plus parce qu'il n'en était plus capable. Physiquement, du moins.

La jeune femme se sentait submergée par la culpabilité, et le désespoir.

— Matthew...

Il avait fermé les yeux et respirait avec difficulté.

— Matthew, dites-moi quelque chose.

— Sortez.

— Matthew, s'il vous plaît.

— Sortez, bon sang !

Fiona n'insista pas. Elle devait lui laisser du temps – un temps qu'elle-même mettrait à profit pour décider de la conduite à tenir.

Elle trouverait bien un moyen de guérir Matthew, et de réunir le père et la fille. Après quoi, elle pourrait quitter cette maison en ayant le sentiment d'avoir honoré sa dette.

17

— Enlevez votre chemise.

Matthew releva brusquement la tête et regarda Fiona comme si elle avait perdu l'esprit.

Il était presque midi, le lendemain, et la jeune femme venait de pousser la porte du bureau. Bien qu'elle eût à peine dormi, elle se sentait exaltée. Elle avait passé la nuit à réfléchir à différents remèdes et à rédiger une liste d'ingrédients. Aussitôt levée, elle l'avait confiée à Quincy, qui l'avait lue avant de lui adresser un sourire plein d'espoir. Moins d'une heure plus tard, il était revenu avec la plupart des herbes et des produits. Encore une heure, avait-il promis à Fiona, et la liste serait au complet.

— Qu'avez-vous dit ? demanda Matthew.

— Je vous ai dit d'enlever votre chemise.

Matthew s'adossa à son fauteuil et haussa les sourcils d'un air amusé. Il n'y avait plus trace de sa fureur de la veille.

— Eh bien, madame Hawthorne ? Auriez-vous finalement changé d'avis et décidé de consommer notre mariage ?

Fiona se sentit rougir, mais elle n'en poursuivit pas moins :

— Je veux voir vos cicatrices – toutes vos cicatrices.

C'était clair, net et précis. Matthew ne pouvait faire semblant de ne pas avoir compris. Son sourire s'évanouit et il se raidit.

— Non, répliqua-t-il.

Il repoussa son siège et se leva, bien décidé à rejoindre la porte. Mais Fiona se précipita vers lui pour l'en empêcher.

— S'il vous plaît, Matthew, dit-elle d'une voix douce mais ferme. Je peux vous aider.

Il s'était figé, silencieux. Elle posa délicatement la main sur son bras blessé.

— Mais pour pouvoir vous aider, il faut d'abord que vous me laissiez faire.

Frémissant, il contempla la main posée sur son bras, puis il leva les yeux vers elle. Il ressemblait à un loup pris dans les mâchoires d'un piège et paraissait partagé entre la souffrance, la résignation et un immense espoir.

Ils restèrent un long moment face à face, le silence de la pièce uniquement troublé par le bruit des flammes qui crépitaient dans l'âtre. Comme Matthew ne disait toujours rien, Fiona commença à lui déboutonner sa chemise en s'efforçant de ne pas trembler.

Il ne disait pas un mot, et son regard restait rivé sur elle. Fiona continua donc, encouragée, mais elle faillit tout abandonner quand, écartant les pans de la chemise, elle aperçut les premières cicatrices.

Elle compta mentalement jusqu'à dix et contrôla sa respiration pour ne pas lui laisser entrevoir son émotion. Elle avait vu beaucoup de blessures, en Afrique, mais rien ne l'avait préparée au spectacle des cicatrices de Matthew.

Elles commençaient à l'épaule et couraient le long du bras, jusqu'au poignet. Seule sa main avait été miraculeusement épargnée. Quand il était habillé, on pouvait donc s'imaginer qu'il n'avait pas eu d'autre blessure que celle qui lui marquait le visage. Encore celle-ci suivait-elle un tracé presque rectiligne, alors que celles de son bras et de son épaule se recoupaient dans tous les sens, comme s'il avait été traîné sur un matelas de verre pilé.

Ce qui frappa le plus Fiona, c'était la beauté du reste de son corps. Il était d'une perfection sculpturale, et la jeune femme dut se retenir pour ne pas tendre la main et le caresser. Mais elle admirait aussi Matthew pour sa force de caractère. Il avait réussi à lui cacher ses souffrances et elle n'en revenait pas qu'il y soit si bien parvenu, et pendant si longtemps. Peu d'hommes auraient été capables d'un tel tour de force.

Au moment où elle s'apprêtait à parler, il lui arracha sa chemise des mains.

— Vous en avez assez vu. La foire aux horreurs est terminée pour aujourd'hui.

— Non ! se récria la jeune femme en lui agrippant le bras sans réfléchir.

Elle le vit aussitôt grimacer de douleur.

— Je suis désolée...

Matthew se laissa retomber sur son siège, les yeux fermés et les lèvres tellement serrées qu'elles ne dessinaient plus qu'une fine ligne. Fiona enrageait de se sentir aussi impuissante, coupable aussi, et cherchait désespérément quoi dire. Mais ce fut Matthew qui parla le premier.

— Je parie que votre ail ne résoudra pas mon problème, murmura-t-il, les yeux toujours clos.

Fiona eut un hoquet de surprise.

— Eh oui ! reprit-il, ayant entendu sa réaction. Je suis au courant de vos activités « médicales ». Même si Quincy ne m'avait pas parlé de ce qu'il appelle vos potions miracles, j'aurais fini par me douter de quelque chose. Depuis quelque temps, la maison empeste l'ail.

Fiona s'agenouilla devant lui et lui étreignit la main.

— Je ne voulais pas vous faire mal, s'excusa-t-elle encore.

Il rouvrit les yeux avec effort.

— J'ai consulté les meilleurs médecins de Boston. Tous m'ont dit qu'il n'y avait rien à faire, sinon me reposer et attendre que mes blessures guérissent d'elles-mêmes.

— Fadaises !

Matthew haussa les sourcils.

— Pardon ?

— Je dis que ce sont des fadaises. Vous auriez, au contraire, dû exercer votre bras et votre épaule, au lieu de les laisser reposer indéfiniment. Résultat, non seulement vos blessures ne sont pas guéries, mais en plus vos muscles se sont affaiblis à force de ne pas servir.

Cette fois, Matthew fronça les sourcils.

— Je vous répète que j'ai vu les meilleurs médecins.

— Et ces meilleurs médecins vous ont laissé dans cet état.

Il eut un mouvement de recul, comme s'il avait reçu un coup.

— Pardonnez ma franchise, Matthew.

— Vous n'avez pas à vous excuser. Vous ne faites que dire la vérité. Les médecins prétendent aussi que la faiblesse de mon bras est la conséquence d'une détérioration cérébrale due au coup que j'ai reçu à la tête.

— C'est absurde.

Une lueur d'espoir brilla un court instant dans le regard de Matthew, avant de s'évanouir.

— Parfois, ma vision se brouille, et j'ai si mal au bras, que je suis incapable du moindre mouvement et que ma main pend comme une chose morte.

— Oui, parfois.

— Quoi ?

— Vous avez dit, parfois. Mais pas toujours. Hier, je vous ai vu tenir un fusain.

Matthew haussa les épaules.

— Vous avez vu le résultat !

— Oui, j'ai vu que vous pouviez le poser sur le papier et dessiner.

Il eut un rire ironique teinté d'amertume.

— Ne voyez-vous pas l'évidence, Matthew ? D'accord, vous ne dessinez plus aussi bien qu'avant, mais vous en êtes toujours capable. Ce qui prouve bien que votre bras n'est pas mort. Vous me suivez ?

L'espoir revint. Ce n'était toujours qu'une faible lueur au fond de ses prunelles, mais elle était là.

— Si vous aviez effectivement le cerveau atteint, reprit Fiona, vous auriez perdu progressivement l'usage de votre bras, et de manière irrémédiable.

En fait, Fiona se contentait d'hypothèses. Elle ne connaissait rien aux maladies cérébrales. En revanche, elle en savait pas mal sur la manière de guérir les cicatrices. Et elle savait également comment des muscles pouvaient s'atrophier s'ils n'étaient pas convenablement soignés ou si l'on renonçait à les exercer. Donc, son diagnostic était probablement le bon. Quoi qu'il en fût, il n'était pas question qu'elle laisse Matthew suspecter ses doutes.

Elle se redressa et, avec douceur mais détermination, ôta la chemise des mains de Matthew. Il la regarda faire, partagé entre méfiance et espoir.

Puis Fiona s'enhardit à le toucher. Elle le sentit tressaillir, alors même qu'elle était certaine de ne pas lui avoir fait mal. Elle poursuivit cependant son examen. D'une main la plus légère possible, elle palpa ses cicatrices pour en évaluer la profondeur. Quand elle sentit Matthew se détendre un peu, elle se risqua à le toucher plus fermement.

Les blessures avaient été profondes, atteignant certainement muscles et tendons.

Matthew paraissait retenir son souffle. Il ne bougea pas et ne cilla même pas, jusqu'à ce qu'on frappe à la porte.

— Qui est-ce ? demanda-t-il en attrapant sa chemise.

Sans attendre la réponse, Fiona se précipita vers la porte et l'ouvrit.

— Vous avez tout ? demanda-t-elle à Quincy.

Le majordome lui montra fièrement des branchages garnis d'un feuillage gris-bleu.

— Oui, madame. J'ai trouvé de l'eucalyptus. Et le reste, également.

— Merveilleux ! Maintenant, préparez un bon bain chaud dans la chambre de M. Hawthorne.

— Je peux savoir ce que vous complotez, tous les deux ? intervint Matthew.

— Vous allez prendre un bain.

Quincy avait déjà disparu, et Matthew gratifia la jeune femme d'un regard qui lui incendia les veines.

— Si j'avais su que c'était le meilleur moyen de t'avoir dans mon bain, je t'aurais montré mes cicatrices depuis longtemps, commenta-t-il avec un sourire diabolique.

Mais trente minutes plus tard, devant la baignoire fumante, il avait perdu toute envie de rire.

— Que faites-vous ? s'exclama Fiona, déboulant dans la salle de bains de Matthew, une fiole d'huile d'eucalyptus fraîchement pressée à la main.

Matthew ne portait plus ni chaussures ni chemise et commençait à déboutonner son pantalon.

— Je vais m'immerger dans cette baignoire. Pour suivre vos instructions, je vous le rappelle.

— Sans vos vêtements ?

Il eut un haussement d'épaules amusé.

— D'ordinaire, c'est ainsi que je prends un bain.

Fiona rougit, embarrassée. Malgré elle, elle était fascinée par la vue de ce torse parfait et ne pouvait s'empêcher de suivre des yeux la petite ligne de duvet blond qui courait sous son nombril et disparaissait dans l'ouverture de son pantalon.

— Il y a un problème ? s'enquit-il.

Fiona avait tout à coup l'impression que la température de la pièce avait grimpé en flèche.

— Non, non. Aucun problème.

Elle vida le contenu de sa fiole dans la baignoire, et aussitôt le parfum puissant de l'eucalyptus emplit l'air. Matthew toussa bruyamment et coula un regard irrité à la jeune femme.

Il recommença à se débattre avec les boutons de son pantalon. Fiona le voyait peiner, sa fierté mise à mal de ne pouvoir se tirer d'une tâche aussi élémentaire devant elle. Elle aurait voulu le consoler, mais elle devinait qu'il ne souhaitait surtout pas s'attirer sa pitié. Aussi, mue par une soudaine impulsion, elle s'approcha de lui et entreprit de déboutonner son pantalon comme s'il s'agissait de la chose la plus naturelle du monde.

— Je ne sais pas comment le corps fait pour survivre à l'hiver, dans cette ville, fit-elle d'un air détaché en libérant le premier bouton. De la neige, encore de la neige, toujours de la neige. Et dire que vous m'aviez promis l'arrivée du printemps pour bientôt !

Matthew avait cessé de respirer, mais elle continua à parler de tout et de n'importe quoi, et peu à peu le sentit se relaxer. C'est elle qui tressaillit à son tour, quand, le dernier bouton enlevé, le pantalon glissa d'un seul coup sur les hanches de Matthew.

Il se tenait maintenant devant elle, vêtu en tout et pour tout d'un simple caleçon de coton. Les yeux de la jeune femme se baissèrent d'eux-mêmes, mais dès qu'elle constata l'évidence de son désir, elle s'empressa de les relever. Matthew la contemplait fixement, le regard brûlant.

— Je... je vais remettre des bûches dans le feu, pendant que vous entrez dans le bain, bredouilla-t-elle.

Matthew la retint par le poignet.

— Il fait bien assez chaud comme cela.

Fiona s'empourpra violemment.

— Tu es très belle, quand tu rougis, murmura-t-il en lui caressant tendrement la joue.

Fiona devint encore un peu plus cramoisie. Matthew voulut alors l'attirer à lui, mais elle reprit ses esprits à temps.

— Dépêchez-vous d'entrer dans l'eau, ordonna-t-elle.

— Je préférerais t'embrasser.

Elle se recula prudemment.

— Mais non. Vous cherchez simplement un prétexte pour vous dérober à ce bain. Allez-y, avant que l'eau ne refroidisse.

Il se tourna vers le tub, le considérant d'un œil suspicieux, en même temps qu'il retirait son caleçon. Le dernier vêtement qui lui restait disparut à son tour, révélant une paire de fesses admirablement sculptées. À la fois rondes et fermes. Et des cuisses musclées, recouvertes d'un fin duvet blond.

Fascinée, la jeune femme le regarda entrer dans l'eau.

Il y eut des éclaboussures partout, suivies d'un grand cri.

— Tu veux m'ébouillanter, ou quoi ?

La jeune femme, interloquée, se rapprocha et trempa la main dans l'eau, pour la tester. Leurs regards se croisèrent.

— Ça n'est pas trop chaud, réussit-elle à dire, au comble de l'embarras. Cessez de vous plaindre.

Matthew avait pincé les lèvres, et Fiona regretta aussitôt ses paroles. Elle ne l'avait jamais entendu se plaindre une seule fois, en dépit de ce qu'il endurait.

La baignoire, malgré ses dimensions – Fiona n'en avait jamais vu d'aussi grande –, était encore trop petite pour Matthew. Ses genoux pliés formaient comme une tente au-dessus de l'eau.

— Et maintenant ? demanda-t-il.

— Plongez-vous le plus possible dans l'eau.

— Quel est l'intérêt ?

— Cela va détendre vos muscles.

Il grommela une vague réponse, mais obtempéra, s'immergeant jusqu'à ce que l'eau lui arrive au menton.

— Parfait. Restez comme ça une demi-heure.

Fiona tournait déjà les talons, mais Matthew sortit son bras valide de l'eau pour la retenir. Il avait réagi si vite qu'il envoya de nouveau des éclaboussures partout. En se retournant, la jeune femme croisa son regard tourmenté. Et quand il l'obligea gentiment à s'asseoir sur le petit banc posé à côté de la baignoire, elle eut envie de pleurer pour cet homme, qui souffrait avec tant de courage et de fierté.

— Je crois que je vais rester, réussit-elle à dire.

Il hocha la tête, satisfait, puis se replongea dans son bain et ferma les yeux.

Au début, tout se passa bien. Mais très vite, Matthew commença à montrer des signes d'impatience, et toutes les deux minutes il demandait si la demi-heure ne s'était pas écoulée.

Fiona se releva, excédée.

— Où vas-tu ?

— Vous préparer du thé.

— Je n'ai pas besoin de boire du thé. J'ai déjà bien assez chaud comme ça.

— C'est un thé aux herbes. Cela va vous aider à vous détendre.

Il coula un regard sombre vers la jeune femme mais, cette fois, ne s'opposa pas à son départ.

— Il reste encore un quart d'heure, lui dit-elle avant de fermer la porte. Ne vous avisez pas de sortir de l'eau avant.

— Où est Mary ? demanda Fiona en arrivant dans la cuisine.

— Dans sa chambre, je suppose, répondit Quincy. Elle m'a dit, tout à l'heure, qu'elle se sentait fatiguée.

Fiona n'était pas vraiment surprise. Depuis qu'elle avait annoncé à Mary qu'elle soignerait désormais Matthew, la fillette s'était trouvée soudain trop occupée ou fatiguée pour l'aider. En vérité, Fiona la soupçonnait de vouloir éviter son père par tous les moyens.

Elle soupira, consciente qu'elle ne pouvait résoudre tous les problèmes en même temps.

Elle versa dans un pot un peu de l'onguent qu'elle avait préparé plus tôt, avec de l'huile, du thym et de la lavande, et dont elle se servirait pour masser les muscles de Matthew. Puis elle fit infuser du thé vert. Elle prépara ensuite une autre mixture à base d'écorce de peuplier pour apaiser les inflammations et de racines de gingembre pour faciliter la circulation, qu'elle incorpora dans des compresses de lin.

Quincy l'avait observée attentivement pendant tout ce temps.

— Je prie le Ciel pour que vous puissiez obtenir quelque amélioration, dit-il.

Fiona lui sourit et lui tapota affectueusement le bras.

— Moi aussi.

Le quart d'heure était passé, et elle disposa la décoction, le thé et les compresses sur un plateau, avant de remonter en hâte dans la chambre. Matthew était sorti de l'eau. Une serviette drapée autour des reins, il était occupé à remuer son bras, comme pour en tester la souplesse.

Fiona devina qu'il sentait déjà une différence, si infime fût-elle.

— Me revoilà, dit-elle avec un sourire.

Il tourna vers elle un regard plein d'espoir, qui le fit, l'espace d'une seconde, ressembler à un enfant qui viendrait de manger une glace pour la première fois.

— Regardez ! s'exclama-t-il en faisant une démonstration à Fiona.

Celle-ci s'était adossée au chambranle, son plateau toujours dans les mains.

— Excellent.

Il hocha la tête et désigna la baignoire.

— J'aurais dû y rester plus longtemps.

Fiona, très émue, éclata de rire. Cet homme l'étonnerait décidément toujours.

Mais elle sursauta en voyant Matthew ôter tout à coup sa serviette pour replonger dans l'eau.

— Non ! s'écria-t-elle.

— Pourquoi, non ? s'étonna-t-il en pivotant.

La jeune femme entendit à peine sa question. La bouche sèche, elle contemplait, fascinée, le spectacle de sa nudité. En Afrique, elle avait souvent croisé des guerriers quasiment nus. Mais, ici, dans cette pièce, et avec cet homme, c'était différent. Elle déglutit péniblement et réussit à articuler d'une voix mal assurée :

— Il est temps de passer à la phase suivante. Maintenant, il faut que je fasse travailler vos muscles et que je m'occupe de vos cicatrices.

Il fronça les sourcils, intrigué, mais manifestement peu soucieux de sa nudité.

— Je n'aime pas beaucoup cela, marmonna-t-il.

— Vous n'avez pas confiance ?

— Très bien, soupira-t-il. Que dois-je faire ?

Fiona désigna la serviette sur le sol. Il la ramassa, non sans lui avoir décoché un sourire espiègle, et la noua autour de sa taille. Soulagée et déçue en même temps, elle se décida à poser son plateau sur la table, puis tendit une tasse de thé à Matthew.

— Buvez cela.

Il considéra le liquide d'un œil méfiant.

— Vous êtes sûre que c'est du thé ?

— Certaine.

Il le but d'une seule traite.

— Et maintenant ? demanda-t-il en lui rendant la tasse vide.

La jeune femme lui désigna la porte communiquant avec sa chambre.

— Je pense qu'il serait mieux que vous vous installiez dans un fauteuil.

Si la salle de bains était vaste, la chambre était immense. Les murs étaient tendus d'un velours vert profond et le parquet recouvert d'épais tapis persans. Le décor était à la fois chaleureux et très masculin. Le lit trônait au milieu de la pièce, immense, lui aussi. Et omniprésent.

Fiona versa un peu de baume dans ses mains, qu'elle frotta vigoureusement l'une contre l'autre, avant de les appliquer sur l'épaule de Matthew. Le sentant tendu, elle commença par des effleurements délicats. Puis, à mesure qu'il se relaxait, elle s'employa à faire travailler ses muscles avec un peu plus de vigueur, les étirant progressivement jusqu'à leur limite.

Quand elle eut terminé, Matthew arborait une expression qu'elle ne lui avait jamais vue : sereine et détendue. Elle-même éprouvait une sorte de plénitude à simplement contempler cet homme d'une beauté si proche de la perfection.

Elle mourait tout à coup d'envie de tendre la main, de suivre du doigt les contours de son visage, de caresser son corps.

— C'est fini ?

La jeune femme sursauta et s'aperçut que Matthew l'observait.

— Oui. Retournez dans l'eau, maintenant. Et reprenez une tasse de thé.

Elle se détournait quand Matthew lui agrippa le bras.

— Merci, Fiona, murmura-t-il après s'être éclairci la voix.

Puis il baissa les yeux, comme s'il était incapable d'en dire davantage.

— De rien, Matthew, souffla-t-elle en lui effleurant spontanément la joue. Cela va aller, vous verrez.

Matthew saisit la main de la jeune femme, la fit glisser jusqu'à ses lèvres et lui embrassa la paume. Elle sentit une boule se former au fond de sa gorge et s'ordonna silencieusement de quitter cette chambre sur-le-champ, sans se retourner. Mais quand Matthew l'attira à lui, elle sentit son cœur s'affoler, et ne résista pas.

Il l'installa sur ses genoux, glissa un bras autour de sa taille, tandis que, de l'autre, il la forçait doucement à incliner la tête vers lui.

— Oh ! Fiona... murmura-t-il en lui frôlant les lèvres.

Son souffle tiède était enivrant, il la taquinait de la langue, différant volontairement son baiser. Il resserra son étreinte, et Fiona ne put ignorer l'évidence de son désir. Un désir qui la gagnait elle-même, alors qu'elle se remémorait cet après-midi fiévreux ou, à genoux devant elle, il l'avait fait chavirer de plaisir.

Il faisait maintenant courir ses lèvres sur son cou, et elle était à peine consciente qu'il lui déboutonnait son chemisier. Elle tressaillit quand elle sentit sa bouche glisser vers son décolleté, mais elle ne le repoussa pas. Au contraire, elle noua les bras autour de son cou et renversa la tête en arrière, les lèvres entrouvertes, offerte.

— Caresse-moi, Fiona, murmura-t-il d'une voix rauque.

Et elle s'exécuta, comme elle en avait envie depuis un moment déjà. Elle le caressa d'une façon qui n'avait plus rien à voir avec un massage réparateur, mais tout à voir avec le désir charnel, passant du cou, aux épaules, avant de s'aventurer plus bas.

Matthew, de son côté, avait glissé les mains sous la fine chemise de Fiona et entrepris de lui agacer doucement du pouce la pointe des seins. La jeune femme sentit l'excitation gagner tout son corps, et la brûlure du désir enflammer son bas-ventre.

La tenant fermement contre lui, Matthew bascula en avant et l'allongea avec précaution sur le sol, abandonnant sa serviette sur le fauteuil. Il déposa une pluie de baisers sur son front, ses joues et son cou, goûtant avec ardeur chaque centimètre carré de sa peau.

— Sais-tu à quel point j'ai envie de toi ? murmura-t-il en plongeant son regard assombri par le désir dans celui de Fiona.

Il la désirait passionnément, cela ne faisait aucun doute. Du moins, pour l'instant. Mais qu'en serait-il demain ?

Elle roula brusquement sur le côté pour lui échapper.

— Fiona, l'implora-t-il dans un souffle, les yeux fermés. Ne fais pas cela. Ne recommence pas.

La jeune femme s'était déjà relevée, le cœur battant la chamade. Elle était déterminée à soigner Matthew. Mais se refusait à l'aimer.

— Ne présumez pas de vos forces, balbutia-t-elle, s'accrochant à la première excuse venue.

Elle courut vers la porte et, au moment de tourner la poignée, lança :

— Retournez dans votre bain. Et n'oubliez pas de finir le thé.

L'instant d'après, elle avait disparu, laissant Matthew jurer entre ses dents.

18

Fiona se rua hors de la maison, les joues écarlates à la seule évocation de ce qui venait de se passer. Boutonnant son manteau en même temps qu'elle marchait, la jeune femme descendit prestement Marlborough Street et gagna le parc dans l'espoir qu'une promenade au grand air lui éclaircirait les idées.

« Isabel ! implora-t-elle silencieusement. Pourquoi n'es-tu pas là ? »

Si seulement Fiona avait pu remonter le temps et changer le cours du destin !

Tout à coup, une petite voix l'interpella dans son dos.

— Fiona !

La jeune femme se retourna et vit Mary, le bonnet enfoncé jusqu'aux yeux, courir dans sa direction. Dès qu'elle l'eut rejointe, Fiona fronça les sourcils.

— Je te croyais dans ta chambre ? Que fais-tu dehors ?

— On est souvent venues dans ce parc, toutes les deux.

— En effet. Mais nous étions ensemble. Tu ne devrais pas sortir toute seule.

Fiona se reprochait de ne pas avoir engagé de gouvernante pour s'occuper de la fillette. Elle n'avait même pas été capable de veiller aux besoins de Mary, songea-t-elle, en proie au découragement. Elle avait l'impression de ne rencontrer que des problèmes et de ne jamais trouver de solution.

Tant d'impuissance lui donnait envie de hurler. Le lac gelé s'offrit une fois de plus à elle comme un exutoire. Elle descendit d'un pas résolu la pente qui menait à la berge.

— Fiona ? l'appela Mary d'une voix nerveuse.

Mais Fiona n'écoutait pas. Elle accéléra l'allure, au contraire, comme pour échapper à tous ces soucis dont elle ne parvenait pas à se dépêtrer. Ses sentiments pour Matthew. La responsabilité qu'elle se sentait à l'égard de Mary. Les souvenirs liés à sa propre fille.

Quand elle atteignit enfin la glace, Fiona courait presque, et elle s'y laissa glisser avec un ravissement extatique. C'était comme si, tout à coup, elle goûtait à la plus totale des libertés.

Elle s'arrêta de l'autre côté du lac. Mary la rejoignit par la rive, comme la dernière fois, le visage pareillement baigné de larmes.

— Je t'ai déjà dit que je détestais ça ! pleurnicha la fillette.

Fiona, intriguée, remonta la berge et lui prit la main.

— Mais pourquoi, Mary ? voulut-elle savoir, convaincue que la réaction disproportionnée de la fillette cachait quelque chose.

Fiona était résolue à aider Mary. Pas question cette fois de fuir ses responsabilités.

Mais la fillette tenta de libérer sa main.

— Non, Mary. Dis-moi d'abord pourquoi tu te mets dans cet état.

— Parce que c'est dangereux. Et que ça me fait peur !

— Mais ce n'est pas dangereux du tout ! La glace est solide, je ne crains rien. C'est très amusant, au contraire.

Fiona voulut l'entraîner sur la glace, pour le lui prouver, mais la fillette refusa.

— Non ! C'est dangereux. Je le sais ! J'ai vu ma maman tomber. C'est Reynolds, l'ami de papa, qui l'a aidée à se relever.

Fiona tressaillit à l'évocation de ces deux noms. La femme de Matthew et son amant.

— Ta maman s'était fait mal ?

— Oui, au genou, expliqua Mary. Elle ne saignait pas, mais elle disait qu'il fallait que Reynolds l'embrasse pour qu'elle se sente mieux. Alors, il l'a embrassée.

Et, baissant les yeux, la fillette ajouta d'un air défait :

— Si maman n'avait pas voulu marcher sur la glace, ça ne serait jamais arrivé.

Tout à coup, Fiona comprit d'où venait l'angoisse de la fillette. Dans l'esprit de Mary, sa vie avait basculé le jour où sa mère et Reynolds s'étaient embrassés sur la glace.

— Tu sais, Mary, tu ne pourras pas toujours fuir les choses qui te font peur, comme ce lac gelé, ou les enfants qui se moquent de toi. Ou comme ton père.

L'enfant esquissa un mouvement pour rebrousser chemin, mais Fiona la retint par le bras.

— Ta mère ne reviendra plus, mais ton papa est toujours là, et il t'aime.

— Je t'ai déjà dit que ce n'était pas vrai !

— Tu te trompes. Ton papa t'aime très fort.

Mary la défia du regard.

— Qu'est-ce qui te fait penser ça ?

Fiona attira la fillette dans ses bras et la serra très fort, se remémorant la promesse qu'elle s'était faite à elle-même de guérir Matthew et de rapprocher le père et la fille.

— Je l'ai lu dans ses yeux, figure-toi. Il t'aime, Mary. Mais il ne sait pas comment te le montrer.

— Tu dis ça pour me faire plaisir.

— Non. C'est la pure vérité.

Mary leva les yeux vers elle, soudain pleine d'espoir.

— Tu es sûre ?

Fiona avait envie de rire et de pleurer en même temps.

— Sûre et certaine. Il t'aime, comme je sais que tu l'aimes au fond de toi. Alors montre-lui que tu tiens à lui. Montre-le-lui en m'aidant à le soigner.

— Debout ! claironna Fiona le lendemain matin, en surgissant dans la chambre de Matthew.

Mary la suivait timidement, portant le plateau chargé des décoctions, baumes et compresses qu'elles avaient préparés ensemble.

— Fichez-moi la paix, grommela Matthew d'une voix encore endormie en rabattant les couvertures sur sa figure.

— Pas question, répliqua Fiona en écartant les rideaux d'un geste vif. Nous avons du pain sur la planche.

— Vous, peut-être. Mais pas moi.

— Tsst, tsst. Allez, debout.

Un long soupir se fit entendre sous les couvertures.

— Je ne peux pas.

— Bien sûr que si.

Comme il ne répondait pas, Fiona s'approcha du lit, soudain inquiète.

— Matthew ?

— Je n'arrive pas à bouger.

— Comment cela, vous n'arrivez pas à bouger ?

— J'ai mal partout, grogna-t-il.

Fiona se sentit rassurée. Ce n'était pas grave.

— Je vous avais averti, hier, de ne pas présumer de vos forces, le railla-t-elle.

Avec un rugissement, Matthew repoussa soudain les couvertures, le visage déformé par la souffrance.

— Je n'ai quasiment rien fait, explosa-t-il. Je suis un invalide. Un invalide, vous m'entendez ?

Fiona se figea, déroutée par cet éclat. Puis elle pensa à Mary et se retourna. La fillette, terrifiée, tournait déjà les talons, son plateau toujours à la main. Mais dans son désarroi, elle heurta le chambranle et le contenu du plateau tomba par terre dans un grand fracas. Les larmes aux yeux, la fillette s'accroupit pour essayer de réparer les dégâts.

— Mon Dieu, Mary ! murmura Matthew.

À ces mots, la fillette se releva avec un sanglot étouffé et disparut en courant.

— Regardez ce que vous avez fait ! l'accusa Fiona.

— Moi ? Mais pourquoi ne m'avez-vous pas dit qu'elle était là ?

— Je ne pouvais pas supposer que vous surgiriez de votre lit tel un ours enragé.

— Vous n'auriez pas dû l'amener ici. Je vous ai expliqué qu'elle a peur de moi. Si vous vouliez en avoir la preuve, c'est gagné.

Fiona se prit la tête dans les mains.

— Non, non ! Ce n'était pas du tout mon intention.

— Bon sang ! grommela Matthew. Vous auriez pu réfléchir un peu.

— Je suis désolée. Mais vous ne pouvez pas non plus reprocher à Mary d'avoir peur de vous, quand vous vous comportez ainsi devant elle. Avez-vous seulement essayé de lui montrer que vous teniez à elle ?

Matthew s'assombrit, mais resta muet.

— Avez-vous essayé, oui ou non ?

Silence.

— Matthew, elle vous aime. Et elle a peur de vous parce qu'elle pense que c'est vous qui ne l'aimez plus.

Il tapa du poing sur le matelas.

— C'est faux ! Je l'aime autant qu'avant.

— C'est ce que j'ai essayé de lui expliquer. Mais il faut que vous le lui disiez vous-même. Maintenant, Matthew, insista-t-elle. Allez la voir et parlez-lui.

Il coula vers Fiona un regard tellement noir qu'elle crut qu'il allait refuser.

— Il est grand temps que vous ayez une conversation à cœur ouvert, votre fille et vous, reprit-elle. C'est vrai, qu'elle a peur de vous. Je ne le nie pas. Mais ce n'est pas à cause de votre cicatrice.

Pour toute réponse, Matthew grommela quelques mots inintelligibles. Mais il s'empara de son peignoir et l'enfila avant de se ruer hors de la chambre.

Fiona était effondrée. Qu'avait-elle fait ? Matthew était tellement furieux qu'elle craignait qu'il ne se fâchât après sa fille.

Elle se précipita sur ses talons.

— Matthew, calmez-vous ! Si vous allez la voir dans cet état, vous risquez d'aggraver les choses.

Mais elle n'eut pas besoin d'en dire davantage.

Dès qu'il aperçut sa fille plantée devant la fenêtre du couloir, sa poupée serrée contre elle, le visage baigné de larmes, Matthew sentit sa colère s'envoler.

— Mary... murmura-t-il.

La fillette leva vers lui un regard de bête traquée.

Fiona eut soudain un doute. Et si Matthew avait raison ? Avait-elle eu tort de vouloir précipiter leurs retrouvailles ?

En tout cas, cette fois il semblait décidé à ne pas battre en retraite.

— Je suis désolé de t'avoir fait peur, tout à l'heure.

Mary cligna des yeux.

— Tu sais que je t'aime, ma petite princesse, ajouta-t-il, le regard plein de tendresse. Je regrette de ne pas te l'avoir dit plus souvent.

Fiona aurait voulu que Mary courût se jeter dans les bras de son père et que tous les trois se tiennent ensuite par la main, comme une vraie famille.

Mais la fillette ne bougea pas. Elle continuait de contempler son père, apeurée. À la grande déception de Fiona, qui songea que jamais ils ne formeraient une famille.

— Mary, continua Matthew, sans se décourager. Je viens d'avoir une idée : Si nous allions nous promener dans le parc ? Tu sais, comme autrefois, quand nous construisions des bonshommes de neige ?

Le regard de la fillette s'éclaira d'une lueur fugace, qui disparut presque aussitôt.

— Mais, tout à l'heure, tu as dit que tu avais mal partout.

Fiona sentit sa déception s'accroître. Cependant, Matthew la surprit à nouveau. Il sourit, comme si cette timide concession de sa fille lui suffisait.

— Je vais reprendre un bain préparé par Fiona, et après ça, je suis sûr que je pourrai gambader dans le parc, proposa-t-il. Qu'en dis-tu ?

Mary semblait encore indécise et Fiona aurait juré que son père retenait son souffle.

— D'accord, lâcha finalement la fillette dans un murmure.

Matthew hocha la tête. Il tendit la main, mais se ravisa en voyant Mary tressaillir et cacha sa déception derrière un sourire.

— Parfait. Nous irons nous promener après le déjeuner.

Ils quittèrent tous trois la maison à 14 heures. La journée était froide mais ensoleillée, et la neige fraîche tombée durant la nuit étouffait le bruit de leurs pas.

— C'est un nouveau manteau ? demanda Matthew à Mary.

La fillette contempla sa tenue d'un air ravi.

— Oui. C'est grand-mère qui me l'a offert. Il est coupé à la mode de Paris.

Le visage de Matthew s'assombrit.

— Tu parles exactement comme ta mère.

Mary, inquiète, leva les yeux vers son père, mais il n'ajouta rien d'autre, se contentant de regarder droit devant lui, le visage crispé. Fiona lui aurait volontiers flanqué un coup de pied.

— Je le trouve très joli, moi, ce manteau, déclara-t-elle.

Mais la fillette n'en fut pas réconfortée.

Ils continuèrent leur chemin côte à côte en silence. Mais dès qu'ils eurent pénétré dans le parc, Mary partit en avant.

Matthew la regarda s'éloigner.

— Ça commence mal, n'est-ce pas ? marmonna-t-il.

— C'est vous qui avez tout gâché, avec cette remarque stupide sur son manteau.

— Le problème, c'est que je ne voudrais surtout pas que Mary devienne comme Kimberly.

— Grands dieux ! Mais c'est une enfant tellement adorable ! Et quoi que vous pensiez de sa mère, Mary est encore à un âge où elle a besoin de croire que ses deux parents sont merveilleux.

Matthew s'apprêtait à répondre quand Fiona reçut une boule de neige en pleine poitrine. Elle écarquilla les yeux de surprise, tandis que Matthew éclatait de rire.

— Vous n'aviez encore jamais reçu de boule de neige ?

— Quoi ?

— Une boule de neige ! martela Mary, ravie de sa plaisanterie.

— Oui, une boule de neige, répéta Matthew, avant d'en lancer à son tour une à Fiona.

La jeune femme s'ébroua comme un chien sortant de l'eau, ce qui provoqua un nouvel éclat de rire des deux autres.

— On l'attaque ? demanda Matthew à sa fille.

Fiona eut à peine le temps de se protéger le visage de ses bras repliés qu'un déluge de boules de neige s'abattit sur elle. La charge était si nourrie qu'elle s'écroula à terre, le visage tourné vers le ciel.

Comme elle ne bougeait plus, Matthew et Mary échangèrent un regard inquiet.

— Fiona ? l'interpella la fillette.

Pas de réponse.

— Fiona ! crièrent-ils d'une même voix en se précipitant vers elle.

Fiona choisit cet instant pour se redresser brusquement, une boule de neige dans chaque main, qu'elle destinait à ses assaillants.

Ce fut une belle mêlée, chacun se battant pour soi, jusqu'à ce que tous trois ressemblent à des pâtisseries couvertes de sucre glace. Puis ils fabriquèrent ensemble un bonhomme de neige et, quand il fut terminé, Matthew prit la main de Fiona pour le contempler avec elle. Ce fut un moment de bonheur parfait.

— Merci, madame Hawthorne, lui chuchota-t-il à l'oreille.

Elle en aurait rougi de plaisir.

La jeune femme continua de s'amuser dans la neige avec Mary, tandis que Matthew s'asseyait sur un banc pour les regarder. Fiona se doutait qu'il était épuisé. Même s'il ne voulait pas le montrer, elle savait maintenant à quoi s'en tenir sur sa santé.

Tout à coup, de l'endroit où elles se trouvaient, Fiona et Mary virent le visage de Matthew se déformer en un rictus dont elles ignoraient la cause. Fiona se précipita la première. Mais avant même de l'avoir rejoint, elle aperçut un caillou voler à travers les arbres et l'atteindre en pleine nuque. Matthew fit une nouvelle grimace, qui traduisait sa souffrance et sa colère. Fiona s'immobilisa, ne sachant que faire.

Au même instant, un éclat de rire résonna dans l'air. Mary tourna vivement la tête. Cachés derrière un arbre, une provision de cailloux à la main, se tenaient deux jeunes garçons.

— Monstre ! siffla l'un des garnements.

L'expression de Mary changea et ses lèvres se mirent à trembler. Elle fit quelques pas, puis se mit à courir, le visage sillonné de larmes. Mais au lieu de dépasser le banc où se trouvait son père, elle se planta devant lui et fit volte-face en criant à l'adresse des deux assaillants :

— Mon père n'est pas un monstre ! Et je t'ai reconnu, Thadeus Panhurst !

Médusé, le dénommé Thadeus lâcha ses munitions et détala avec son comparse.

Satisfaite, Mary se tourna alors vers son père avec un air de gravité qui n'était pas de son âge.

— Tu n'es pas un monstre, papa.

Papa. Depuis combien de temps ne l'avait-elle pas appelé ainsi ?

— Et je ne les laisserai plus dire ça de toi, ajouta-t-elle.

Matthew était comme pétrifié sur son banc. Une larme – unique – roula sur sa joue, mais il ne dit rien. Fiona comprit qu'il n'en était pour l'instant pas capable.

19

Cette nuit-là, Matthew vint la rejoindre.

Il la trouva debout à côté de son lit, ses cheveux retombant librement sur sa chemise de nuit de flanelle blanche, occupée à retirer draps et couvertures. Elle avait presque terminé quand elle entendit la porte s'ouvrir. Elle s'immobilisa et haussa les sourcils à la vue de Matthew.

Mais il savait que c'était seulement de surprise. Il avait compris que Fiona le regardait lui. Matthew Hawthorne. Et qu'elle se moquait éperdument de sa cicatrice. Et c'était ainsi depuis le début.

Comment avait-il pu la laisser partir, en Afrique ? Pourquoi n'avait-il pas fouillé tout Matadi lorsqu'on lui avait appris qu'elle avait quitté l'hôpital ?

Peut-être parce qu'il avait eu peur. Peur de se lancer dans une nouvelle vie, même s'il avait appris, la nuit où il avait découvert la trahison de Kimberly, que sa vie d'alors n'avait été que mensonges et faux-semblants. Et cependant, même dans ce train, au cœur de la jungle, Matthew aurait tout donné pour revenir en arrière, recommencer la même existence faite de déjeuners hebdomadaires au *Locke* et de mondanités futiles.

Or, il le comprenait seulement maintenant, Fiona ne lui aurait même pas accordé un regard à l'époque. Et cette idée, curieusement, le fit sourire.

Sans se soucier de la raison pour laquelle elle avait retiré sa literie, Matthew s'approcha d'elle sans la quitter des yeux.

Il s'était montré patient. Il lui avait donné du temps. Mais il ne pouvait attendre davantage.

Prenant la main de la jeune femme, il la ramena avec lui dans sa propre chambre. Elle ne tenta pas de s'y opposer, mais Matthew la sentait nerveuse, et il vit ses beaux yeux verts s'assombrir quand elle se retrouva devant le grand lit. Se remémorait-elle ce jour où ses caresses l'avaient amenée à la jouissance?

Il la fit asseoir sur le lit et appuya doucement sur son buste pour l'obliger à s'allonger. Elle essaya de résister, puis, un peu à contrecœur, s'étendit sur le côté, les jambes légèrement repliées. Matthew la rejoignit, rabattit le drap et les couvertures sur eux, et se pressa contre elle, leurs deux corps étroitement emboîtés.

La jeune femme était très tendue, et Matthew devinait qu'elle hésitait entre rester et s'enfuir, qu'elle avait plutôt envie de rester, mais qu'elle se disait qu'elle ne le devrait pas.

Il la serra un peu plus fort, enfouit son visage dans sa chevelure et referma la main sur le globe parfait d'un de ses seins.

— Matthew? murmura-t-elle d'une voix mal assurée.

— Chut, Fiona. Dors.

Elle resta un moment déroutée. Puis, à mesure que les minutes passaient, elle finit par comprendre qu'il ne souhaitait rien d'autre que de rester ainsi près d'elle. Elle se détendit enfin et se laissa aller contre lui.

Et Matthew s'endormit.

20

Deux semaines plus tard, Fiona entra un matin dans la chambre de Matthew et le trouva se regardant le visage dans la glace.

Durant ces deux semaines, ils avaient travaillé chaque jour à lui masser et à lui étirer les muscles du bras. Mary avait patiemment aidé Fiona à préparer baumes et décoctions, mais la fillette gardait toujours une certaine distance avec son père. Elle n'osait pas encore l'embrasser, ni même sauter sur ses genoux. En revanche, de temps en temps, elle lui offrait un sourire.

Matthew, de son côté, ne s'était pas plaint une seule fois – ni de la lourdeur du traitement ni des réserves de sa fille –, pas plus qu'il n'avait montré le moindre signe de découragement. Il acceptait les rares sourires de Mary comme des cadeaux divins et il endurait le traitement comme il avait tout enduré jusqu'ici, avec stoïcisme.

Mais ce matin-là, c'était différent. En le découvrant devant son miroir, Fiona sut aussitôt qu'il avait passé une mauvaise nuit.

— Bonjour, lança-t-elle, s'efforçant de prendre un ton enjoué.

Il continua d'observer son reflet dans la glace, sans répondre.

Fiona vint se planter derrière lui et croisa son regard dans le miroir.

— Votre cicatrice vous rend encore plus beau, parce qu'elle accroît votre côté un peu sauvage.

Il soupira.

— Ce n'est pas la disgrâce physique qui m'a le plus gêné.

— Alors quoi ? voulut savoir Fiona, qui avait besoin de comprendre.

Son visage s'était durci et il était retourné au silence.

— Matthew, dites-le-moi, je vous en prie.

— C'est la perte de mon identité, lâcha-t-il finalement, détachant ses mots comme si chaque syllabe lui coûtait.

— Que voulez-vous dire ?

— Quand la serre s'est écroulée et que le verre brisé m'a entaillé le visage et le bras, je n'ai pas seulement perdu une partie de mon intégrité physique, j'ai aussi perdu mon identité. Ça va peut-être vous paraître bizarre, mais ça n'a en tout cas rien à voir avec une quelconque forme de vanité. Simplement, j'avais perdu tous mes repères. Si je n'étais plus le bel homme à qui tout réussissait, alors qui étais-je ? Si je n'étais plus le fils préféré de mon père, ni celui qui faisait rire tout le monde en société, alors qui étais-je ? Et maintenant, si je ne peux même plus peindre, que me reste-t-il ?

— Votre fille.

Il croisa son regard dans le miroir.

— Et vous, Fiona ? Est-ce que je vous ai ?

Chaque nuit, ces quinze derniers jours, Matthew l'avait entraînée dans son lit pour la serrer dans ses bras jusqu'à ce qu'il sombrât dans le sommeil. Et Fiona avait aimé cette intimité. Le corps solide et large de Matthew lui était comme un refuge. Cependant, les vieilles habitudes avaient la vie dure et la jeune femme n'avait jamais réussi à trouver le sommeil sur le matelas. Aussi, dès que Matthew était profondément endormi, elle se glissait hors du lit pour s'allonger sur le tapis. Puis elle retournait prendre sa place près de lui dès les premières lueurs de l'aube, avant qu'il ne se réveille.

Pas une seule fois, au cours de ces nuits, il n'avait cherché à lui faire l'amour. Il se contentait de la tenir pressée contre lui, comme s'il respectait une promesse qu'il s'était faite à lui-même de ne plus rien tenter tant qu'elle ne serait pas absolument consentante.

Le jour, Matthew et sa fille occupaient toutes les pensées de la jeune femme. Matthew, Mary et elle. Comme une petite famille. Et si c'était possible, après tout ? Si une seconde chance s'offrait à eux trois ?

Mais Fiona pourrait-elle se pardonner un jour ?

— Que disaient les docteurs au sujet de cette cicatrice sur votre visage ? demanda-t-elle, plutôt que de répondre à la question de Matthew, car elle en était incapable.

Les mâchoires crispées, il se tourna pour la regarder directement. Elle crut qu'il allait insister pour qu'elle lui répondît, mais finalement, il renonça.

— Ils disaient que la peau ne se réparerait jamais complètement et que la cicatrice resterait ainsi jusqu'à ma mort.

Il fit une pause.

— Ils pensaient aussi que les douleurs que je ressens étaient sans doute dues au coup que j'avais reçu sur le crâne. Ils ne voyaient pas de raisons pour qu'une simple entaille au visage me cause des migraines si atroces.

Fiona eut soudain une intuition.

— Asseyez-vous.

Il la regarda, amusé.

— Vous devenez de plus en plus autoritaire, ma parole.

Fiona lui rendit son sourire.

— Asseyez-vous, s'il vous plaît.

— Seulement si vous vous asseyez avec moi.

Il voulut lui prendre la main, mais elle s'écarta.

— Matthew, cessez ces enfantillages. Vous voulez aller mieux, oui ou non ?

— Quand je vous tiens dans mes bras, je me sens tout de suite mieux.

Il voulut de nouveau l'attraper, mais elle fut plus rapide que lui.

— Asseyez-vous et tenez-vous tranquille.

Il s'exécuta enfin et la jeune femme pressa les doigts sur sa cicatrice. Elle le sentit se raidir et retenir son souffle.

— Excusez-moi si je vous fais mal, dit-elle, déterminée cependant à poursuivre.

Elle remonta le long de la cicatrice. Matthew résistait, stoïque, mais de grosses gouttes de sueur perlaient à son front et à ses tempes. Fiona lui accorda une seconde pour souffler. Cependant, quand elle fit mine de recommencer son examen, il lui saisit le poignet, doucement mais fermement, sans dire un mot.

— Je pense que vous devriez vous reposer un peu, maintenant, proposa-t-elle.

Fiona le quitta sur ces mots, l'esprit agité de nombreuses questions.

Quelque chose ne tournait pas rond. Et elle croyait savoir ce que c'était. Mais avant de tenter quoi que ce soit pour y remédier, elle voulait avoir une conversation avec un des médecins de Matthew. Et surtout, ne rien dire au principal intéressé tant qu'elle n'aurait pas éclairci le mystère.

— Qui croyez-vous être, pour remettre en question mon diagnostic ?

Fiona se tenait assise face au Dr Watson Phelps, qui trônait derrière un imposant bureau en chêne. La jeune femme avait obtenu le nom et l'adresse du praticien grâce à Quincy.

— Je suis l'épouse d'un homme victime, à mon sens, d'une erreur médicale.

— Quelle qualification scientifique vous autorise à porter un tel jugement ?

Fiona releva le menton. Que répondre ? Elle vivait maintenant depuis assez longtemps en Amérique pour savoir que toute référence à des sorciers africains ne provoquerait que moquerie et dédain. Cependant, elle était résolue à aller jusqu'au bout de son intuition.

— Je me doute bien que vous n'avez aucune qualification, reprit le médecin, faisant les questions et les réponses. Je suis un professionnel, madame. Formé dans les meilleures facultés et respecté de ses pairs. Matthew Hawthorne, votre mari, souffre d'une affection débilitante et progressive. Le pire que vous puissiez faire est de lui redonner de l'espoir, là où il n'y en a plus.

Et, se levant pour signifier à sa visiteuse que la consultation était terminée, il conclut :

— Laissez donc ce qui relève de la médecine aux hommes de l'art, madame. Vous ne feriez qu'aggraver une situation qui est déjà critique.

Dehors, Fiona retrouva le froid mordant qui l'avait accompagnée à l'aller. Une bonne demi-douzaine de personnes l'avaient assurée que le printemps ne saurait plus tarder, mais elle avait bien du mal à y croire.

Elle se mit à marcher d'un pas vif, réfléchissant à son entrevue avec le Dr Phelps. C'était un échec mais, après tout, elle aurait dû s'y attendre. Le médecin avait d'autant plus vite repoussé la théorie de Fiona que sa réputation professionnelle était en jeu. Il ne pouvait admettre que quiconque lui dise qu'il avait failli à soigner un patient.

Au lieu de rentrer à la maison, la jeune femme prit la direction des bureaux des Aciéries Winslet. Elle voulait trouver les noms d'autres médecins et ne voyait pas à qui s'adresser. Certainement pas aux parents de Matthew. Ni à Laetitia. En revanche, Nestor serait assez distrait pour lui dresser une liste de médecins, sans poser de questions indiscrètes.

Mais là où elle s'attendait à trouver son frère, elle tomba sur Jeffrey Upton.

— Que faites-vous là ? s'étonna-t-elle.

Elle s'imaginait que Jeffrey avait démissionné, après ce qui s'était passé. Ou que Nestor avait fini par le renvoyer.

Upton haussa les épaules.

— Qui d'autre pouvait diriger cette entreprise ? Et à mon âge, que puis-je faire d'autre ?

Leur échange fut bref et quelque peu tendu, mais Fiona récolta la liste de noms qu'elle était venue chercher. Alors qu'elle s'apprêtait à repartir, Upton se mit en travers de son chemin.

— Fiona, je regrette ce que j'ai fait, dit-il tout à trac. Je n'ai jamais voulu vous causer de peine.

La jeune femme, comprenant qu'il était sincère, accepta ses excuses d'un hochement de tête. Si seulement tous ses problèmes pouvaient se résoudre aussi aisément !

Dès l'après-midi du lendemain, et les après-midi suivants, Fiona entreprit de visiter les médecins de la liste, les uns après les autres, tandis que Matthew restait enfermé dans le jardin d'hiver, avec ses pinceaux. Mais chaque docteur semblait prendre Fiona pour une folle. Aucun ne voulait courir le risque d'adhérer à son hypothèse.

Le doute commençait à s'insinuer dans l'esprit de la jeune femme, mais alors qu'elle prenait congé du dernier médecin de la liste, l'assistante de celui-ci la rattrapa à la porte et lui glissa un papier dans la main, sans un mot.

Fiona en resta médusée et attendit d'avoir descendu le perron avant de déchiffrer le billet. Un nom et une adresse y avaient été griffonnés à la hâte :

Dr Ethan Sanderling, 301 Huntington Avenue.

Vingt minutes plus tard, un fiacre la déposait au pied d'un immeuble du South End. Poussant la porte d'entrée, elle découvrit une salle d'attente bondée. Des hommes, des femmes, des enfants. Ce Dr Sanderling était probablement un médecin des pauvres. Après avoir fait le tour des cabinets les plus cossus de la ville, Fiona se sentait tout à coup déplacée dans celui-ci et elle faillit repartir sur-le-champ. Mais au même instant, le rideau qui séparait la salle d'attente de la pièce contiguë s'écarta et elle vit un homme reconduire un patient. Fiona comprit qu'il s'agissait du médecin.

Il portait un pantalon noir et une chemise retroussée aux manches. Il n'était pas très grand mais semblait solide et, surtout, chaleureux.

— Merci, docteur Sanderling, lui dit le patient, avec un respect teinté de ferveur.

Le médecin hocha la tête avec un sourire, saluant par leurs noms la plupart des personnes qui attendaient.

— À qui le tour ? s'enquit-il.

En l'absence de réceptionniste, Fiona s'attendait à une belle pagaille. Mais pas du tout. Plusieurs patients désignèrent un vieil homme :

— C'est au tour de Jason Fowls.

Le Dr Sanderling aida le vieillard à se lever. C'est alors qu'il remarqua Fiona.

— Que puis-je pour vous ? demanda-t-il, sans lâcher le bras du vieillard.

— Je m'appelle Mme Matthew Hawthorne et j'aurais voulu vous consulter au sujet de certains symptômes.

Fiona détestait se servir de son nom de femme mariée comme d'un passe-droit, mais, ces derniers jours, elle avait pu constater que ce nom agissait comme un sésame qui incitait les médecins à la recevoir sans tarder.

Le médecin hocha la tête et lui désigna un siège vacant :

— Je suis à vous dès que possible.

Fiona aima beaucoup son attitude.

En revanche, elle apprécia beaucoup moins d'attendre. Le médecin ne la reçut que deux heures plus tard, après avoir fait passer toutes les personnes arrivées avant elle.

— J'espère que cela ne vous dérange pas si je déjeune pendant que nous discutons ? commença-t-il en ouvrant une gamelle posée sur son bureau. Si je ne mange pas maintenant, je n'y arriverai pas de l'après-midi.

— Non, non, pas du tout, répliqua Fiona.

— Expliquez-moi donc ce qui vous amène dans mon humble établissement ? demanda le médecin, qui avait déployé une serviette sur ses genoux, comme à un pique-nique. Une Hawthorne n'a-t-elle pas accès aux meilleurs médecins de la ville ?

— Seriez-vous en train de me dire que vous n'êtes pas un bon médecin ? rétorqua la jeune femme, sans réfléchir.

Il s'esclaffa.

— J'ai la vanité de penser que je suis aussi bon que les meilleurs, sinon plus. Nous avons tous fait nos études ensemble, dit-il.

Et, redevenant plus sérieux, il ajouta :

— Mais je ne peux pas supporter l'idée de laisser les pauvres sans soins. Ma réponse vous satisfait-elle ?

— Oui, bien sûr.

— Parfait. Maintenant, racontez-moi tout.

Et tandis qu'il avalait son repas, Fiona lui exposa sa théorie. Quand elle eut terminé, Ethan Sanderling referma sa gamelle et se mit à pianoter sur son bureau, l'air songeur.

Fiona crut qu'il allait lui aussi la congédier en lui reprochant de lui avoir fait perdre son temps.

— Je dois avouer que votre théorie est assez farfelue, répondit-il finalement. Je comprends maintenant pourquoi vous êtes venue me voir. Tous mes confrères ont dû vous jeter dehors.

Fiona s'y attendait, mais elle ne se voyait pas mentir. Elle confirma, d'un hochement de tête, et s'apprêtait déjà à se lever, quand le médecin la retint :

— Restez assise. Je ne vous ai pas dit que je partageais leur opinion.

Fiona se laissa retomber sur son siège, estomaquée.

— C'est vrai ? s'exclama-t-elle. Vous ne me prenez pas pour une folle ?

Le médecin la dévisagea gravement.

— Pour l'instant, je ne sais pas quoi penser au juste, madame Hawthorne. Il me faudrait examiner votre mari pour me faire une idée.

Fiona rentra à la maison d'un pas léger, le cœur plein d'espoir. Mais sa bonne humeur s'évanouit d'un coup lorsqu'elle trouva Matthew prostré devant son chevalet, les mains pressées sur son front et les traits tirés par la souffrance.

— Matthew ! Que se passe-t-il ?

Il semblait incapable de répondre et Fiona comprit qu'elle devait le conduire sans tarder chez le Dr Sanderling.

— Matthew, je voudrais vous faire rencontrer un médecin.

Il resta silencieux encore un long moment, avant de finalement redresser la tête. Il était pâle et épuisé.

— Expliquez-vous.

— J'ai trouvé un docteur différent des autres. Il pourrait peut-être quelque chose pour vous.

— Vous êtes allée consulter un médecin sans m'en avertir ?

— Ce n'est pas ce que vous pensez, Matthew. Je vous en prie, il faudrait vraiment que vous le voyiez.

— Non.

— Matthew...

— J'ai dit non.

— Mais je vous assure qu'il n'est pas comme les autres ! Je pense avoir trouvé la cause de votre problème, et le Dr Sanderling admet que cela mérite examen.

Une lueur d'espoir, très fugitive, éclaira soudain le regard de Matthew. Mais il était toujours furieux contre la jeune femme d'avoir agi dans son dos.

— Et que pensez-vous avoir trouvé ?

Fiona prit une profonde inspiration avant de se lancer.

— Je crois qu'un morceau de verre est resté dans votre blessure depuis l'accident.

Il la regarda comme si elle avait perdu la tête.

— Que me chantez-vous là ?

— Écoutez, la douleur n'est vraiment atroce que lorsque l'on appuie sur votre cicatrice. Le docteur reconnaît que j'ai peut-être raison. Mais il faut qu'il vous examine pour en avoir le cœur net.

— Si je comprends bien, vous avez placé tous vos espoirs dans une histoire de débris de verre ? C'est insensé ! explosa-t-il, laissant soudain libre cours à sa colère. Qui serait assez fou pour croire qu'un éclat aurait pu rester dans mes chairs, après tout ce temps ?

— Quelqu'un vous a-t-il suggéré une meilleure explication pour justifier votre état ? le contra la jeune femme. Faites au moins l'effort d'aller voir le Dr Sanderling. Son bureau est sur Huntington Avenue, dans le South End. Personne ne vous verra vous rendre là-bas.

— Bon sang ! Vous n'avez pas entendu ce que j'ai dit ? Vous êtes folle. Encore plus folle que moi, apparemment.

Fiona refusa de se laisser impressionner par son éclat.

— De quoi avez-vous peur, Matthew ?

— Je n'ai pas peur ! cria-t-il.

Et, sans prévenir, il agrippa la jeune femme par le bras, l'attira à lui et lui écrasa les lèvres avec violence.

Fiona eut un hoquet de surprise et détourna la tête.

— Je n'ai pas peur, répéta-t-il sourdement. Ce ne serait pas plutôt vous qui avez peur ? Expliquez-moi, ajouta-t-il sans la lâcher, pourquoi vous me repoussez tout le temps ? Pourquoi vous vous sauvez de mon lit alors que je sais que vous avez envie de moi ? Que votre corps, du moins, a envie du mien.

Fiona écarquilla les yeux, médusée.

— Parce que vous vous imaginez que je n'ai pas surpris votre manège, peut-être ? reprit-il. Je sais bien que toutes les nuits vous allez dormir par terre dès que j'ai les yeux fermés.

— Lâchez-moi, Matthew.

Il secoua la tête.

— Pas tant que vous ne m'aurez pas répondu. Pourquoi refusez-vous de dormir avec moi ? Serait-ce que vous aimez un autre homme ?

Aimer un autre homme ? C'était lui qu'elle aimait ! De toute son âme. Et c'est ce qui l'effrayait dans leur mariage. L'idée de le perdre la terrorisait !

Fiona s'apprêtait à répondre quand un cri les fit sursauter :

— Arrêtez !

Ils se retournèrent d'un même mouvement vers la porte. Mary se tenait sur le seuil, le visage ravagé par les larmes.

— Arrêtez de vous disputer ! cria la fillette. Je ne veux pas que tu recommences à te battre, papa, comme la nuit où maman est morte.

Matthew se figea.

— J'ai tout vu ! hoqueta Mary. J'étais redescendue pour t'attendre et j'ai tout vu ! J'ai vu ce que maman faisait avec Reynolds.

Son petit visage était congestionné par l'émotion et les larmes.

— Maintenant que tu sais, tu peux me punir, si tu veux, reprit-elle. Ou m'abandonner encore. Mais je ne veux plus que ça recommence ! Plus jamais !

Et sur ces mots, elle tourna les talons et s'enfuit. La seconde d'après, la porte d'entrée claquait.

Fiona et Matthew se regardèrent un instant, sous le choc.

— Mon Dieu... murmura la jeune femme.

D'un même élan, ils se précipitèrent aux trousses de la fillette, mais elle avait déjà une bonne avance sur eux. Devinant que Mary prendrait le chemin qu'elle connaissait le mieux, Fiona décida d'aller du côté du parc. Elle avait raison. À peine eurent-ils franchi les grilles qu'ils aperçurent sa silhouette solitaire, plantée au bord du lac.

— Oh, non!... murmura Fiona, qui redoutait la suite.

Et, criant à pleins poumons, elle appela :

— Mary! Mary! Attends-nous!

La fillette les regarda courir à sa rencontre, mais une froide détermination se lisait déjà sur son visage enfantin.

— Éloigne-toi de là! lui ordonna Matthew.

— Je n'ai pas peur! lui répliqua Mary.

Comme pour illustrer ses paroles, elle dévala la berge.

— Non! s'écria Fiona, lorsque la fillette abordait la surface gelée du lac.

La température, ces derniers jours, s'était radoucie et la jeune femme craignait que la couche de glace n'eût commencé à fondre.

Pendant quelques instants, la fillette glissa dans le vent, ses boucles blondes flottant derrière elle tel un étendard. Puis, soudain, il y eut un craquement sinistre et, en même temps, la surface du lac se rompit en mille éclats, avalant Mary.

Matthew poussa un hurlement terrifiant, un cri de guerrier partant à la bataille, et fonça droit sur le lac. Pour un adulte, l'eau était peu profonde, heureusement, et il se fraya un chemin au milieu des glaçons, sans jamais perdre pied, jusqu'à l'endroit où sa fille avait coulé. Plusieurs fois, il dut enfoncer la tête sous l'eau, avant de la localiser enfin. Quand il la tira de l'eau, la fillette avait déjà le visage bleui de froid.

Fiona l'aida à la ramener sur la berge, puis ils retournèrent à la maison au pas de course.

— Juste ciel ! s'exclama Quincy en les voyant débouler, hors d'haleine.

— Vite, préparez de l'eau chaude ! ordonna Fiona. Je m'occupe des serviettes.

Cinq minutes plus tard, ils plongèrent la fillette dans un bain fumant et la frictionnèrent vigoureusement pour achever de la réchauffer. Ils l'enroulèrent dans plusieurs serviettes, puis Matthew la prit dans ses bras et s'assit devant la cheminée. Mary avait déjà repris des couleurs, mais elle était encore semi-inconsciente et ne parlait pas.

Matthew la berça doucement pendant quelques minutes devant le feu, puis Fiona lui suggéra d'aller la coucher. Il acquiesça et ils gagnèrent tous les trois la chambre de la fillette. Fiona prépara le lit, et revêtit Mary d'une chemise de nuit d'épaisse flanelle, tandis que Matthew rajoutait des bûches dans l'âtre. Ils allongèrent l'enfant, la couvrirent soigneusement, et Matthew s'assit à la tête du lit, sans se soucier de sa propre épaule qui le faisait souffrir le martyre.

Quand Mary ouvrit enfin les yeux, la première personne qu'elle vit fut son père. Elle mit deux ou trois secondes à se rappeler ce qui s'était passé et alors son visage s'assombrit.

— Excuse-moi, papa. J'espère que tu ne m'en veux pas. Je n'ai pas fait exprès de voir maman dans la serre.

Matthew était visiblement bouleversé.

— Non, Mary, c'est moi qui suis désolé que tu aies assisté à ce qui s'est passé cette nuit-là. Pardonne-moi de ne pas l'avoir deviné plus tôt.

Et, lui caressant la joue, il ajouta :

— J'espère que tu ne m'en veux pas.

Ils s'étreignirent mutuellement, avec une ardeur désespérée. Matthew avait si souvent rêvé de ce moment. Il attendait depuis si longtemps de regagner enfin l'amour de sa fille, qu'il ne put retenir ses larmes.

Fiona les contemplait, la gorge serrée d'émotion. Tout allait bien, maintenant, elle pouvait s'éclipser. Elle se dirigea discrètement vers la porte.

— Fiona ! la rappela Mary, d'une voix faible.

La jeune femme se retourna, et rendit son sourire à la fillette.

— Oui ?

— Tu as vu ? J'ai marché sur la glace et je n'ai pas eu peur.

Fiona se retenait pour ne pas fondre en larmes à son tour.

— Oui, j'ai vu. Tu as été très courageuse. Maintenant, il faut dormir, mon lapin. Bonne nuit.

Matthew semblait interloqué par leur échange, mais Fiona ne lui laissa pas le temps de la questionner. La jeune femme alla se réfugier dans sa chambre, où elle se planta devant la fenêtre, le regard absent. Elle se sentait incapable de penser, elle s'y refusait même. Elle craignait trop de se laisser à nouveau envahir par ses propres démons.

Matthew la rejoignit quelques minutes plus tard.

— À quoi Mary faisait-elle allusion, tout à l'heure ?

Fiona ne se détourna pas de la fenêtre.

— Elle voulait juste prouver qu'elle n'avait pas peur.

— En manquant se tuer ? Qui a pu lui donner une idée aussi stupide ? Vous ?

— Oui.

— Bonté divine ! Que lui avez-vous dit, exactement ?

Fiona se tourna enfin vers lui.

— Des bêtises.

Puis, sans un mot, elle alla récupérer, dans sa penderie, la petite valise qu'elle avait apportée avec elle à son arrivée et entreprit d'y ranger ses affaires.

— Que faites-vous ?

— Je pars, répondit-elle simplement, sans émotion apparente, mais en se gardant bien de regarder Matthew.

— Pourquoi ?

La jeune femme s'arrêta de plier ses vêtements.

— Je vous avais dit que cela ne marcherait pas. Que je ne serais jamais une bonne mère pour votre fille. C'est ma faute si elle a voulu glisser sur la glace. Et si elle est tombée.

— Fiona… murmura Matthew, s'approchant d'elle les bras tendus.

Elle fit un pas en arrière, refusant l'étreinte qu'il lui offrait.

— Vous ne comprenez pas ? C'est moi qui lui ai montré comment courir sur la glace, répéta-t-elle d'une voix trop aiguë.

— Fiona…

Elle essuya d'un revers de main les larmes qui commençaient à jaillir de ses yeux.

— Non ! Je ne saurai jamais m'occuper correctement de votre fille.

Cette fois, Matthew lui agrippa le bras d'autorité.

— Mais pourquoi ? Dites-le-moi, bon sang !

Fiona croisa son regard, avant de laisser échapper un soupir résigné.

— Parce que, si je reste, je risque de tuer Mary.

— C'est absurde ! J'ai vu comment vous vous comportiez avec elle. Vous êtes une merveilleuse mère.

S'il savait comme il se trompait !

— Non, répliqua Fiona, soudain étrangement calme. Je ne suis pas une bonne mère. Ni une bonne épouse. Ma mère avait raison. Ma place n'est pas ici. Ni dans cette maison, ni dans cette ville, ni même dans ce pays.

— Ne dites pas cela !

— Je vais retourner vivre chez ma mère, jusqu'à ce que j'aie décidé de mon avenir.

Matthew la prit par les épaules.

— Fiona, je ne veux pas que vous partiez.

La jeune femme mourait d'envie de se jeter à son cou. Comment pourrait-elle vivre sans cet homme ? Mais la vision de Mary disparaissant sous la glace lui en rappelait une autre – Isabel, morte, dans ses bras. Comment, dans ces conditions, aurait-elle pu rester ?

Matthew ignorait que, si elle avait été une bonne mère, Isabel serait toujours en vie.

Alors, puisqu'il n'y avait pas d'autre solution, Fiona se caparaçonna le cœur.

— Je n'ai pas envie de rester, répliqua-t-elle durement.

C'était comme si elle l'avait frappé en pleine poitrine. Et elle dut une nouvelle fois faire appel à toute sa volonté pour ne pas se jeter dans ses bras quand Matthew la relâcha, le visage ravagé par la tristesse et la déception.

21

Matthew se tenait debout devant son chevalet, le regard vide. Il ne pensait à rien, pour ne pas laisser sa rage et sa frustration le dominer.

Les rayons obliques d'un soleil presque printanier tombaient sur son chevalet. Matthew s'obstinait à vouloir peindre, comme si la vérité et l'apaisement se cachaient dans l'arc-en-ciel de sa palette. Mais son inspiration restait, hélas, aussi vierge que la toile tendue sous ses yeux. Autrefois, il n'était jamais en peine de sujets. Mais, à présent, son désir de peindre restait sans objet. Après de longues minutes stériles à demeurer immobile devant sa toile, il finit par jeter son pinceau d'un geste rageur et quitta le jardin d'hiver.

— Fiona ! hurla-t-il en déboulant dans le hall, avant de se souvenir que la jeune femme n'était plus là.

Mais son cri avait résonné dans toute la maison et, aussitôt, Mary surgit de sa chambre et dévala l'escalier.

— Où est Fiona ? demanda-t-elle, son petit visage rayonnant de bonheur.

Quincy, qui sortait de l'office, soupira lourdement. Mary regarda tour à tour son père et le majordome, toute sa joie envolée.

— Elle est où, papa ?

Matthew serra les dents.

— Je suis désolé, Mary, elle n'est pas là, se contenta-t-il de répondre, ne sachant comment expliquer la situation à sa fille.

— Mais tu viens juste de l'appeler ! insista la fillette.

Matthew soupira à son tour.

— C'est exact.

— Donc, c'est qu'elle est ici. Elle doit se cacher quelque part, décréta Mary.

Matthew aurait préféré se trouver n'importe où ailleurs, plutôt que face à ces grands yeux innocents.

— Non, ma chérie, elle n'est pas là. Mais ton idiot de père l'avait oublié, vois-tu. C'est pour cela que je l'ai appelée.

La fillette étreignit la main de son père, comme pour lui montrer qu'elle le comprenait.

— Oh ! tu sais, papa, il m'arrive parfois la même chose.

Et là-dessus, elle remonta dans sa chambre avec une dignité de reine.

— Elle est très forte, commenta Quincy en la suivant du regard.

— Plus forte que n'importe quelle petite fille de son âge, approuva Matthew. Forte et courageuse. Mais elle mérite d'avoir une mère.

Et sans prendre la peine d'enfiler manteau et chapeau, Matthew quitta la maison, bien décidé à mettre devant ses responsabilités la femme qui s'était engagée à remplir ce rôle.

Un quart d'heure plus tard, il arrivait sur Commonwealth Avenue et sonnait à la porte des Winslet. Après une attente interminable, le battant s'ouvrit enfin.

— Que désire monsieur ? s'enquit le majordome d'un ton guindé.

— Je suis venu voir Mme Hawthorne.

Le majordome le regarda sans comprendre.

— Fiona, précisa Matthew, avec impatience.

— Ah oui, mademoiselle Fiona ! Et qui la demande, s'il vous plaît ?

— Son mari.

Hannah, qui traversait le hall juste à cet instant, s'approcha de la porte.

— Bonjour, monsieur Hawthorne, dit-elle avec un sourire de pure politesse. Je suppose que vous êtes venu rendre visite à Fiona ? Malheureusement, elle est sortie.

Un instant dérouté, Matthew la regarda droit dans les yeux.

— Votre majordome vient pourtant de me demander qui il devait annoncer ?

— Bertram aura oublié, répondit Hannah en coulant un regard entendu au domestique.

Elle salua Matthew poliment, et, la seconde d'après, la porte se refermait.

Matthew resta un moment à contempler le battant, incrédule. On lui avait claqué la porte au nez ! Même après le scandale, jamais personne ne s'était avisé de le traiter ainsi.

Il revint chez lui, à la fois furieux et intrigué par ce qui s'était passé. Durant ces trois jours, il était resté le plus clair du temps enfermé dans son bureau, marchant de long en large devant la cheminée, tel un lion en cage. Il n'avait cessé de se répéter qu'il pensait d'abord à Mary et qu'une confrontation avec Fiona s'imposait, pour lui faire sentir qu'elle s'était dérobée à sa promesse de servir de mère à la fillette.

Mais à mesure que les jours passaient, Matthew avait fini par s'avouer que son mobile ne tenait pas. Il avait d'abord, et surtout, envie de revoir Fiona. Et le rejet qu'il venait d'essuyer n'avait fait qu'aviver ce désir.

Le lendemain, il retourna donc sur Commonwealth Avenue. Cette fois, il se montra plus rapide que le majordome. À peine le battant entrouvert, Matthew posa le pied contre le chambranle, pour éviter de se faire à nouveau claquer la porte au nez. Au même moment, comme par enchantement, Hannah surgit de nouveau dans le hall.

— Encore vous, monsieur Hawthorne ?

— Je désire voir Fiona, répondit Matthew, détachant bien chaque syllabe.

— Comme je crois vous l'avoir déjà expliqué, ma petite-fille n'est pas disponible pour des visites.

— Je ne suis pas un visiteur! explosa Matthew. Fiona est ma femme.

Le majordome semblait très embarrassé, mais Hannah campa sur ses positions.

— Il se trouve qu'elle n'a pas envie de vous voir, monsieur Hawthorne.

Matthew n'était pas prêt à renoncer. Mais sauf à pousser la vieille dame pour entrer dans la maison, il n'avait d'autre choix que de rebrousser chemin.

Il retourna chez lui, plus furieux que jamais, et s'enferma dans le jardin d'hiver, avec ses pinceaux et son chevalet. Mary, de son côté, ne sortait pratiquement plus de sa chambre. Quincy s'occupait d'elle, mais la situation ne pouvait pas durer éternellement ainsi.

Une semaine s'était presque écoulée depuis le départ de Fiona quand un soir, alors qu'il s'apprêtait à se déshabiller pour se coucher, Matthew entendit un bruit étrange. Le bruit se répétant, il sortit dans le couloir, intrigué.

Il remarqua tout de suite que la porte de Mary, entrebâillée, laissait filtrer un rai de lumière. Matthew se souvint alors que Fiona lui avait parlé des cauchemars de la fillette. Il pensa d'abord appeler Quincy, pour lui demander de s'en occuper, avant de décider de s'en charger lui-même.

Plantée devant la fenêtre, Mary contemplait la nuit étoilée. Matthew eut le cœur serré devant tant d'innocence.

— As-tu fait un cauchemar, ma princesse ?

La fillette tressaillit et se retourna avec un triste sourire, comme si elle avait espéré voir quelqu'un d'autre – Fiona, de toute évidence. Puis elle reprit sa position initiale.

— Tu fais souvent des cauchemars ?

— Non, juste de temps en temps.

— Et si tu me les racontais ?

Elle hésita, avant de répondre finalement, d'un ton très adulte :

— Non, je ne préfère pas.

Matthew cherchait désespérément comment s'en sortir avec sa fille et redevenir le père qu'il avait cessé d'être pendant trop longtemps.

— Fiona reviendra un jour ? demanda la fillette à brûle-pourpoint.

Il se raidit.

— Non, elle ne reviendra pas, avoua-t-il, avant d'ajouter après un long soupir : À moi aussi, elle me manque.

— Alors pourquoi tu ne vas pas la chercher ?

— Ce n'est pas aussi simple, Mary.

— Pourquoi ?

— Parce qu'elle ne veut pas revenir.

Cette fois, la fillette ne put dissimuler plus longtemps son désarroi.

— Oh, papa… elle me manque tellement !

Matthew s'agenouilla et ouvrit grands les bras. Sa fille s'y précipita, comme elle l'avait si souvent fait autrefois – avant que le destin ne changeât leurs vies. Elle sanglota contre l'épaule de son père et Matthew devina qu'elle ne pleurait pas seulement à cause de Fiona, mais à cause de ces drames successifs qui avaient émaillé sa courte vie et gâché son enfance.

Quand elle se fut apaisée, il la souleva dans ses bras et la remit au lit, retrouvant soudain ses anciens gestes de père.

— Et si tu me racontais tes rêves, maintenant ? proposa-t-il en s'asseyant sur le matelas.

La fillette hésita encore un moment, puis se jeta à l'eau.

— Je rêve que tu me tiens par la main, murmura-t-elle. Mais tout à coup, tu disparais, et je me retrouve seule et tout le monde me déteste.

Matthew était bouleversé. Il reprit sa fille dans ses bras et la serra avec force.

— Mary, je t'aime, tu sais, murmura-t-il d'une voix rauque. N'oublie jamais cela. Je t'aime de tout mon cœur. Et je te promets de ne plus jamais t'abandonner.

Tôt, le lendemain matin, Matthew était installé dans le jardin d'hiver. La pièce embaumait la térébenthine et les pigments à l'huile. Il avait préparé sa palette, mais l'inspiration ne venait toujours pas. Il était même incapable de se concentrer.

Toutes les deux minutes, il effleurait du doigt sa cicatrice. Et dès qu'il appuyait un peu, il avait mal.

Un éclat de verre resté sous la peau ? C'était une supposition tellement abracadabrante qu'il refusait de s'y arrêter. Cependant, plus il touchait sa cicatrice et plus il avait de mal à réfuter la théorie de Fiona.

On frappa discrètement à la porte.

— Entrez !

Quincy apparut, un plateau d'argent dans les mains.

— Votre café, monsieur.

Le majordome déposa son plateau sur un guéridon. Il repartait déjà, quand Matthew le rappela :

— Quincy, j'ai un service à vous demander.

Le majordome se retourna, le visage soudain radieux.

— Je sais où elle se trouve.

— Moi aussi, Quincy. Mais là n'est pas la question.

Quincy ne put cacher sa déception.

— Je voudrais que vous me dénichiez l'adresse de quelqu'un dont je vais vous donner le nom, expliqua Matthew.

Une heure plus tard, alors que le soleil commençait son ascension dans le ciel, Matthew arrêtait son attelage devant un immeuble de South End. La salle d'attente était encore vide, à cette heure matinale, aussi entra-t-il directement dans le cabinet.

— Docteur Sanderling, je suis Matthew Hawthorne. Je crois savoir que ma femme vous a parlé de mon état.

Mary risqua un œil dans la chambre. Le feu entretenu dans l'âtre éclairait la pièce aux rideaux tirés. Son père dormait.

Quincy lui avait expliqué qu'un nouveau médecin l'aidait à guérir. Mais elle n'en était pas convaincue. Depuis qu'il était rentré à la maison, la veille, en début d'après-midi, il n'avait fait que dormir. Ce n'était pas bon signe et Mary s'inquiétait.

Les grandes personnes semblaient s'ingénier à l'abandonner. D'abord, sa mère. Ensuite, son père, pendant un temps. Puis Fiona. Mary ne voulait pas que son papa la quitte définitivement à son tour.

Concernant Fiona, la fillette avait un plan. Elle tenait pour certain que la jeune femme n'était pas montée au Ciel, comme sa maman. Elle avait seulement déménagé. Mary le savait parce qu'en se promenant, elle avait reconnu le visage de Fiona derrière l'une des fenêtres d'une grande maison. Mais avant de régler ce problème, il fallait d'abord que son père se réveillât.

Debout près du lit, la fillette observait son père avec curiosité. Il y avait de nouvelles marques sur son visage. Qui recouvraient sa cicatrice.

Elle tenta de le réveiller, pour lui demander ce qui s'était passé, mais il ne réagit pas, et l'inquiétude de la fillette augmenta. À cet instant, elle remarqua une fiole posée sur la table de nuit et reconnut, à l'étiquette, que c'était du laudanum. Elle s'en souvenait, parce que sa maman en utilisait souvent. « Pour calmer mes nerfs », expliquait-elle.

La fillette hésita un moment, puis, s'emparant de la fiole, elle la vida complètement dans le lavabo de la salle de bains. Après quoi, elle courut à la cuisine préparer un baume apaisant pour les cicatrices, comme elle avait vu Fiona le faire.

Matthew se réveilla enfin. Il se sentait assommé et sa cicatrice le tiraillait, mais la sensation était différente. Il lui fallut un moment pour sentir que la douleur des mois passés avait disparu.

Instinctivement, il porta la main à sa joue, mais la retira vivement en sentant sous ses doigts une matière visqueuse.

— Bon sang !...

— Fais attention, papa !

Il sursauta et, se levant à demi, découvrit Mary, assise près de son lit. Elle bondit et le força à s'allonger de nouveau, comme l'aurait fait une infirmière.

— Ne fais pas de mouvements brusques, sinon ça va rouvrir tes plaies. Mais ne t'inquiète pas. Je suis sûre que le docteur a fait du bon travail.

Matthew cligna des yeux, éberlué.

— Quincy m'a expliqué ce qui s'était passé, poursuivit la fillette. Alors, je t'ai préparé des baumes pour aider la peau à se refermer et l'empêcher de s'infecter. Ça a beaucoup impressionné le Dr Sanderling, quand il est venu t'ausculter pendant ton sommeil. Tu sais, je suis bien contente de te voir réveillé.

— Tu parles comme Fiona, lâcha Matthew sans réfléchir, regrettant aussitôt ses paroles.

Contre toute attente, sa remarque amusa Mary.

— Je sais. Je pensais justement la même chose.

Et, avec un clin d'œil complice à son père, elle ajouta :

— Je pensais aussi qu'il serait temps qu'on la fasse revenir ici.

Matthew essaya de se redresser dans le lit, le visage soudain soucieux.

— On peut y arriver, tu sais, papa. J'en suis sûre.

Matthew dévisagea sa fille, sentant soudain une énorme bouffée d'amour pour elle. Mais, sans l'aide de Fiona, aurait-il réussi à retrouver le chemin du cœur de Mary ?

Il ouvrit les bras et la fillette grimpa sur le lit pour s'y lover. Matthew la serra contre lui et l'embrassa sur le front.

— Alors, comme ça, tu crois qu'on peut la faire revenir ?

— Oh, oui !

— Le problème, c'est qu'il nous faudra d'abord franchir le barrage du majordome. Sans parler de sa grand-mère.

— Pas de problème, papa. On va faire un gâteau.

— Parce que tu crois qu'un gâteau nous ouvrira la porte des Winslet ?

— Oui. Personne ne peut refuser un cadeau. C'est très impoli.

Mary ne connaissait pas Hannah Grable. Mais, après tout, pourquoi ne pas essayer ?

— Va pour un gâteau. On va envoyer Quincy dans une pâtisserie.

— Oh, non, papa ! Nous allons le confectionner nous-mêmes. Toi et moi. Comme ça, elle l'aimera forcément.

Ils s'y mirent le lendemain midi, après que Mary eut entraîné son père dans la cuisine. C'était bien la première fois de sa vie que Matthew pénétrait dans cette pièce d'ordinaire réservée aux domestiques et il n'avait pas la moindre idée de ce à quoi pouvaient servir tous les ustensiles accrochés au mur ou pendant du plafond. Cependant, la pièce était chaude et accueillante, et Mary y semblait parfaitement à son aise.

Fouillant dans les placards, elle en sortit des saladiers, des cuillers, des fouets et un assortiment d'objets que Matthew n'aurait su nommer. Puis elle alla chercher les ingrédients nécessaires dans le garde-manger.

Tout ce bruit attira la cuisinière, qui surgit de l'office.

— Bonté divine ! Que se passe-t-il, ici ?

— Regarde, Violet, lui dit Mary. Nous allons confectionner un gâteau pour faire revenir Fiona.

La cuisinière regarda tour à tour Matthew et sa fille.

— Faire revenir Mlle Fiona ? répéta-t-elle.

Hochant la tête en signe d'approbation, elle suggéra :

— Vous pourriez lui apporter un bouquet de fleurs, par la même occasion. Les dames apprécient toujours les fleurs.

— Allez, on s'y met, décréta Mary, dès que la cuisinière fut sortie.

La confection du gâteau leur demanda deux bonnes heures, entrecoupées de fréquentes visites de Quincy et de Violet, qui venaient surveiller l'avancement de l'opération et prodiguer leurs conseils. Puis, le temps de la cuisson, Matthew et Mary restèrent dans la cuisine, à évoquer Fiona.

— La première fois que je l'ai rencontrée à Boston, c'était chez ta grand-mère, raconta Matthew. Je l'ai trouvée ravissante, mais aussi très imprévisible. Tu ne sais pas ce qu'elle a fait ?

Comme la fillette le regardait avec des yeux écarquillés, attendant la suite, Matthew expliqua :

— Pendant le dîner, elle a mangé une capucine.

— C'est quoi, une capucine ?

— Une fleur. Quelques-unes étaient disposées autour du plat, pour le décorer. Ta grand-mère était mortifiée, mais Fiona s'est tirée de ce mauvais pas avec une grâce que peu de femmes possèdent.

Et, avec un sourire pour sa fille, il précisa :

— Le genre de grâce que, toi aussi, tu possèdes.

Matthew, désireux de rattraper le temps perdu, voulait tout dire à sa fille. Lui faire comprendre ce qu'il ressentait exactement. Mais la réaction de la fillette le désarçonna :

— Maman aussi avait ce genre de grâce ?

Matthew sentit son cœur se serrer au souvenir de Kimberly. La beauté, le charme… et la trahison. Mais il se rappela les paroles de Fiona lui assurant qu'un enfant avait besoin de croire que ses parents étaient merveilleux.

— Oui, répondit-il avec un sourire. Ta mère également avait cette grâce. Et elle t'aimait beaucoup.

— C'est vrai ? demanda Mary, le visage soudain rayonnant.

— Tu ne te souviens pas d'elle ?

— Si, mais des fois, j'oublie comment elle était.

Matthew hocha la tête, comme s'il comprenait.

— T'ai-je raconté comment je l'avais rencontrée ?

— Non, répondit la fillette, suspendue à ses lèvres.

Matthew entreprit alors de lui faire le récit de sa vie d'autrefois, répondant avec spontanéité à toutes ses questions de petite fille. Son récit se termina à l'instant de sortir le gâteau du four.

La cuisine embaumait la pomme et la cannelle chaude. Quincy et Violet, revenus assister au démoulage, félicitèrent les pâtissiers. Mais Mary était effondrée.

— Il est tout de travers ! se lamenta-t-elle, au bord des larmes, en constatant que le gâteau avait levé un peu plus d'un côté.

Matthew ne supportait pas de voir sa fille pleurer et, surtout, qu'elle pût s'imaginer avoir échoué.

— Mais non ! Il est cuit à la perfection !

La fillette renifla bruyamment.

— Tu dis ça pour me consoler.

— Pas du tout. Et puis, tu sais bien comment est Fiona. Elle aimera ce gâteau parce qu'il n'est pas exactement comme les autres gâteaux. Et aussi parce que c'est nous qui l'avons fait.

Mary avait déjà retrouvé le sourire.

— Tu as raison. Maintenant, on va le mettre dans une jolie boîte, pour le porter jusque chez elle. On lui montrera notre gâteau, et aussi ton visage.

Matthew se raidit imperceptiblement.

— Tu sais, papa, elle sera contente de voir que tu vas mieux.

Et c'était vrai qu'il allait mieux. Comme si son corps avait été délivré d'une tension insupportable.

Au même instant, on sonna à la porte et Quincy s'empressa d'aller ouvrir. Quand il revint à la cuisine annoncer « une visite », il avait l'air si ému que Matthew et Mary échangèrent un regard plein d'espoir.

— Fiona... murmura Mary, enlevant le mot de la bouche à son père.

Ils se précipitèrent dans le hall sans même attendre les précisions de Quincy. Déception : ce n'était pas Fiona. À la place, les attendait un homme aussi grand et large d'épaules que Matthew. Son étrange vêtement blanc, qui flottait sur sa silhouette, contrastait avec sa peau d'un noir d'ébène. À côté de lui était posée une grande malle, un peu usée, comme si elle avait accompli un long périple.

— Ce monsieur vient juste d'arriver d'Afrique, expliqua Quincy, qui avait rejoint Matthew et Mary. Et il souhaite voir Mme Hawthorne.

— Bonjour, Matthew, dit l'homme, sans façon. On m'a dit, à la gare, que je pourrais trouver Fiona ici.

— Janji... balbutia Matthew, encore sous l'effet de la surprise.

Les deux hommes se serrèrent chaleureusement la main, puis Janji inspecta le hall du regard, comme s'il s'attendait à ce que Fiona se matérialise devant lui.

— Mène-moi à elle, dit-il.

— Elle n'est pas là, répondit Matthew. Pourquoi veux-tu la voir ?

L'Africain esquissa un large sourire.

— Je lui avais promis de veiller à l'acheminement de ses effets personnels, expliqua-t-il. J'ai tenu parole.

— Regarde, papa ! s'écria soudain Mary en agitant une poupée de chiffon sous son nez.

Matthew se retourna et vit que la malle était ouverte.

— Ce n'est pas à toi, fit-il en lui prenant le jouet des mains pour le remettre dans la malle.

À sa grande stupéfaction, il y découvrit d'autres jouets. Et il eut soudain l'intuition que ce qu'il avait sous les yeux était important. Essentiel même, pour comprendre Fiona. Là résidait le secret de sa fuite hors d'Afrique.

— Pourquoi as-tu rapporté ces jouets à Fiona, Janji ?

L'Africain secoua la tête.

— Ce n'est pas à moi de te le dire. Conduis-moi à elle, que je m'assure qu'elle se porte bien.

Mais Matthew n'écoutait déjà plus. Il avait glissé dans sa poche une minuscule poupée prise dans la malle et dévalait déjà le perron. Puis il partit en courant vers Commonwealth Avenue. Avec ou sans gâteau, cette fois, Fiona serait bien obligée de le recevoir.

22

Matthew grimpa quatre à quatre les marches du perron des Winslet et frappa à leur porte. Comme on ne répondait pas assez vite à son gré, il tambourina plus fort.

Le majordome ouvrit enfin et, découvrant le visage résolu du visiteur, eut un mouvement de recul.

— Où est-elle ? demanda Matthew sans préambule.

— Mlle Fiona est en train de dîner, monsieur. Et elle ne reçoit pas de visite.

— Désolé, Bertram, mais ça ne marchera pas, cette fois, répliqua Matthew en le poussant de côté pour entrer.

— Monsieur Hawthorne, s'il vous plaît ! s'écria le domestique, indigné, alors que Matthew se précipitait déjà vers la salle à manger.

— Que se passe-t-il, ici ? intervint Nestor, qui venait de surgir, sa serviette à la main.

Voyant Matthew, il s'exclama :

— Vous allez me faire le plaisir de quitter cette maison sur-le-champ !

— Bonsoir, Nestor, répliqua Matthew avec un sourire insolent. Je suis venu voir Fiona.

— Vous perdez votre temps ! Elle ne veut pas vous voir. Déguerpissez de cette maison.

Matthew franchit en deux enjambées la distance qui le séparait du frêle Nestor. Celui-ci recula instinctivement puis, se rendant compte de ce qu'il était en train de faire, s'immobilisa et releva fièrement le menton.

— Je vous ai dit de partir, Hawthorne.

— Je crains que cela ne soit impossible. Je suis venu pour Fiona et je ne repartirai pas tant que je ne l'aurai pas vue.

Nestor s'était empourpré de colère, une veine palpitant sur son front.

— Pour qui vous prenez-vous ?

— Pour son mari.

— Plus pour longtemps ! rétorqua l'autre triomphalement. Je me charge personnellement de lui obtenir une annulation.

Matthew eut la sensation d'avoir reçu un direct à l'estomac, mais il se ressaisit rapidement. Il n'avait pas l'intention de renoncer si vite. Il ne voulait pas perdre Fiona.

— Si vous faites cela, Winslet, je vous jure que vous regretterez d'être né.

— Serait-ce une menace ?

— Absolument. Et maintenant, écartez-vous de mon chemin.

L'altercation avait fini par attirer Laetitia Winslet. En voyant Matthew, une expression bizarre éclaira furtivement son visage. Du soulagement ? De la joie ? Matthew se demanda s'il n'avait pas rêvé. Quoi qu'il en fût, il était de toute façon prêt à s'opposer aussi à la mère de Fiona.

Mais la réaction de Laetitia le surprit.

— Écarte-toi, Nestor, dit-elle à son fils. Il est venu voir sa femme.

Puis, s'adressant à Matthew, elle ajouta :

— Ma fille est dans la salle à manger. Nous nous apprêtions à passer à table. Voulez-vous vous joindre à nous ?

— Qu'est-ce que tu dis là ? s'exclama Nestor, éberlué.

— Je dis que M. Hawthorne est le bienvenu à notre table.

Nestor fit volte-face et repartit vers la salle à manger, écumant de rage. Matthew, cependant, ne bougeait pas. Il étudiait Laetitia d'un œil soupçonneux. Celle-ci s'en aperçut.

— Ma fille est malheureuse, monsieur Hawthorne, expliqua-t-elle. Et je n'aime pas la voir dans cet état.

Les soupçons de Matthew ne disparurent pas pour autant, au contraire. Jusqu'ici, Laetitia Winslet ne s'était jamais vraiment préoccupée de sa fille.

— Je sais, je sais, soupira-t-elle, comprenant qu'elle devait se justifier davantage. Vous n'avez aucune raison de penser que je suis sincère. Mais, à défaut, croyez-moi quand je vous dis qu'elle est malheureuse.

Elle désigna la double porte.

— Allez la voir et jugez par vous-même.

Cette fois, Matthew fut convaincu de sa sincérité. Il s'interrogea un instant sur les motivations qui avaient pu conduire cette femme à quitter l'Afrique pour ne plus y retourner. Il avait longtemps pensé que Laetitia Winslet était le genre de mère capable d'abandonner ses enfants sans remords, mais il n'en était tout à coup plus si sûr.

Il s'inclina galamment, et Laetitia le précéda dans la salle à manger. À peine eut-il franchi le seuil qu'il eut un coup au cœur en découvrant Fiona.

Elle portait une robe de velours bleu nuit, simple mais élégante, qui n'avait plus rien à voir avec ses tenues africaines, mais ne ressemblait pas non plus à ce que l'on voyait à Boston, comme si la jeune femme avait fini par se trouver un style propre. Matthew était fasciné par tant de beauté, et anéanti par le désir que la jeune femme lui inspirait.

Elle s'était tournée vers lui et, en le voyant, ses lèvres si parfaites esquissèrent un O silencieux, tandis que ses prunelles émeraude exprimaient une surprise… mêlée de joie ? Un court instant, Matthew eut le sentiment gratifiant qu'elle était contente de le voir.

Puis il remarqua Jeffrey, assis juste à côté d'elle, et ses espoirs s'écroulèrent. Cependant, il se reprit bien vite. Fiona avait certes des défauts, mais ce n'était pas une intrigante. Et elle ne savait pas mentir. Elle n'aimait pas Jeffrey, de cela, Matthew était certain. Et il ne se laisserait pas stupidement aveugler par son propre orgueil, comme lorsqu'elle avait quitté sa maison. Il lui parlerait en tête à tête, lui montrerait le jouet et saurait enfin ce qui s'était passé en Afrique. Oui, il voulait avoir une explication avec la femme qu'il aimait.

Parce qu'il l'aimait.

C'était une évidence qu'il ne pouvait plus nier. Il aimait Fiona plus qu'il n'avait jamais aimé personne au monde. Longtemps, il s'était accroché à l'idée qu'il ne la désirait que physiquement. Mais c'était beaucoup plus profond que cela. Et il s'était refusé à l'admettre. Ou plutôt, il avait eu peur de l'admettre.

D'ailleurs, il avait enjoint la jeune femme de ne pas l'aimer, pendant cette fameuse nuit, dans la jungle. Parce qu'il ne pensait plus pouvoir être aimé. Et qu'il ne voulait plus de mensonges dans sa vie.

Mais Fiona l'avait aimé quand même. Pour lui-même. Malgré sa cicatrice. Avec sa cicatrice. Matthew avait compris depuis quelque temps qu'elle le voyait tel qu'il était. Mais il venait seulement de réaliser qu'elle l'aimait – et que cela n'avait rien à voir avec le fait qu'il lui avait sauvé la vie.

Du coup, il se moquait de connaître son passé. Cette histoire de jouet n'avait au fond pas grande importance. Il aimait Fiona, et le reste ne comptait pas.

Il l'aimait, mais il ne le lui avait encore jamais dit. Il n'avait jamais prononcé les quelques mots qu'elle rêvait sans doute d'entendre. Au contraire, il n'avait cessé de lui renvoyer son amour en plein visage.

Le moment était venu de réparer tout cela.

— Je souhaiterais parler à ma femme, dit-il d'un ton solennel, s'adressant à tous les convives assemblés autour de la table, mais n'ayant d'yeux que pour Fiona.

Il vit la jeune femme déglutir péniblement, puis s'éclaircir la voix.

— Mais moi, je ne souhaite pas vous parler, répliqua-t-elle, sans se soucier de la mine consternée de Laetitia, ni de celle, réjouie, de Nestor.

Matthew aussi se moquait des autres. Il continuait de darder son regard sur la jeune femme.

— Parfait. Rien ne vous oblige à me parler. En revanche, vous allez être obligée de supporter ma présence à dîner.

La jeune femme se tourna vers sa mère, interloquée.

— Oui, ma chérie, confirma Laetitia. Je ne t'avais pas dit que j'avais invité M. Hawthorne à se joindre à nous ?

Ce n'était pas un mensonge, du reste. Elle l'avait réellement invité, même si ce n'était que quelques minutes plus tôt. Pour un peu, Matthew aurait embrassé Laetitia.

Mais Nestor voulut revenir à la charge.

— Sortez d'ici, Hawthorne. Sortez, avant que je n'appelle la police.

— Tu n'en feras rien, Nestor, intervint sa mère. Je ne tolérerais pas qu'on vienne arrêter un invité sous mon toit.

Sur ces mots, Laetitia désigna à Matthew une chaise libre, juste en face de Fiona. Puis elle ordonna aux domestiques d'ajouter un couvert.

Fiona semblait paniquée ; elle baissa le nez sur son assiette tandis que Matthew prenait place à table.

Le repas commença aussitôt, dans un silence pesant que Matthew tenta de mettre à profit pour tenter d'ébranler le rempart que Fiona avait dressé autour d'elle – ce qui n'allait pas être aisé.

— Mary vous embrasse, essaya-t-il.

Fiona leva la tête, visiblement avide d'avoir des nouvelles de la fillette. Matthew y vit un encouragement à continuer.

— Elle va très bien. Aujourd'hui, nous avons fait un gâteau.

— Mary et vous ? ne put s'empêcher de demander la jeune femme.

— Oui, Mary et moi, confirma-t-il, amusé, en se remémorant l'aventure. Il est peut-être un peu de guingois, mais nous l'avons confectionné pour vous, et j'ai rassuré Mary en lui disant que vous l'aimeriez quand même.

Et, dans un murmure, pour n'être entendu que d'elle seule, il ajouta :

— Vous savez mieux que personne ne pas vous arrêter aux apparences.

Fiona s'absorba dans la contemplation de son assiette, signifiant par là qu'elle ne voulait pas poursuivre cette conversation. Matthew ne s'avoua pas vaincu pour autant.

Il la regarda fixement, sans ciller, attendant qu'elle relevât la tête. Ce qu'elle finit par faire.

— Ce gâteau était une idée de Mary, pour vous faire revenir à la maison, expliqua-t-il, ignorant la grimace dédaigneuse de Nestor. Elle prétendait que si nous le faisions nous-même, avec tout notre amour, vous reviendriez.

Il vit que Fiona contenait difficilement ses larmes. Il eut alors une autre idée.

— Madame Winslet, puis-je porter un toast ? demanda-t-il à Laetitia.

— Euh… Oui, bien sûr.

Tout le monde paraissait mal à l'aise. Matthew, plongeant son regard dans celui de Fiona, leva son verre et le tendit devant lui.

La jeune femme écarquilla les yeux en constatant que son bras ne tremblait pas. Son regard vint se poser sur sa cicatrice, et Matthew sut qu'elle avait compris.

— Vous l'avez fait ? balbutia-t-elle.

— Qu'a-t-il fait ? voulut savoir Nestor.

Ni Matthew ni Fiona ne prirent la peine de le lui expliquer.

— Oui, répondit Matthew, pour la jeune femme. Le Dr Sanderling m'a dit que j'avais beaucoup de chance d'avoir une épouse qui s'était acharnée là où tout le monde pensait que c'était impossible.

— Oh, Matthew ! Je suis tellement heureuse.

— Assez pour rentrer à la maison ? demanda-t-il doucement, comme s'ils étaient seuls dans la pièce.

Le regard de la jeune femme s'assombrit.

— Non. Je ne peux pas revenir. Je vous ai déjà expliqué que ce n'était pas ma place.

Elle quitta si brutalement la table que sa chaise bascula à la renverse. Matthew se leva à son tour, mais Fiona courait déjà vers la porte.

— Bon débarras ! commenta Nestor. Si vous partez aussi, ce sera parfait, ajouta-t-il à l'intention de Matthew.

Hannah voulut réprimander son petit-fils, mais Laetitia la prit de vitesse.

— Cela suffit, Nestor. J'en ai par-dessus la tête de ta jalousie et de ton agressivité. Quand vas-tu te décider à te conduire en adulte responsable ?

Et, abandonnant à son tour sa chaise, avec beaucoup de dignité, elle conclut :

— Quant à moi, il serait grand temps que j'aie une conversation avec ma fille.

Laetitia trouva Fiona dans sa chambre, contemplant la nuit étoilée par la fenêtre. Fiona l'entendit entrer, mais elle ne bougea pas. C'était sa dernière soirée en Amérique. Un bateau pour l'Afrique appareillait le lendemain. Elle le prendrait. Sa valise était déjà prête et elle n'aurait aucun regret à quitter cette famille qui la tolérait à peine.

Mais elle repartirait le cœur brisé.

— Cesse d'être en colère, dit Laetitia.

Fiona pivota et fit face à sa mère.

— Je ne suis pas en colère.

— Si. En colère contre moi. Tu m'en veux de t'avoir abandonnée.

La jeune femme se retourna abruptement vers la fenêtre.

— Tu vois bien ! reprit Laetitia. Mais c'est ton père qui ne m'a pas laissée revenir. J'ai essayé, une fois. C'était peut-être un peu tard, c'est vrai. Mais j'ai essayé. Et il ne voulait plus de moi.

— C'est faux. Il était désespéré que tu nous aies quittés.

— Il l'a vraiment dit en ces termes ?

Fiona fouilla dans ses souvenirs et s'aperçut que son père n'avait jamais dit cela. Cependant, elle était certaine d'avoir raison. Sa mère avait abandonné son père en gardant leur fils avec elle.

— Après toutes ces années où nous avions vécu séparément, nous étions devenus trop différents, poursuivit Laetitia. Et ton père a préféré que je ne revienne pas.

— C'est toi qui es partie ! s'entêta Fiona.

Laetitia se rapprocha de sa fille.

— Regarde-moi, Fiona.

La jeune femme obtempéra, quoique à contrecœur.

Laetitia lui étreignit la main.

— J'ai fait des erreurs, mais ton père aussi. Quand j'ai compris que je voulais revenir, j'aurais dû batailler plus ferme pour m'imposer. Cela ne voulait pas dire que je ne t'aimais pas. Mais simplement que j'étais trop faible.

Laetitia effleura la joue de sa fille. Une caresse aussi douce et agréable qu'une sucrerie.

— Je t'aimais, Fiona. Et je t'aime toujours. J'ai eu tort de ne jamais te le montrer. Je ne mérite sans doute pas ton pardon, mais ne laisse pas ta colère contre moi ni tes angoisses passées t'empêcher d'aller vers un homme qui tient beaucoup à toi.

Un bruit de pas attira l'attention des deux femmes. Une seconde plus tard, Matthew s'encadrait dans la porte de la chambre. Laetitia étreignit brièvement la main de sa fille et redescendit au rez-de-chaussée.

— Ma mère se trompe, murmura Fiona. Mon problème est ailleurs.

— Je m'en doutais depuis un moment, répondit Matthew, qui mourait d'envie de serrer la jeune femme dans ses bras, mais savait qu'il devait lui laisser du temps. Et j'en ai eu la confirmation avec l'arrivée de Janji, ajouta-t-il.

Fiona écarquilla les yeux, la surprise le disputant à la joie.

— Janji est ici ? À Boston ?

— Oui, confirma Matthew.

Tirant la poupée de sa poche, il la tendit à la jeune femme.

— Il vous a ramené vos affaires.

La jeune femme tressaillit en reconnaissant la poupée, et Matthew vit son regard se voiler.

— Je voudrais voir Janji, souffla-t-elle.

Matthew hocha la tête, lui prit la main, et l'entraîna en bas. Il allait la ramener chez lui, là où était désormais sa place. Et quand il l'aurait aidée à surmonter son passé, il lui montrerait à quel point il l'aimait.

23

Fiona marchait si vite que Matthew devait presser le pas pour la suivre. Il ne leur fallut pas plus d'un quart d'heure pour atteindre Marlborough Street. Mais au moment de pousser la porte, la jeune femme hésita soudain.

— Êtes-vous bien sûr que c'est Janji ? demanda-t-elle, soudain anxieuse à l'idée de courir au-devant d'une déception.

— Sûr et certain.

Fiona ferma un instant les yeux, comme pour une prière silencieuse, puis se décida à pousser le battant.

Le fier Africain se tenait toujours au milieu du hall – à croire qu'il n'avait pas bougé d'un pouce depuis que Matthew avait quitté la maison en courant.

— Janji... murmura Fiona.

L'Africain la dévisagea longuement, tel un père accueillant sa fille au retour d'un long voyage, puis lui décocha un chaleureux sourire.

— Je vois que mon ami Matthew a pris bien soin de vous.

Fiona rougit, mais n'eut pas le temps de répondre. Mary venait d'apparaître en haut de l'escalier.

— Fiona ! s'écria-t-elle, avant de dévaler les marches et de se jeter dans ses bras : Tu es revenue !

Fiona caressait les cheveux de la fillette et Matthew vit qu'elle avait les larmes aux yeux.

— Je t'ai manqué ? demanda Mary.

— Oh oui, mon lapin ! Beaucoup.

Mary se tourna triomphalement vers Janji, qui regardait la scène avec attendrissement.

— J'ai gagné ! Vous avez souri.

Janji sourit de plus belle.

— Dans mon pays, on te reconnaîtrait beaucoup de caractère, dit-il à la fillette.

Mary rayonnait. Et Matthew était fier de sa fille, si gaie, si aimante.

Fiona, cependant, restait immobile, comme si elle ne savait à quoi s'attendre de la part de Janji. Finalement, elle s'approcha de lui puis, après une ultime hésitation, le serra très fort dans ses bras.

L'Africain parut surpris de son geste.

— En Amérique, les gens s'étreignent pour un oui ou pour un non, lui expliqua Fiona, partagée entre le rire et les larmes. Il faudra que tu t'y habitues, si tu comptes rester.

Janji se tint raide un moment, avant de se risquer à tapoter maladroitement l'épaule de la jeune femme.

— Tu m'as manqué, tu sais, lui chuchota-t-elle.

— Oui, se contenta-t-il de répondre, mal à l'aise.

Ils s'enfermèrent ensuite tous les quatre dans le bureau où brûlait un grand feu, pour y parler durant des heures de l'Afrique. Janji leur fit le récit des péripéties qui avaient émaillé son voyage. Matthew l'écoutait, le sourire aux lèvres, réalisant à quel point Boston pouvait paraître déroutant pour un étranger.

Quand la conversation roula sur la plantation appartenant au père de Fiona, Mary manifesta des signes d'ennui et demanda à retourner dans sa chambre.

— Votre frère, Nestor, veut vendre la ferme de votre père, annonça Janji à brûle-pourpoint.

Fiona pâlit.

— J'aurais dû m'en douter. C'est ma faute.

— Votre faute ? s'étonna Janji.

— Oui, c'est moi qui lui ai parlé de la ferme. Il ignorait son existence. Mais ne t'inquiète pas. Nestor n'arrivera pas à ses fins. J'y mettrai bon ordre dès que je serai rentrée à la maison.

Matthew tiqua. Fiona était ici chez elle, et il n'avait nullement l'intention de la laisser repartir une nouvelle fois. D'un autre côté, il était révolté par les menées de Nestor, mais il doutait que les suppliques de Fiona eussent de l'effet sur son frère, si cupide. Dès le lendemain, Matthew chargerait Grayson du dossier. Ce n'était pas l'un des meilleurs avocats de la ville pour rien.

Fiona s'était relevée et s'adressait à Janji :

— Merci de m'avoir rapporté mes affaires. Mais je suis fatiguée, à présent. Nous reparlerons de tout cela demain.

Janji se leva à son tour. Matthew comprit que Fiona préméditait de s'en aller. Il lui barra le chemin.

— Vous ne pouvez pas partir, lui dit-il.

— Et pourquoi pas ?

Matthew sentait le regard de Janji posé sur lui.

— Parce que…

Il n'eut pas le temps de terminer sa phrase. Mary venait de jaillir dans le bureau, les bras chargés d'un grand plateau sur lequel était posé le gâteau.

— C'est pour fêter ton retour, expliqua-t-elle à Fiona. Papa et moi, on l'a fait rien que pour toi !

Puis, avisant le gâteau d'un air chagrin, elle ajouta :

— Mais je crois qu'on l'a un peu raté.

Matthew vit Fiona écraser une larme, avant de se précipiter vers la fillette. Elle lui ôta le plateau des mains et l'étreignit très fort.

— Pas du tout, mon poussin ! C'est un superbe gâteau, et je l'aime beaucoup. Comme je t'aime, toi.

Mary avait déjà retrouvé le sourire.

— Moi aussi je t'aime, Fiona, murmura-t-elle.

On découpa le gâteau, et Violet et Quincy furent invités à y goûter. Janji mangea sa part de bon appétit et déclara qu'il en reprendrait bien un peu. Mary, aux anges, s'empressa de le resservir.

Mais quand le plateau fut vide, Fiona se releva.

— Il se fait tard, dit-elle, manifestant de nouveau son intention de partir.

— Viens, Fiona, décréta Mary. On va monter ensemble se coucher.

Fiona ouvrit la bouche pour décliner l'invitation, mais Matthew, redoutant la déception de sa fille, intervint vivement :

— Quincy va aller chercher vos affaires de toilette chez votre mère, proposa-t-il.

La sentant sur le point de protester, il insista :

— S'il vous plaît. Vous avez un invité, ne l'oubliez pas.

Finalement, la jeune femme céda. Elle demanda à Quincy de préparer une chambre pour Janji, puis elle souhaita bonne nuit aux deux hommes et laissa Mary lui prendre la main pour l'entraîner à l'étage.

Après leur départ, Janji se tourna vers Matthew.

— Tu l'aimes, dit-il. Ce n'était pas une question, juste un constat.

Matthew contemplait pensivement la porte par où la jeune femme venait de sortir.

— Oui, je l'aime, avoua-t-il.

— J'avais fait ce pari, quand je te l'ai envoyée.

Matthew arqua les sourcils.

— Oui, confirma Janji avec un sourire entendu. C'était intentionnel de ma part.

— Tu m'avais parlé d'escorter une cargaison, mais tu ne m'avais pas précisé qu'il s'agissait d'une femme ?

— Parce que si je te l'avais dit, tu aurais refusé. Et cependant, je me doutais qu'elle pourrait t'aider à revivre. De même que tu pourrais l'aider à revivre.

Pour Matthew, ce fut comme une révélation. Fiona l'avait effectivement aidé à retrouver l'envie de vivre.

Mais, de son côté, il ignorait toujours ce qui avait fait souffrir la jeune femme.

— J'étais certain d'avoir raison, poursuivit Janji, puis, secouant la tête, il ajouta : En revanche, je n'avais pas prévu qu'elle aurait envie de retourner en Afrique.

Matthew sursauta.

— Quand t'en a-t-elle parlé ?

— Elle ne me l'a pas dit, mais je l'ai lu dans ses yeux. Dans sa tête, elle est déjà repartie.

— Fiona est ma femme, répliqua Matthew avec arrogance. Elle restera avec moi.

Et je saurai bien l'aider à vaincre son passé.

Janji hocha gravement la tête.

— Parfait, fit-il, comme si Matthew avait parlé à voix haute. Car sa place n'est pas en Afrique. Du moins, pas seule. Elle doit rester avec toi.

— Elle le restera, confirma Matthew.

— Tu es l'homme qu'il lui faut, reprit Janji. Même si elle ne le sait pas encore. Il te reste à le lui prouver.

Matthew se serait jugé offensé par quiconque lui aurait tenu un tel discours. Mais avec Janji, c'était différent. Il savait que l'Africain s'exprimait avec son cœur et ne pensait qu'au bien de Fiona. En outre, il avait raison.

Après que Quincy eut conduit son invité jusqu'à sa chambre, Matthew resta seul dans le bureau. Il contempla un long moment le feu, récapitulant tout ce qu'il avait appris sur Fiona au cours des mois passés, tout ce qu'il devinait aussi. Finalement, il se décida à monter la rejoindre.

Il la trouva dans la chambre jaune, debout devant la fenêtre, tenant à la main la poupée tirée de la malle. La pièce baignait dans une pénombre qu'éclairait un pâle clair de lune.

— Vous aviez une fille, en Afrique, dit-il posément, résumant ainsi la conclusion à laquelle il était parvenu.

La jeune femme ne fit pas le moindre mouvement, et Matthew crut qu'elle n'avait pas entendu. Elle finit pourtant par répondre, et sa voix était habitée d'une tristesse sans nom :

— Elle s'appelait Isabel.

Matthew s'approcha et s'arrêta juste derrière elle.

— Pourquoi ne m'en avez-vous jamais parlé, Fiona ?

Sans se soucier de répondre à sa question, elle continua :

— Elle aurait eu l'âge de Mary, si elle avait vécu. Et elle aurait adoré Mary.

— Mary aussi l'aurait aimée. Tout comme elle vous aime, vous.

Il lui frôla l'épaule mais, au contact de sa main, la jeune femme s'écarta vivement.

— Non.

Matthew refusa de la laisser s'éloigner. La prenant par les épaules, il l'obligea à lui faire face. Elle avait les joues sillonnées de larmes.

— Qu'y a-t-il, Fiona ? Parle-moi.

La jeune femme tenta à nouveau de lui fausser compagnie, mais il la tenait solidement.

— Pourquoi me repousses-tu, Fiona ? chuchota-t-il. Est-ce parce que tu aimes encore le père d'Isabel ?

La jeune femme éclata en sanglots. Matthew n'avait jamais vu un visage aussi dévasté par le chagrin.

— Le père d'Isabel ? Mon Dieu, non ! Mais je n'arrive pas à me pardonner d'avoir été une mauvaise mère.

Matthew fronça les sourcils.

— Je trouve que tu es une merveilleuse mère. Je te l'ai déjà dit, du reste. Et je le pense sincèrement.

— Non, je ne le suis pas ! Je n'ai pas su garder ma fille en vie, comme je n'ai pas su éviter cet accident stupide, sur la glace, avec Mary.

— Raconte-moi ce qui s'est passé, l'encouragea-t-il doucement.

Fiona se tint soudain immobile. Le regard lointain, elle semblait fixer un point invisible au-dessus de l'épaule de Matthew. Il y eut un interminable silence, puis elle se décida enfin à parler.

— Je l'ai entendue pleurer, dit-elle dans un souffle.

— Quoi ?

— Je l'ai entendue pleurer. Juste une fois, et elle s'est arrêtée. Alors, j'ai continué mon travail, sans prendre la peine d'aller voir ce qui se passait. Un peu plus tard, quand je suis allée la chercher, elle était morte. Elle s'était étouffée. Étouffée avec un des yeux de son ours en peluche ! Si j'avais remarqué qu'il ne tenait pas bien, ou si j'avais couru à elle dès que je l'ai entendue pleurer, j'aurais pu la sauver ! J'aurais dû la sauver.

À cause de tous ces « si », Fiona n'arrivait plus à vivre. Comment l'aider à surmonter ce drame ? Comment lui donner la force de continuer ?

Matthew l'attira tendrement contre lui, sans tenir compte de ses résistances.

— Personne n'accourt au moindre pleur, Fiona, murmura-t-il.

— Peut-être. Mais une bonne mère sait faire la différence entre les pleurs de son enfant.

La jeune femme était secouée de sanglots irrépressibles qui semblaient monter du tréfonds de son être. Matthew la serra contre lui en se demandant, pour la première fois, s'ils réussiraient à surmonter cette tragédie.

— Ma place n'est pas ici, hoqueta-t-elle finalement en le repoussant. Je vais retourner en Afrique. Retrouver Isabel.

Matthew croisa son regard.

— Fiona, Isabel n'est plus. À quoi bon courir après son fantôme ? Tu ne peux pas éternellement vivre dans le passé. Il te faut accepter ce que tu ne peux changer. C'est toi-même qui m'as enseigné cela. Et tu l'as aussi appris à Mary. C'est une belle leçon, digne d'une merveilleuse mère.

Quoiqu'elle se fût écartée, ils étaient restés si près l'un de l'autre que Matthew aurait pu la toucher. Cependant, il s'en abstint, malgré le désir qu'il en avait.

— Je t'aime, Fiona, souffla-t-il.

La respiration de la jeune femme s'accéléra brutalement, et Matthew ne put se contenir davantage. Il attira Fiona à lui.

— Je t'aime de toute mon âme, reprit-il. Je t'aime comme jamais je n'ai aimé.

Il lui avait soulevé le menton pour plonger son regard au fond du sien. Mais les yeux émeraude étaient emplis de larmes, et le désespoir qu'il y lisait paraissait sans fond.

— Isabel ne quittera jamais ton cœur, Fiona. Mais ne le ferme pas aux autres.

— Tu ne comprends pas.

— Alors, explique-moi.

Elle le regarda longuement, sans mot dire. Elle avait peur, cela ne faisait aucun doute, mais Matthew n'aurait su dire de quoi.

Il voulut s'écarter. Mais elle lui agrippa le poignet.

— Ne m'abandonne pas de nouveau, balbutia-t-elle.

Matthew sentit son cœur s'emballer tandis que les souvenirs remontaient à la surface, bouleversants. Et quand Fiona lui chuchota à l'oreille « Prends-moi dans tes bras » – ainsi qu'elle l'avait fait dans la jungle –, il renonça à parler, se contentant de l'étreindre de toutes ses forces.

Lorsqu'il s'empara de ses lèvres, elle noua les bras à son cou et lui rendit son baiser avec une ardeur égale à la sienne, où le désir se mêlait au désespoir.

— Fiona... murmura-t-il, laissant courir sa bouche sur son cou tandis que ses mains glissaient fiévreusement le long de son dos. J'ai envie de toi.

Et, sans attendre, il la souleva dans ses bras pour la porter jusqu'au lit.

— Je vais te faire l'amour, Fiona, chuchota-t-il d'une voix rauque. Comme j'en ai envie depuis toujours.

La jeune femme ouvrit la bouche pour protester, mais Matthew la fit taire d'un baiser. Ses mains s'égaraient déjà sur ses seins, et Fiona ne put retenir un faible gémissement.

— Laisse-toi aller, mon amour.

Avec une détermination sans faille, il entreprit de lui déboutonner sa robe, puis s'attaqua à sa chemise et à ses jupons. Il la déshabillait sans hâte, avec des gestes incroyablement sensuels, se délectant de la sentir frémir sous ses mains chaudes et puissantes.

— Fiona… souffla-t-il, émerveillé, lorsqu'elle fut entièrement dénudée.

Incapable de rien ajouter, il vint sur elle, la couvrant de son corps brûlant d'un désir trop longtemps contenu.

La jeune femme frissonna quand son torse effleura ses seins aux pointes dressées.

— Matthew…

— Oui, Fiona ? dit-il en s'inclinant sur elle.

Il déposa un baiser au creux de son cou, un autre entre ses seins, puis plus bas encore. Il voulait goûter chaque centimètre carré de ce corps dont il avait si souvent rêvé, en reconnaître les creux et les courbes de la bouche et des mains, avant de l'explorer plus intimement.

Il lui embrassa doucement l'intérieur des cuisses et la sentit se rétracter. Levant la tête, il croisa son regard. Inquiet. Vulnérable.

— Tu es si belle… la rassura-t-il.

Ses yeux verrouillés aux siens, il s'allongea à nouveau sur elle. Elle voulut détourner la tête, mais il l'en empêcha, encadrant son visage des deux mains.

— Nous sommes faits l'un pour l'autre, Fiona, murmura-t-il avec ferveur. Tu le sais, n'est-ce pas ? Tu sais que toi et moi, nous avons le droit d'aimer à nouveau ?

Il l'embrassa encore. Sur les joues, les lèvres, les paupières. Comme si jamais il ne pourrait se rassasier d'elle. Et Fiona, gagnée par sa passion, lui rendait baiser pour baiser.

Leur étreinte tournait à la frénésie amoureuse. Fiona se débattait avec les boutons du pantalon de Matthew et laissa échapper un grommellement de frustration en constatant que ses tentatives n'aboutissaient pas.

En d'autres circonstances, Matthew aurait ri de la situation. Mais pas là. Il était ému de voir qu'il lui inspirait un tel désir. Enfin, elle laissait éclater sa passion, si longtemps muselée par le poids du passé.

Il l'embrassa de nouveau, repoussa avec tendresse une mèche folle qui retombait sur son front, puis se perdit dans la contemplation de son regard vert voilé par le désir. Il aurait voulu lui dire tant de choses que la gorge lui brûlait presque de tous les mots qu'il retenait.

— Fais-moi l'amour, murmura-t-elle.

Capturant les lèvres de la jeune femme avec une fougue renouvelée, il l'embrassa passionnément, avidement, tandis que Fiona se débattait toujours avec ses vêtements. À la fin, n'y tenant plus, Matthew l'abandonna quelques instants pour se dévêtir. Mais quand il voulut revenir vers elle, elle secoua la tête, en signe de refus.

Matthew se tenait nu devant elle, ne sachant que faire. Fiona vint s'agenouiller au bord du lit.

— Laisse-moi te caresser, lui dit-elle.

Et, sans attendre, elle s'empara de son sexe érigé.

Matthew retint son souffle. Un frémissement le parcourut tandis qu'elle le caressait avec une lenteur qui le mettait au supplice. Il dut bientôt l'arrêter de peur de ne plus se contrôler, et se mit alors en devoir de lui rendre la pareille. Laissant courir sa main sur sa peau soyeuse, il la glissa entre les cuisses de la jeune femme, qui ne put retenir un petit cri de plaisir.

Encouragé, il introduisit les doigts au cœur de sa féminité, déclenchant une tempête en elle. Les yeux fermés, elle haletait, gémissait doucement, se retenait pour ne pas le supplier de venir en elle.

Quand Matthew sentit qu'elle était prête, il la fit doucement basculer sur le lit. Leurs deux corps s'emboîtèrent à la perfection, et, l'espace d'un instant, ils se tinrent absolument immobiles.

— Nous sommes faits l'un pour l'autre, Fiona, répéta-t-il dans un murmure.

Puis, d'une seule puissante poussée, il la pénétra.

Elle cria son nom, et il suspendit aussitôt son élan, affolé à l'idée de l'avoir blessée. Mais non. Déjà elle ondulait contre lui, décuplant son plaisir au point qu'il ne se souvenait pas d'avoir jamais connu pareille extase dans les bras d'une femme.

Leurs corps se répondaient, s'accordaient, laissaient libre cours aux forces primitives de l'amour et de la passion. C'était comme s'ils cherchaient à se perdre, à s'anéantir l'un dans l'autre. La jouissance les frappa de plein fouet, les laissant pantelants sur les rivages du plaisir.

Ils restèrent de longues minutes enlacés, dans le désordre des draps. Puis Matthew déposa un baiser sur le front de Fiona, avant de rouler sur le dos, l'entraînant avec lui en s'émerveillant du bonheur qu'il ressentait à tenir cette femme dans ses bras.

Le silence de la nuit les enveloppait, ajoutant à la perfection de l'instant. Mais juste quand Matthew croyait Fiona sur le point de s'endormir, elle chuchota soudain :

— J'étais à deux doigts de me marier.

— Tu sais, Fiona, je n'ai pas besoin d'en savoir plus que ce que je sais déjà.

Et il était sincère.

— Mais il faut quand même que je te le dise. Je croyais que Gatwik m'aimait vraiment. Je me suis donnée à lui la veille de notre mariage. J'étais jeune, alors. Son sourire et son charme m'avaient tourné la tête.

Chassant d'un geste rageur une larme qui avait coulé sur sa joue, elle poursuivit :

— J'étais surtout naïve ! Après avoir satisfait son désir, il est sorti de ma chambre comme si de rien n'était et il a rejoint tranquillement mon père pour boire un verre avec lui. Tu imagines ? Ce même soir, papa lui a donné, en guise de cadeau de mariage, quelques jeunes pousses sélectionnées parmi ses meilleurs arbres à caoutchouc. C'était un cadeau inestimable. Avec cela, Gatwik pouvait démarrer une nouvelle plantation. Et c'était tout ce qu'il désirait. Depuis le début, en fait. Parce que les arbres de mon père étaient les meilleurs de la région.

« Ce que j'ai pu être bête ! Il ne m'aimait pas. Il cherchait seulement un moyen d'obtenir ces jeunes plants. Mon père aurait refusé de les lui vendre, pour des problèmes de concurrence. Mais avec son futur gendre, c'était différent. Quand Gatwik a eu ses plants, il n'avait plus aucune raison de rester. Il est parti cette même nuit, sans un mot d'adieu. Le lendemain, je l'ai attendu vainement, dans la belle robe que m'avaient confectionnée les femmes de la tribu.

— Tu as dû le haïr…

— Le haïr ? Comment aurais-je pu haïr l'homme qui m'avait donné Isabel ? Quand il est devenu évident que j'étais enceinte, les Occidentaux m'ont rejetée. Mais pas Janji. Ni sa famille. Et Isabel m'a vite consolée de cet ostracisme. C'était une enfant si adorable. J'aimerais tellement qu'elle soit encore avec moi.

— Elle est toujours dans ton cœur.

— Mais j'aurais voulu la voir grandir, répliqua la jeune femme d'une voix tremblante.

— Elle te ressemblait ?

— Oui, beaucoup. Elle avait ma couleur de cheveux et les mêmes yeux verts.

— Alors, elle était très belle.

— Mais elle n'est plus là...

Sa mère l'avait abandonnée, sa fille était morte, puis son père, songea Matthew, le cœur serré.

Il lui caressa tendrement les cheveux.

— Je ne te quitterai jamais, lui dit-il, avec solennité. Tu le sais, n'est-ce pas ?

Et comme elle ne répondait pas, il ajouta :

— Le temps te prouvera que je dis vrai.

La jeune femme se blottit contre lui et, au bout de quelques minutes, Matthew sut, à sa respiration apaisée, qu'elle s'était endormie. Un violent désir de peindre le saisit soudain. Un besoin vital. Et, pour la première fois depuis des mois, il s'en sentit capable.

Après avoir effleuré des lèvres le front de la jeune femme, Matthew se glissa hors du lit, se rhabilla en hâte et descendit dans le jardin d'hiver. Une fois la porte refermée, il alluma toutes les lumières, puis prépara son matériel.

Quelques minutes plus tard, il s'attelait à la tâche, l'inspiration lui venant comme par magie. Il s'aperçut rapidement que, malgré ses progrès spectaculaires, il peignait différemment. Jamais peut-être il ne recouvrerait son talent d'autrefois, mais au fond, il n'en avait cure. Il trouverait un nouveau style, une autre façon de peindre.

Il travailla des heures durant, sans voir le temps passer, ne s'en souciant pas. Il avait maintenant la certitude d'être guéri, et c'était là l'essentiel.

Fiona se réveilla alors que les premières lueurs de l'aube teintaient le ciel de ses pâles reflets. Elle ouvrit les yeux et s'étonna de découvrir qu'elle était dans un lit. C'était la première fois qu'elle ne couchait pas sur le sol, et pourtant elle avait dormi. Bien dormi même.

Les souvenirs de la soirée précédente affluèrent brusquement. La plénitude de son étreinte avec Matthew, mais pas uniquement. Fiona lui avait avoué son secret le plus intime et elle n'avait lu aucune condamnation dans ses yeux. Au contraire, il ne l'aimait que plus d'avoir eu le courage de partager son fardeau avec lui. Pour la première fois, elle entrevoyait la possibilité de surmonter le passé – sans avoir le sentiment de trahir Isabel.

Le souvenir de sa fille l'attristait toujours autant, cependant, Fiona se refusait à se laisser submerger par son chagrin. Pas après ce qu'elle avait partagé avec Matthew. Elle brûlait d'envie de le retrouver. Pour s'assurer qu'elle n'avait pas rêvé son amour.

Elle bondit hors du lit, récupéra ses vêtements et partit à sa recherche. La porte de sa chambre était entrouverte. Dans le demi-jour de l'aube naissante, Fiona vit qu'il n'était pas là. Qu'il n'avait même pas dormi dans son lit, d'ailleurs.

Elle descendit au rez-de-chaussée. Son intuition la conduisit droit vers le jardin d'hiver. Matthew se tenait debout devant les vitres, contemplant le ciel. Ses traits exprimaient une sérénité qu'elle ne lui avait jamais connue jusqu'ici.

Sa beauté était fascinante. Une beauté physique, mais aussi intérieure. Malgré sa cicatrice. Ou peut-être, justement, à cause d'elle. Mais Fiona comprit soudain que la paix qui se lisait sur son visage venait d'abord de ce qu'il ne souffrait plus.

Elle eut soudain la crainte qu'il ne regrettât ce qui s'était passé cette nuit.

Elle préférait ne pas lui poser la question. Pas maintenant. Elle ne se sentait pas en état de subir une rebuffade.

Elle venait de tourner discrètement les talons, quand Matthew s'aperçut de sa présence :

— Viens ici, lui dit-il d'une voix sourde.

La jeune femme se retourna et vit qu'il lui tendait les bras. Elle n'en demandait pas plus et se précipita vers lui. Matthew l'enveloppa de ses bras, et il s'y blottit avec délices tandis qu'il s'emparait de ses lèvres. Puis, lui prenant les hanches, il la plaqua contre lui pour lui faire sentir l'intensité de son désir.

— J'ai envie de toi, lui murmura-t-il au creux de l'oreille, avant de lui donner un nouveau baiser si profond qu'elle en eut le souffle coupé.

Elle s'accrochait à ses épaules, cherchant sa chaleur, émerveillée par tant de passion mêlée de tendresse. Ils s'embrassèrent avec une ardeur égale, puis restèrent un long moment enlacés, profitant de ces instants de pur bonheur qu'ils croyaient ne jamais connaître.

Ce fut Matthew qui rompit le silence.

— Je vais finalement la faire, cette exposition, lâcha-t-il soudain.

— Comment cela ?

— Je montrerai mes nouvelles toiles. Et quelques-unes des anciennes. Je me sens prêt, maintenant.

— Comment le sais-tu ?

Il désigna du doigt la toile à laquelle il avait travaillé toute la nuit. Fiona étouffa un cri.

— Tu m'as doublement rendu à la vie, Fiona. D'abord, avec ma fille. Et, à présent, avec ma peinture.

La jeune femme était si émue qu'elle était incapable de prononcer la moindre parole. De grosses larmes roulaient sur ses joues.

— Je ne pouvais pas te rendre ta fille, continua Matthew. Mais je pouvais au moins conserver sa trace sur cette toile.

Et c'était ce qu'il avait fait. Le tableau représentait tout à la fois Fiona lorsqu'elle était jeune, et Isabel, juste avant qu'elle ne disparût. Le souvenir de la fillette serait ainsi conservé pour l'éternité.

La jeune femme approcha la main de la toile, toucha le visage de sa fille de ses doigts tremblants.

— Je t'aime, Fiona, souffla-t-il. Je t'aime de toute mon âme.

Elle se tourna vers Matthew et vit alors les larmes qui brillaient au fond de ses yeux.

— Je t'aime, murmura-t-elle à son tour en se jetant à son cou. Comment pourrais-je jamais te remercier ?

— Tu as déjà commencé à le faire. Continue à m'aimer, et ne me quitte plus jamais.

24

Leur amour les enveloppait de son cocon délicieux. Matthew passait ses journées à peindre et ses nuits à faire l'amour à Fiona, avant de retourner peindre, jusqu'au lever du soleil. Une seule fois, il s'absenta de la maison, sans en avertir la jeune femme. Ce fut pour rendre visite à Grayson à son bureau et le charger de s'occuper du dossier de la plantation du père de Fiona.

À la maison, Janji était devenu un membre de la famille à part entière. Il racontait l'Afrique à Mary, jouait aux échecs avec Quincy et arpentait Boston pour essayer d'en percer les secrets.

Fiona, de son côté, prit en main l'organisation de l'exposition. Il lui suffisait de montrer le portrait que Matthew avait fait d'Isabel à quelques grands directeurs de galeries pour recevoir aussitôt une avalanche de propositions. Ses interlocuteurs étaient persuadés que le tableau la représentait elle-même lorsqu'elle était enfant et elle n'avait pas voulu les détromper.

— Pourquoi ? l'interrogea un soir Matthew, alors que la jeune femme était lovée contre lui.

— Parce que je ne veux pas partager. Peut-être suis-je égoïste, mais je n'ai pas envie que le souvenir d'Isabel soit livré en pâture à des gens qui ne l'ont pas connue.

Elle se pencha sur lui et frôla son torse de ses lèvres. Avec un soupir rauque, Matthew la fit asseoir à califourchon sur lui. Quelques secondes plus tard, elle se mouvait sur lui en gémissant, et les mots étaient devenus inutiles.

C'était ainsi tous les soirs. Ils faisaient longuement l'amour, puis Matthew retournait s'étourdir dans le travail.

Il peignit Fiona, il peignit Mary, il peignit tout ce qui l'inspirait, heureux de pouvoir se livrer à nouveau à son art.

Une semaine avant l'inauguration de l'exposition, les critiques de presse furent invités à l'avant-première. Le matin du grand jour, Fiona courut acheter les journaux, sans tenir compte des railleries de Matthew qui prétendait se moquer de l'avis de la presse. Cependant, il se rengorgea de plaisir quand la jeune femme, à son retour, lui lut une succession de papiers tous plus élogieux les uns que les autres.

Le vernissage devait avoir lieu le soir même. Tout le gratin de Boston avait reçu une invitation, ou se débrouillerait pour entrer. Le père de Matthew lui-même serait présent, avait prévenu Emmaline.

— Quand il verra mon travail, il aura la preuve que je ne suis plus une honte pour ma famille, déclara Matthew.

Et, se penchant pour embrasser Fiona sur le front, il ajouta :

— Grâce à toi, il sera de nouveau fier de son fils.

Fiona espérait de tout son cœur qu'il avait raison.

En fin d'après-midi, toute la petite famille de Matthew se prépara avec soin pour le grand événement. Il avait plu dans la journée, mais le ciel était maintenant lavé et la nuit s'annonçait belle et étoilée.

Lorsqu'ils arrivèrent, une file d'attelages se pressait déjà devant la galerie dont la porte avait été ornée d'un luxueux dais. Au cours de ces derniers jours, Fiona avait redouté que les invités ne se pressent à la soirée pour se repaître du spectacle de Matthew et de sa cicatrice. Elle comprit vite qu'elle avait eu tort de s'inquiéter : une fois à l'intérieur de la galerie, la foule n'avait plus d'yeux que pour les tableaux.

L'admiration était générale, et Fiona pressentit que la soirée serait un succès.

Mary ressemblait à une petite princesse de conte de fées. Et Janji recevait presque autant d'attention que les tableaux, tout le monde s'imaginant qu'il s'agissait d'un roi africain, dans son habit chamarré.

Le Dr Sanderling était là, lui aussi. Il avait été très touché du don conséquent que Matthew avait accordé à sa clinique.

Emmaline Hawthorne déambulait parmi les invités, mère comblée, visiblement fier de son rejeton. Les Winslet s'étaient déplacés au grand complet. Nestor accompagné de Penelope, Hannah, royale, et Laetitia, ravissante, comme à son habitude.

Tout était donc parfait. N'eût été l'absence remarquée de Bradford Hawthorne. Fiona commençait à se demander s'il viendrait quand Bradford franchit l'entrée de la galerie.

Fiona aperçut Emmaline pousser un discret soupir de soulagement. Puis elle vit le visage de Matthew s'éclairer de bonheur, et elle remercia silencieusement le Ciel d'avoir permis ces retrouvailles. Bradford commença par saluer nombre d'invités, en homme de pouvoir habitué à la notoriété, avant de s'intéresser aux tableaux. Il passa devant chacun, s'attardant sur les portraits de Fiona, de Mary ou des trois frères Hawthorne. Matthew suivait son regard, avec une fierté non dissimulée.

Finalement, Bradford se retourna et l'assistance fit silence. Le vieil homme reporta alors son attention sur celui qui avait été pendant tant d'années son fils préféré.

— C'est supposé être de l'art ? demanda-t-il.

Emmaline laissa échapper un cri de surprise. Grayson, qui tenait la main de Mary, se figea.

Matthew, lui, ne bougea pas. En apparence, il semblait le même homme que quelques secondes plus tôt, mais son impassibilité ne trompait pas Fiona.

La jeune femme, soudain, éprouva une rage noire contre ce potentat qui se croyait tout permis. Avant que quiconque ait pu réagir, elle vint se planter devant lui.

— Comment osez-vous dire une chose pareille ? l'apostropha-t-elle.

Bradford Hawthorne la toisa, puis leva les sourcils, le visage de marbre. Mais Fiona était trop furieuse pour se laisser impressionner.

— Et vous vous prétendez père ? reprit-elle. Vous ne méritez pas l'amour que vous porte mon mari. Il a plus d'honneur et de cœur que vous n'en aurez jamais. Vous n'êtes qu'un monstre d'égoïsme, Bradford Hawthorne.

Emportée par son émotion, la jeune femme ne put se retenir de pleurer. Mais elle trouva cependant la force d'ajouter :

— Et je vous hais d'avoir fait autant de mal à l'homme que j'aime.

Les dernières paroles de la jeune femme résonnèrent dans toute la galerie, tant le silence était impressionnant.

Alors, Matthew s'approcha de sa femme.

— Ne pleure pas, Fiona.

— Mais...

— Ne pleure pas, cela n'en vaut pas la peine.

— Comment peux-tu dire cela ?

— Parce que c'est la vérité, mais que je viens de le comprendre seulement maintenant.

Prenant le visage de la jeune femme entre ses mains, comme s'ils étaient seuls au monde, il murmura :

— Tu m'as dit une fois que ta place n'était pas ici. Tu avais raison.

Fiona s'alarma. Que voulait-il dire ? Que si elle sortait de sa vie, son père se réconcilierait enfin avec lui ?

— Non, ta place n'est pas ici, Fiona, reprit-il. Et la mienne non plus.

Un murmure stupéfait monta de l'assistance. Fiona elle-même était au comble de la confusion. Mais dans le brouhaha ambiant, la jeune femme distingua des pleurs. Matthew devait également les avoir entendus, car ils se tournèrent ensemble dans la direction d'où ils provenaient. Mary se tenait à l'écart, effrayée. Sans doute s'imaginait-elle que son petit monde allait de nouveau voler en éclats.

Fiona ne savait pas quoi dire, car elle ignorait ce que Matthew avait en tête.

C'est alors qu'il ouvrit grands les bras à sa fille.

— Et la place de Mary n'est pas non plus ici.

La fillette, après un instant de surprise, s'y précipita.

— Nous formons une famille, tous les trois, conclut Matthew en prenant la main de Fiona. Mais nous n'appartenons pas à ce pays.

QUATRIÈME PARTIE

Il n'y a pas de soleil couchant qui ne puisse à nouveau briller.

Ben JONSON

25

La locomotive quitta Matadi dans un grand panache de fumée. Les yeux brillants d'excitation, Mary se posta à la fenêtre du compartiment et laissa ses cheveux flotter au vent, tandis que le train prenait de la vitesse, abandonnant le port pour s'enfoncer dans la jungle.

Fiona s'était confortablement installée sur sa banquette quand soudain le wagon tressauta. La jeune femme pâlit.

— Ne t'inquiète pas, la rassura Matthew, assis près d'elle. C'est juste un cahot.

Il lui embrassa le front et elle tourna vers lui un regard reconnaissant. Avec Matthew, elle n'avait jamais peur.

Ils partaient rejoindre la plantation de caoutchouc fondée par son père, au cœur du Congo. Janji les avait précédés, une semaine auparavant, pour préparer leur arrivée.

Le jour de leur départ de Boston, toute la famille était venue les saluer. Même Lucas s'était déplacé. Emmaline n'avait pu retenir ses larmes lorsque Matthew l'avait embrassée.

— Nous reviendrons un jour, lui avait-il promis. Mais pour l'instant, nous avons besoin de ce voyage.

Laetitia n'était pas la moins bouleversée.

— Nous venions juste de nous retrouver enfin, et tu repars déjà, s'était-elle plainte auprès de sa fille.

— Ils ont raison de partir, avait tranché Hannah. Et tu as entendu ce qu'a dit ton gendre ? Ils reviendront.

Sur ces mots, elle avait déposé un baiser sonore sur la joue de sa petite-fille.

Même Nestor paraissait ému. Malgré leurs querelles passées, Fiona l'avait brièvement serré dans ses bras. Il avait paru surpris, puis avait grommelé :

— Prends bien soin de toi, petite sœur.

Cela semblait peu, mais pour Fiona, c'était déjà beaucoup.

Ils avaient ensuite pris le bateau, laissant l'Amérique derrière eux, pour débarquer deux semaines plus tard à Matadi. Et de là, ce train qui les conduirait au cœur de la jungle

Ils descendirent à la petite station où Fiona avait commencé son voyage dans l'autre sens, un an plus tôt. Mary semblait constamment émerveillée par ce nouveau monde qu'elle découvrait. Si coloré, si différent de l'univers dans lequel elle avait grandi. Fiona, elle, avait le sentiment de rentrer chez elle.

— Merci, mon Dieu… murmura-t-elle, les larmes aux yeux.

Janji était venu les accueillir. Il se tenait au bout du quai, droit et solennel.

— Janji ! s'écria Mary en se ruant vers lui.

Fiona voulut la suivre, mais Matthew la retint par le bras.

— Attends, lui dit-il, fouillant dans le sac qu'il portait en bandoulière pour en tirer une enveloppe qu'il lui tendit. C'est pour toi.

Intriguée, la jeune femme prit l'enveloppe, l'ouvrit et lut d'un air incrédule le papier qu'elle contenait.

— Comment est-ce possible ? Nestor avait toujours juré qu'il ne renoncerait jamais à son héritage ?

— Oui, mais finalement il a accepté de me céder la totalité de la plantation juste avant notre départ. Elle est à toi, maintenant, Fiona.

La jeune femme secoua la tête.

— Non, Matthew. Elle est à toi, rectifia-t-elle, puisque tu l'as payée.

Matthew repoussa une mèche rousse de son front.

— Tu m'as apporté ton Afrique. Sa beauté, ses sortilèges, ses couleurs. Je te rembourse en t'offrant la plantation.

Fiona avait l'impression que son cœur allait exploser de bonheur.

— Dans ce cas, elle est à nous, Matthew. À toi, à moi et à Mary.

Matthew posa tendrement la main sur le ventre déjà arrondi de sa femme.

— Et à notre futur enfant.

Fiona frissonna d'aise. Notre enfant. Un an plus tôt, elle était convaincue qu'elle ne connaîtrait plus jamais les joies de la maternité. Mary lui avait ouvert la voie. Et maintenant, ce bébé…

Cependant, elle ne pouvait se garder d'une certaine appréhension. Matthew s'en aperçut.

— Tu es une mère formidable, lui chuchota-t-il. Et Isabel ne te quittera jamais complètement.

Fiona lui sourit avec gratitude.

— Nous allons devoir réfléchir à l'aménagement de la maison, s'écria-t-elle soudain. Mary pourrait prendre mon ancienne chambre. Mais il faudra prévoir une nurserie pour le bébé et…

— Du calme ! l'interrompit Matthew, dans un éclat de rire. Nous avons largement le temps de préparer sa venue.

Fiona se serra contre lui.

— C'est vrai, tu as raison.

Il lui caressa la joue, soudain très ému.

— T'ai-je dit récemment que je t'aimais ?

La jeune femme posa la main sur le cœur de son mari, tandis que le soleil couchant incendiait le ciel de mille feux.

— Oui. Tu me le répètes tous les jours. Et chaque fois je te réponds que moi aussi je t'aime.

— Nous étions faits l'un pour l'autre, Fiona. Je l'ai su à l'instant où je t'ai vue, dans le train.

Fiona s'écarta légèrement, amusée.

— Vraiment ? Pour autant que je me souvienne, tu n'avais pas l'air tellement enchanté de me voir !

Matthew haussa les épaules, tel un collégien.

— Si, je l'étais. Mais je ne savais pas le montrer.

Tandis que Fiona éclatait de rire, il fouilla de nouveau dans son sac, pour en tirer un petit volume relié de cuir.

— Qu'est-ce que c'est ? s'enquit la jeune femme, intriguée.

— Mon journal intime, expliqua Matthew. Ce que je ne savais pas te montrer, je l'écrivais là. Après notre seconde rencontre, à Boston, je noircissais une page presque chaque jour.

Et, lui tendant le volume, il ajouta :

— Il est à toi, maintenant. Comme preuve de mon amour.

— Oh, Matthew ! Je n'ai pas besoin de preuve.

— S'il te plaît.

Bouleversée, la jeune femme prit le journal d'une main tremblante et l'ouvrit à la première page. Après l'avoir lue, elle leva sur Matthew des yeux embués de larmes.

Sans lui laisser le temps de rien dire, il lui prit le bras d'autorité, et l'entraîna à la suite de Janji et de Mary, qui se dirigeaient déjà vers la maison.

Ce n'est que plus tard, après qu'ils eurent tous ensemble célébré leurs retrouvailles autour d'un bon repas concocté par la femme de Janji, que Fiona put reprendre sa lecture.

Elle prit son temps, ne lisant que quelques pages chaque jour, qu'elle savourait comme un poème. Cela faisait déjà plus d'une semaine qu'ils étaient à la plantation quand Fiona atteignit la fin du volume, qui se terminait sur une page vierge.

— Tu as laissé une page blanche, dit-elle ce soir-là à Matthew, alors qu'il venait de la rejoindre dans leur chambre.

Il lui ôta le journal des mains.

— Mais j'avais l'intention de la compléter, figure-toi.

— Quand ? demanda-t-elle avec une impatience ravie.

— Très bientôt. Mais d'abord, je dois te montrer tout l'amour que tu m'inspires.

Fiona eut à peine le temps d'éclater de rire, qu'il capturait déjà ses lèvres.

Extrait du Journal de Matthew Hawthorne

Tu es à mes côtés, à présent, ma douce et tendre Fiona. Dans notre ferme africaine. Mary est là, aussi. Tenant ta main et la mienne. Nous aimant autant qu'elle aime son petit frère, qui la suit partout.

Nous l'avons appelé Chance, car, comme tu l'as dit, le destin nous a accordé à tous deux une seconde chance. De vivre et d'aimer.

L'Afrique est notre patrie, désormais. Ici, un homme n'est pas jugé sur les apparences, mais pour ce qu'il est au fond de lui-même. C'est ici que ma vie a vraiment commencé.

Le passé n'a pas totalement disparu. Il reste gravé dans ma mémoire, comme dans ma chair. Mais ses brûlures, désormais, ne sont plus qu'un lointain souvenir. Et j'ai fini par comprendre que l'espoir pouvait renaître là où on l'attendait le moins.

Ce jour où tu es montée dans le train, tu apportais l'espoir avec toi.

5995

Achevé d'imprimer en Italie
par GRAFICA VENETA
le 2 mai 2010

Dépôt légal mai 2010
EAN 9782290025420

ÉDITIONS J'AI LU
87, quai Panhard-et-Levassor, 75013 Paris

Diffusion France et étranger : Flammarion